TOM ARDEN

Der Tanz des Harlekin

Buch

Das Königreich Ejland ist vom Bürgerkrieg gespalten. Der Zwillingsbruder des rechtmäßigen Herrschers hat König Ejard Rot vertrieben und regiert mit eiserner Faust. Währenddessen lebt der junge Jem mit seiner todkranken Mutter, Lady Elabeth, und der keifenden Tante Umbecca abgeschieden in einem verfallenen Schloß. Sein mühseliges Leben beginnt sich jedoch vollkommen zu verwandeln, als er einen geheimnisvollen Zwerg trifft, der ihm ungeahnte Kräfte verleiht. Kurz darauf lernt Jem das wilde Einsiedlermädchen Cata kennen. Ihre erwachende Liebe birgt ein unglaubliches Geheimnis der Magie.

Autor

Tom Arden wurde 1961 in Australien geboren, spielte in diversen Pop- und Punk-Bands und arbeitete als Diskjockey bei einer Radiostation. Nach Abschluß seines Studiums der englischen Literatur zog er 1990 nach Großbritannien, wo er heute an der Universität Belfast unterrichtet. Seine lebenslange Liebe zur Geschichte und Literatur des 18. Jahrhunderts inspirierte ihn zur Welt seiner Romane. Die Idee zum »Kreis des Orokon« kam ihm auf einer Bahnfahrt durch die Tschechische Republik, als ihm ein Fremder das Symbol des Orokon erklärte. »Der Tanz des Harlekin« ist sein erster Roman.

In Kürze erscheint:

Tom Arden. Der Kreis des Orokon 2. Der rote Schlüssel (24746)

Weitere Bände sind in Vorbereitung.

Tom Arden

Der Tanz des Harlekin

Der Kreis des Orokon 1

Aus dem Englischen
von Wolfgang Thon

GOLDMANN

Die englische Originalausgabe erschien 1997
unter dem Titel »First Book of The Orokon.
The Harlequin's Dance« (Parts 1 + 2)
bei Victor Gollancz Ltd., London

Umwelthinweis:
Alle bedruckten Materialien dieses Taschenbuches
sind chlorfrei und umweltschonend.
Das Papier enthält Recycling-Anteile.

Deutsche Erstveröffentlichung 12/98

Umschlaggestaltung: Design Team München
Umschlagfoto: AKG, Berlin/François-Joseph Heim
Satz: deutsch-türkischer fotosatz, Berlin
Druck: Graphischer Großbetrieb Pößneck
Verlagsnummer: 24745
Redaktion: Alexander Groß
V. B. · Herstellung: Peter Papenbrok
Printed in Germany
ISBN 3-442-24745-4

1 3 5 7 9 10 8 6 4 2

Für
Antony Heaven

Die Brennenden Verse

1

DAS KIND, DER SCHLÜSSEL ZUM OROKON,
WIRD TRAGEN DAS MAL DES RIEL
UND IN SICH HABEN DEN GEIST VON NOVA-RIEL;
ABER SEINE AUFGABE IST GRÖSSER, DENN DER BÖSE IST STÄRKER,
WENN DAS ENDE DES SÜHNEOPFERS KOMMT

2

DENN SASSOROCH WIRD ERNEUT AUS DEM NICHT-SEIN ERSTEHEN,
UND SEINE MACHT WIRD HUNDERTFACH SEIN;
ABER DIESMAL WIRD ER SEINEN WAHREN NAMEN TRAGEN UND SEIN
WAHRES GESICHT ZEIGEN,
DIE VOR DER WELT VERBORGEN,
ALS ER NOCH SASSOROCH WAR

3

UND VOR DER RÜCKKEHR DES BÖSEN
WIRD EINE ZEIT DES LEIDENS DIE ERDE ÜBERZIEHEN,
UND SIE WIRD DAS ENDE DES SÜHNEOPFERS VERKÜNDEN;
UND NUR DIE MACHT DES OROKON
VERMAG DAS BÖSE ZU BESIEGEN, DAS KOMMEN WIRD

4

UND DAS KIND WIRD ZUERST DEN KRISTALL
DER FINSTERNIS FINDEN,
DER IN DEN HIMMEL GESCHLEUDERT WURDE VOM GÖTTERVATER;
UND ES WIRD DURCH DIE LÄNDER DES EL-OROK ZIEHEN,

UM DIE KRISTALLE VON ERDE, FEUER, WASSER UND
WIND ZU SUCHEN,
AUF DASS ES SIE IM OROKON VEREINE

5

FALLS ES ERFOLG HAT, WIRD EIN NEUES ZEITALTER ANBRECHEN,
UND DAS GANZE LAND VON EL-OROK WIRD IN FRIEDEN LEBEN;
SCHEITERT ES JEDOCH, WIRD DER SCHRECKEN
DER VERGANGENHEIT
NICHTS SEIN IM VERGLEICH ZU DEM ENTSETZEN,
DAS KOMMEN WIRD

Dramatis Personae

JEM, ein verkrüppelter Junge
CATA, ein Kind der Natur
SILAS WOLVERON, ihr Vater
UMBECCA RENCH, Jems Großtante
ELA (LADY ELABETH), Jems Mutter
TOR (TORVESTER), ihr Bruder; ein gesuchter Mann
DER HARLEKIN, ein geheimnisvoller Unterhaltungskünstler
BARNABAS, ein geheimnisvoller Zwerg
XAL, eine Weise Frau
POLTY (POLTISS), ein Aufschneider, Anführer Der Fünf
ARON THROSH (BOHNE), sein bester Freund, Mitglied Der Fünf
LENY, VEL und TYL, Mitglieder Der Fünf
NATHANIAN WAXWELL, Arzt und Apotheker
GOODY WAXWELL, seine Frau
GOODY THROSH (WYNDA), Arons Mutter, Tavernenwirtin
EBENEZER THROSH (EBBY), ihr Ehemann
OLIVAN THARLEY VEELDROP, Militärkommandeur
EAY FEVAL (DER KAPLAN), sein Kaplan
NIRRY, Dienstmagd im Schloß
STEPHEL, ihr Vater, alter Schloßbediensteter
DIE ALTE MAGD
MORVEN und CRUM, Soldaten
OLCH (ZAPPLER) und ROTTS, ebenfalls Soldaten
SERGEANT BUNCH, ihr unmittelbarer Vorgesetzter
DIE KINDER VON KOROS (VAGAS), Reisende
ZECHER in der Taverne
EDLE auf dem Ball
DORFBEWOHNER, BAUERN und noch mehr SOLDATEN
etc.

HINTER DEN KULISSEN:

EJARD BLAU, der König
DER ERSTE MINISTER JORVEL VON IXITER,
achtundvierzigster Erzherzog von Irion
DER ERZMAXIMUS, Leiter des Ordens von Agonis
HUL und BANDO, Mitglieder des Widerstands
PROFESSOREN der Universität von Agondon
INTERZESSIONISTEN, Geschichtstheoretiker
PRÄE-AONS und KÖNIGIN-ELANISTEN, andere Theoretiker
CHARAKTERE aus den Romanen von »MISS R …«
DIE GRÜNE GRETA und andere HUREN
MITGLIEDER DER BESSEREN GESELLSCHAFT von Agondon
HELDEN von Ejland
ZENZANER
etc.

AUS DER VERGANGENHEIT:

EJARD ROT, der abgesetzte König
LADY LOLENDA, die Mutter des Erzherzogs
LADY RUANNA, seine Frau, Schwester von Umbecca Rench
YANE RENCH, ihre Cousine, Mutter von Cata
TORBY RENCH, Vater von Umbecca und Ruanna
GOODY RENCH, ihre Mutter
ELIAK WOLVERON, Silas' Vater
OLION WOLVERON, Silas' Onkel
DER HAUPTGEBIETER des Tempelkollegs
MITGLIEDER des Tempelkollegs
NIRRYS MUTTER
etc.

AUS DEM EL-OROKON:

OROK, Göttervater
KOROS, sein Erstgeborener; Gott der Finsternis
VIANA, Göttin der Erde
THERON, Gott des Feuers
JAVANDER, Göttin des Wassers
AGONIS, Gott der Lüfte
GEISTER DER UNERSCHAFFENEN,
von Orok verstoßene Kreaturen
TOTH-VEXRAH, ein geheimnisvoller Zauberer
LADY IMAGENTA, seine Tochter
MENSCHEN von El-Orok
etc.

AUS DEM MYTHOLOGICON:

DIE TARN, Geschöpfe des Bösen
SASSOROCH, der mächtigste der Tarn
AON EISENHAND, ein uralter König
KÖNIGIN NAYA, seine Königin
RIEL (NOVA-RIEL), ihr angenommener Sohn
IXITER-IRION, der erste Erzherzog von Irion
DER WAHRSAGER
MOTLEY, ein Hofnarr
DER SCHWEINEKRIEGER VON SWALE
PRINZESSIN ALAMANE
PRINZ YON
etc.

Prolog zum Orokon

ÜBER DIE FÜNF GÖTTER
UND DIE ERSCHAFFUNG DER ERDE;
VON DER ZEIT DER UNSCHULD
UND DER ZEIT DES SÜHNEOPFERS;
ÜBERLIEFERT VON EL-OROKON
AUS DEM HEILIGEN BUCH DER LÄNDER
VON EL-OROK

1 In der Zeit, bevor die Erde aus ihrem Nicht-Sein hervorgebracht wurde, gab es einen gewaltigen Krieg im Reich Des Unergründlichen, dem Heim der Götter. Schließlich endete das Schlachten; doch der Gott Orok, der lange und wacker gefochten hatte, wußte, daß er eine tödliche Wunde davongetragen hatte. Also zog er sich in eine weit entfernte Einöde zurück, wie ein Gott es tun muß, wenn seine Zeit zu sterben gekommen ist.

Mitten in dieser Wildnis stieß er auf einen Felsen. Mit seinem Schwert schlug er gegen den Stein und sagte: »Diesen Felsen nenne ich den Fels von Sein und Nicht-Sein. Dieser Felsen wird der Fels meines Sterbens sein.«

Rund um den Felsen schuf Orok einen goldenen Palast und zog sich darin zurück, um in Ruhe die Äonen verstreichen zu lassen, die noch vor ihm lagen.

Denn der Tod eines Gottes vollzieht sich in einem langen, langsamen Sterben.

Nun geschah es, daß der sterbende Gott sich einsam fühlte. In seiner Einsamkeit entschied er, einen Sohn zu haben. Er ging zum Fels von Sein und Nicht-Sein hinab. Er betrachtete ihn und erkannte seine Stärke.

»Fels von Sein und Nicht-Sein!« rief er. »Gebier mir einen Sohn, genauso groß und stark.«

Der Gott hob sein Schwert und schlug damit gegen den Felsbrocken. Ein gewaltiger Blitz flammte auf, doch als das Strahlen er-

losch, wich der Gott entsetzt zurück. Vor ihm kauerte eine groteske Kreatur, die von Finsternis umhüllt war. »Kreatur, du bist nicht wohlgestaltet. Sag mir, was du bist.«

Und die von Schwärze umhüllte Kreatur antwortete: »Vater, ich bin Koros aus dem Fels, und ich bin Euer Sohn.«

Da erfuhr der sterbende Gott, was Verzweiflung bedeutet. Er hätte das Geschöpf mit seinem Schwert niederstrecken können, aber Mitleid wallte in ihm auf, und er entschied: »Kreatur, du sollst leben.« Und damit die Kreatur leben konnte und nicht einsam sein mußte, schuf der sterbende Gott ihr eine Schwester, so sanft wie Blütenblätter. Ihr Name war Viana.

Und die Kinder lebten im Palast des Orok, doch ihr Vater würdigte sie keines weiteren Blickes.

Die Äonen verstrichen.

Und es begab sich, daß der sterbende Gott schwächer wurde und erneut entschied, einen Sohn zu bekommen. Er machte sich auf zum Fels von Sein und Nicht-Sein. Als er sein Schwert hob, spürte er die Schnelligkeit der Klinge.

»Fels von Sein und Nicht-Sein!« rief er. »Gebier mir einen Sohn, der genauso schnell und feurig ist.«

Ein gewaltiger Blitz flammte auf, doch erneut wich der Gott entsetzt zurück, als das Strahlen erlosch. Denn vor ihm schwebte ein Geschöpf mit rotem Haar und roten Augen, gehalten von ledrigen Schwingen. Der sterbende Gott sagte: »Kreatur, du bist nicht wohlgestaltet. Sag mir, was du bist.«

»Vater, ich bin Theron vom Schwert«, erwiderte die Kreatur. »Und ich bin Euer Sohn.«

Da erfuhr der sterbende Gott, was Trauer bedeutet. Mit harschen Worten hätte er die Kreatur verbannen können, doch Mitleid wallte in ihm auf, und er entschied: »Kreatur, du kannst bleiben.« Und damit das Geschöpf bleiben konnte und nicht einsam war, erschuf der sterbende Gott ihm eine Schwester, so kühl wie Wasser. Ihr Name war Javander.

Und die Kinder lebten im Goldenen Palast, doch ihr Vater würdigte sie keines weiteren Blickes.

Und während die Äonen langsam verstrichen, ging der sterbende Gott viele Male den Weg zum Fels von Sein und Nicht-Sein und erschuf dort viele Kreaturen. Aber keiner gewährte er das Leben. Von nun an duldete er nur noch Perfektion. Immer wieder schlug er auf den Fels, und immer aufs neue verbannte er die Kreaturen in das Reich des Nicht-Seins.

Die Geister der Unerschaffenen heulten um den Palast, doch der sterbende Gott hörte sie nicht.

Für den sterbenden Gott brach seine letzte Ewigkeit an. Bald würde die Zeit seiner Schöpfungen enden, und er entschied, einen Erben zu hinterlassen. Er sah den Fels an und betrachtete dann das Schwert.

»Fels von Sein und Nicht-Sein«, sagte er, »in dem Blitz, den der Zusammenprall von Schwert und Fels erzeugt, liegt Schönheit. Gebier mir einen Sohn, der genauso strahlend und schön ist.«

Als er diesmal gegen den Fels schlug, erlosch der Glanz nicht, und vor ihm stand ein Wesen, von Licht umflutet. Und der sterbende Gott flüsterte dem strahlenden Wesen zu: »Schöner, du bist wohlgestaltet. Sag mir, wer du bist.«

Und das Lichtwesen antwortete: »Ich bin Agonis vom Licht, Vater. Ich bin Euer Sohn.«

Da erfuhr der sterbende Gott Freude, nahm seinen Sohn mit und hieß ihn, sich mit ihm in den Thronsaal des Palastes zu setzen.

2 Eines Tages spazierte der schöne Sohn in den Gärten, als er auf seinen Dunklen Bruder stieß, der mit den Winden zu sprechen schien.

»Bruder, mit wem redest du?« fragte der schöne Gott.

Sein Bruder Koros drehte sich zu ihm um und lächelte. »Du hörst es nicht? Um uns herum heulen die Geister der Unerschaffenen. Ich habe gedacht, nur unser Vater könnte sie nicht hören. Ich wußte nicht, Bruder, daß du mit den Ohren deines Vaters hörst.«

Von dieser Zeit an konnte auch Agonis die wehklagenden Rufe wahrnehmen. So kam es, daß er zu seinem Vater sprach: »Vater, die Unerschaffenen schreien danach, geboren zu werden. Kann ich nicht eine Welt erschaffen, in der sie leben können?«

Der sterbende Gott antwortete: »Mein Sohn, dein Mitgefühl verstärkt nur meine Liebe zu dir. Aber es gibt Kreaturen, die nicht zum Sein erweckt werden sollen. Du magst eine Welt schaffen; doch zunächst mußt du die Geschöpfe des Guten von denen des Bösen scheiden.«

Also kam es, daß der schöne Agonis sich ans Werk machte und die Unerschaffenen einen nach dem anderen zu sich rief.

Koros jedoch neidete seinem schönen Bruder diese Aufgabe. »Bruder«, sagte er zu ihm, »laß mich dir helfen.«

Doch der schöne Agonis lächelte und sagte: »Dunkler, ich bedauere dich, aber du bist ungeeignet für diese Aufgabe. Denn magst du auch ein gutes Herz haben, so ist deine Gestalt doch von Übel.«

Da loderte das dunkle Feuer des Grolls in Koros, und er ging zu seinem Bruder Theron. »Der schöne Agonis erschafft eine Welt«, sagte er, »und bevölkert sie nur mit Geistern seinesgleichen. Unsere Geister jedoch verdammt er zum Nicht-Sein. Hilf mir, gegen ihn zu kämpfen, Bruder. Denn der Tod unseres Vaters naht schnell, und bald erwartet uns die Zeit des Gerichts.«

Aber der feurige Theron verstieß seinen Dunklen Bruder. »Hin-

weg, Mißgeburt! Ich bin zwar nicht so schön wie unser Bruder, aber ich bin schöner als du. Und mein feuriger Zorn wird nur für die rechtschaffene Sache des Agonis aufflammen!«

Also sann der Dunkle Gott auf Rache. Als sein Vater schlief, stahl der Erstgeborene ihm das Schwert des Feuers, rief die Geister der Unerschaffenen zu sich und führte sie zum Felsen von Sein und Nicht-Sein.

»Fels!« rief er und hob das Schwert. »Schaffe für diese Geschöpfe, Finstere und Schöne gleichwohl, eine Welt, in der sie alle zusammen leben können!«

Er ließ das Schwert gegen den Felsbrocken sausen. Eine Explosion erschütterte den Palast. Flammen und schwarzer Rauch erfüllten den Raum, und ein schwarzer Abgrund tat sich im Boden auf. Durch diesen Spalt stürzten die Ungeborenen, und der Dunkle Gott erkannte die Welt, die er erschaffen hatte. Da überfiel ihn Entsetzen, denn es war eine Welt nach seinem Muster. Der Dunkle Gott verbarg sich in dem Chaos, das er angerichtet hatte, und versteckte sich unter seinen widerwärtigsten und mißlungensten Kreaturen.

Darüber, im Palast, bebte sein Vater vor Wut. Er rief seine Kinder zu sich und fragte sie, was sie tun wollten.

Theron, rothaarig und glutäugig, wollte voller Zorn hinabsteigen.

Aber der schöne Agonis trat vor. »Vater«, sagte er. »Unser einfältiger Bruder hat eine Welt der Qual erschaffen. Doch das Opfer eines Gottes kann sie vielleicht retten. Laß mich in die Welt hinabsteigen, die mein Bruder erschaffen hat, und Licht in die Finsternis bringen.«

Da sah der sterbende Gott seinen Sohn an und sagte: »Mein Sohn, durch dein Opfer werden dich alle lieben. Aber ich nähere mich der Zeit meines Endes. Es ist bestimmt, daß ich in diese neue Welt hineinsterbe und daß ihr, meine Kinder, euch nach mir um sie kümmert.«

Also begab es sich ein letztes Mal, daß der sterbende Gott zum Fels von Sein und Nicht-Sein hinunterschritt. Nachdem er seine Taten dort zu Ende geschmiedet hatte, war das Chaos, das sein Dunkler Sohn hinterlassen hatte, in Ordnung aufgelöst. Er ordnete die Jahreszeiten der Welt, und er legte die Rangordnung der Kreaturen fest, die dort lebten. Die Guten beheimatete er in einem üppigen, fruchtbaren Tal, und die Bösen verbannte er weit hinter die Berge. In die Mitte des Tals, das man das Tal des Orok nannte, verpflanzte er den Fels von Sein und Nicht-Sein; als er sein Werk vollendet hatte, erschien der Gott, der gestorben war, ein letztes Mal vor seinen Kindern.

»Meine Kinder«, sagte der tote Gott Orok. »Das ist nicht die Welt, die ich wollte. Durch mein Sterben habe ich die Finsternis vom Licht getrennt, aber dennoch bleibt die Finsternis in dieser Welt ständig gegenwärtig. Deshalb müßt ihr für diese Welt sorgen.«

Dann übergab der tote Gott jedem seiner Kinder eine Provinz und einen Kristall, der die Macht dieser Provinz verkörperte. Zunächst rief er seine Töchter zu sich. Er segnete sie und gab Viana einen Kristall in der Farbe der Erde; Javander erhielt einen in der Farbe des Meeres.

Dann rief er seine ihm verbliebenen Söhne zu sich. Theron übergab Orok einen Kristall, der wie Feuer glühte.

Dann kam sein schönster Sohn.

Die niederen Götter rangen nach Luft.

Zwar war jeder Kristall ein Kleinod von ausgesuchter Schönheit, doch der Kristall des Agonis war einzigartig. Seine Farbe schimmerte und schillerte wie das Sonnenlicht.

Orok umarmte seinen Sohn und küßte ihn auf Augen und Lippen. »Jetzt, meine Kinder, ist die Zeit gekommen, da ich hinabsteigen muß in den Fels meines Sterbens. Wisset, daß ich euch befehle, durch das Band der Liebe verbunden zu leben und die Kristalle nur zum Guten zu verwenden.«

Doch als die lebenden Götter vortraten, um ihren toten Vater zu segnen, ertönte auf einmal ein lauter Schrei. »Haltet ein!« Denn der Dunkle Koros war aus seinem Versteck herbeigeeilt und kniete reumütig vor seinem Vater.

»Vergebt mir, Vater!« flehte der Dunkle Gott. »Segnet mich, wie Ihr meine Schwestern und Brüder gesegnet habt.«

Der feurige Theron sagte: »Vater, laßt mich ihn zerstören!«

Aber der schöne Agonis nahm die Hand seines Dunklen Bruders. »Vater«, sagte er, »er bereut. Laßt ihn am Leben, und versichert ihn Eurer Wertschätzung!«

Also sagte der tote Gott zu seinem Sohn Koros: »Mißgeburt, du verdienst nur den Tod. Aber das Mitleid deines schönen Bruders rührt mein Herz. Du sollst leben, aber deine Provinz sei der Tod. Du bist der Wächter am Tor des Nicht-Seins. Dein sind die Orte, wo die Furcht lauert, dunkle Höhlen der Nacht und Ecken voller Spinnen, kahle Bergpässe und die Katakomben des Todes.«

Und er reichte seinem Erstgeborenen einen Kristall, schwarz wie die Nacht, der purpurschwarz in einem Licht glühte, das wie die Finsternis selbst schien.

Dann stieg er in den Fels seines Sterbens hinab. Als er fort war, scharte der schöne Agonis seine Brüder und Schwestern um sich. »Kinder«, sagte er zu ihnen, »unser Vater hat uns eine große Verantwortung auferlegt. Laßt uns schwören, uns dieser Verantwortung würdig zu erweisen.« Er legte seinen Kristall auf den Felsen und bat seine Geschwister, es ihm gleichzutun. »Laßt uns unsere Kristalle mit diesem Fels verschmelzen. Und laßt uns geloben, daß wir, solange sie hier vereint sind, ihre Macht nur zum Guten verwenden.«

So wurden die fünf Kristalle in den Fels eingebettet und formten den mythischen Kreis, den man Den Orokon nannte. So lange dieser Kreis ungebrochen war, so lange würde diese neue Welt in Harmonie leben.

Das war das erste Zeitalter der Welt, das die Frauen und Männer das Zeitalter der Unschuld nennen sollten.

3 Nun begab es sich, daß das Zeitalter der Unschuld endete und das Zeitalter anhub, das man die Zeit des Sühneopfers nannte. Als die Erde noch jung war, erfüllten die Menschen ihre Verpflichtungen gegenüber allen fünf Göttern. Aber mit der Zeit sammelte sich um jeden einzelnen Gott eine Gefolgschaft, die eifersüchtig ihren eigenen Gott anbetete. Selbst der Dunkle Koros hatte seine Anhänger, die wie er im Finsteren lebten.

Eines Tages rief der schöne Agonis seine Schwestern und Brüder zu sich. »Kinder«, sagte er, »gestern habe ich mit unserem Vater gesprochen, der in der Dunkelheit des Felsens ruht. Unser Vater hat mich gewarnt. Es kommt eine Zeit, in der die Menschen nicht mehr in Harmonie miteinander leben werden. Daher müssen wir sie vor sich selbst schützen; es ist unsere Aufgabe, sie stärker an das Göttergeschlecht zu binden.«

Als seine Geschwister wissen wollten, wie sie dieses Unterfangen bewerkstelligen sollten, antwortete der schöne Agonis, es sei bestimmt, daß er eine Frau aus dem Menschengeschlecht zu seiner Gattin nehmen würde.

»Bruder«, wandte seine Schwester Javander ein. »Das Leben eines Menschen ist kurz. Wie willst du eine finden, die bereit ist, dein langes Leben mit dir zu teilen?«

»Bruder«, schloß sich seine Schwester Viana an, »die Schönheit einer Menschenfrau ist vergänglich. Wie willst du eine finden, die nicht so rasch verblüht?«

Ihr Bruder entgegnete, er würde die Welt nach der schönsten ihrer Töchter absuchen. Wenn er sie gefunden habe, wolle er sie zu einer Göttin machen.

Nun begab es sich, daß im Tal des Orok ein Zauberer lebte, der viele Zaubersprüche ersann. Sein Name war Toth-Vexrah, und als der von der Suche des schönen Gottes erfuhr, ging er zu ihm und sagte: »Erhabener, ich kann dir zeigen, wonach du suchst.« Der Zauberer zog ein magisches Glas hervor, und in diesem Glas sah der Gott Agonis das Bildnis einer Frau, die so schön war wie er selbst.

»Du hast die Wahrheit gesprochen, Zauberer«, erklärte der faszinierte Gott. »Dieses Geschöpf könnte schon fast eine Göttin sein. Sag mir, wo ich sie finden kann.«

»Erhabener«, antwortete der Zauberer. »Du mußt nicht lange suchen. Der Name dieser Dame ist Imagenta. Sie ist meine Tochter, und ich gebe dir gern ihre Hand.«

Also kam es, daß der Zauberer seine Tochter dem Gott versprach. Ihr Gesicht war von einem Schleier verhüllt, den der Gott zur Seite schieben wollte. Doch der Zauberer hielt ihn zurück. »Halt!« rief er. »Erhabener, es gibt eine Bedingung, die ich dir stellen muß. Das Glas zeigt nur einen schwachen Abglanz der Schönheit der Dame. In Wahrheit ist meine Tochter eine so strahlende Persönlichkeit, daß nur ihr Ehemann sie betrachten darf. Schlage den Schleier erst zurück, nachdem sie deine Gemahlin geworden ist.«

Der Gott willigte ein, bat jedoch den Zauberer um das magische Glas, so daß er bis zur Hochzeit hineinblicken könne. Der Zauberer gab es ihm, und der Gott konnte seinen leidenschaftlich sehnsüchtigen Blick nicht mehr davon losreißen.

4

Als die Hochzeit des schönen Agonis verkündet wurde, herrschte große Freude im Tal des Orok. Frauen und Männer fertigten prächtige Geschenke für die Götter an, und viele Opfergaben wurden dargebracht. Nur die Miene von Koros blieb finster. Denn nachdem er das Bildnis erblickt hatte, das seinen Bruder so faszinierte, glühte eine heiße, finstere Wut im Erstgeborenen des Orok.

So begab es sich, daß Lady Imagenta am Morgen ihrer Hochzeit nicht gefunden werden konnte. Der schöne Agonis war zerschmettert von seinem Leid, so daß der feurige Theron einen Götterrat einberief.

Einer fehlte.

»Schwestern und Brüder!« donnerte der feurige Gott. »Wo ist unser Bruder Koros?«

Da hämmerte der Zauberer Toth-Vexrah an die Tür und schrie: »Erhabene, es war Euer Bruder, der meine Tochter entführt hat! Er hat sie an den Fuß der Fernen Berge gebracht und sie dort in eine Festung der Finsternis eingeschlossen!« Und der Zauberer ließ ein Bild von dem flüchtigen Gott entstehen.

»Das kann nicht sein!« rief die Göttin Viana. »Die Macht meines Bruders mag finster sein, aber sie ist nicht von Übel! Was wir hier sehen, muß eine Illusion sein!«

»Göttin, es ist keine Illusion«, widersprach der Zauberer. »Seht auf den Fels von Sein und Nicht-Sein, und Ihr werdet erkennen, daß der Dunkle Kristall nicht mehr an seinem Platz ruht.«

Die Götter betrachteten den Fels und sahen, daß es stimmte.

Der feurige Theron flammte auf vor Wut. »Götter! Unser Bruder hat unseren Pakt gebrochen! Daher ist er unser Feind. Schöner Bruder, trauere nicht länger, denn ich werde den Verräter Koros vernichten!« Der feurige Gott riß seinen eigenen Kristall aus dem Fels.

»Bruder, ich folge dir!« rief die Göttin Javander. »Meine Macht soll sich ebenfalls gegen Koros richten! Schwester Viana, hilfst du uns in unserem Kampf?«

Aber die Göttin Viana sah ihre Geschwister verächtlich an, während sie ihren Kristall aus dem Fels zog. »Schwester, ich werde *in den Kampf ziehen, aber meine Macht ringt auf Koros' Seite!«*

So kam es zu dem ersten Krieg auf Erden, als die Kräfte von Theron und seiner Schwester Javander gegen die vereinte Macht von Koros und Viana kämpften. Unter der Fahne eines jeden Gottes versammelten sich Armeen, und das Tal des Orok wurde von Tod und Verheerung heimgesucht.

5 Der schöne Gott schritt jedoch nicht dagegen ein, sondern starrte nur trauernd in das magische Glas.

Nach vielen Jahren schließlich kam der Zauberer Toth-Vexrah zu Agonis und sagte: »Erhabener, die Zerstörung, die am Fuß der Berge begann, kriecht immer näher auf deinen Palast der Trauer zu. Schon bald wird das ganze Tal nur noch Ödland sein. Selbst deine schönen Menschen sind in deinem Namen in den Krieg gezogen, schwingen Schwerter und Streitäxte. Dein Kristall ist der mächtigste der Kristalle des Orok. Setze ihn ein, und bereite dem Krieg ein Ende.«

»Zauberer, deine Worte sind von Übel«, erwiderte der schöne Gott. »Unser Vater hat uns befohlen, durch das Band der Liebe miteinander verbunden zu leben und die Kristalle nur für Gutes zu benutzen. Auch wenn ich um den Verlust deiner Tochter trauere, verbietet mir mein Herz, den Befehl meines Vaters zu mißachten.«

»Dann bist du ein Narr!« antwortete der Zauberer, packte den Kristall des schönen Gottes und zauberte ihn hinweg in die Hände des feurigen Theron. So kam es, daß Theron den Sieg davontrug und schließlich in die finstere Festung des Koros eindrang.

»Sie gehört mir!« rief der feurige Gott, denn die ganze Zeit über hatte Theron im hintersten Winkel seines Herzens Imagenta für sich selbst begehrt.

Im Inneren der Festung griff er seinen Dunklen Bruder an und stach ihm in den Schenkel, als Strafe für seine Lust. Dann stürmte er mit wild klopfendem Herzen in die Kammer, wo die Gefangene eingesperrt worden war.

Aber dort verwandelte sich seine Freude in Wut, denn Imagenta war verschwunden und konnte auch nicht gefunden werden. Der feurige Gott klagte und schlug gegen die Wände, hob den Kristall, der die Farbe der Sonne hatte, und beschwor die Vernichtung der ganzen Welt.

Da verdunkelte sich das Firmament, und eine Stimme wie Donnerhall gebot dem feurigen Gott Einhalt.

»Vater!« rief Theron und sank auf die Knie. Es war die Stimme seines toten Vaters, die sich wie ein Phantom aus der Dunkelheit des Felsens erhoben hatte.

Diese Dunkelheit verfinsterte das ganze Tal, als die Kinder des toten Gottes wiederum vor ihn gerufen wurden.

»Meine Kinder, ihr habt diese letzte meiner Schöpfungen zerstört. Lebte ich noch, würde ich euch strengstens bestrafen, aber ihr habt euch selbst der Vergeltung ausgeliefert. Ihr werdet fortan ein Leben in Buße führen. Euch bleibt nur, daß ihr euch in Die Unergründlichkeit zurückzieht und diese Welt in das Reich des Nicht-Seins zurückführt.«

Der Gott wäre wieder in den Fels seines Todes zurückgesunken, wenn ihn nicht sein schöner Sohn angerufen hätte. »Vater, verdammt diese Welt nicht zum Nicht-Sein! Auch wenn die Götter, deine Kinder, so fürchterlich gefehlt haben, verdienen deshalb doch die Frauen und Männer dieser Welt nicht den Tod. Laß uns unsere Buße hier tun, und schaffe diese Welt noch einmal neu.«

Daraufhin erhob sich der tote Gott noch einmal und sagte: »Mein schönster Sohn, meine Liebe zu dir ist nicht abgeklungen. In der Schwärze meines Todes sehne ich mich nach deiner Gesellschaft. Doch nein, die Zeit, in der die Götter in der Welt leben können, ist vorbei. Genausowenig verdienen ihre Geschöpfe eure Anteilnahme. Es soll geschehen, daß diese Welt lebt, doch von nun an müssen ihre Kreaturen ihr Leben allein bewältigen. Bringt sie zu mir.«

Und der schöne Agonis versammelte traurig die Menschen der Erde vor dem Fels von Sein und Nicht-Sein; und dort sprach sein toter Vater folgende Worte:

»Frauen und Männer der Erde, ihr dürft nicht länger unter den Göttern leben. Eure Rassen, die bewaffnete Armeen aufstellten, können nicht miteinander auskommen. Sie werden deshalb geschieden, und ihr müßt aus diesem Tal weichen, das einst so fruchtbar war und nun zu einem Tal der Zerstörung geworden ist. Morgen, nach ei-

ner Nacht der Trauer, werden meine Kinder in Die Unergründlichkeit zurückkehren, die ihre Heimstatt ist. Euer Schicksal jedoch liegt hinter den fernen Bergen.«

Dann verlieh der tote Gott jeder einzelnen menschlichen Rasse eine Bestimmung. Den Gefolgsleuten der Viana erlegte er die Reise nach Osten auf, wo sie in einem Reich von dunklen Wäldern eine neue Heimstatt finden sollten. Er ließ sich von Viana den Kristall in den Farben der Erde geben und überantwortete ihn ihren Anhängern, auf daß sie sich darum kümmerten. »Dieser Kristall ist ein Symbol eurer Göttin. Tragt ihn immer bei euch, dann wird sie auch immer bei euch sein.«

Mit den Gefolgsleuten von Javander und Theron verfuhr er ähnlich. Javanders Anhänger schickte er über das Meer zu den fernen Inseln des Westens; Therons Gefolgsleute sollten nach Süden gehen, wo die Sonne hoch vom Himmel brannte.

Schließlich wandte sich der tote Gott an die Anhänger seines schönsten Sohnes.

»Kinder des Agonis, ihr habt euch seiner unwürdig erwiesen. Eure Reise führt nach Norden, in die bergigen Länder des ewigen Eises. Dort werdet ihr dicht unter dem Himmelsgewölbe leben, aber es wird ein Himmel sein, der euch keine Wärme schenkt. Vielleicht wird euch irgendwann, wenn ihr auf diesen Kristall achtet, eine angemessene Sühne auferlegt.« Denn die Zeit, die jetzt anbreche, so sprach er, sei die Zeit des Sühneopfers, in der alle wegen ihrer Irrtümer der Vergangenheit in Kummer und Not leben sollten.

Der tote Gott wollte die Rassen schon wegschicken, aber sein schöner Sohn Agonis trat vor. »Vater, du bist gerecht. Aber Koros steht ebenfalls hier. Was wird aus seinen Gefolgsleuten? Wo soll ihr Heim sein?«

Da jedoch ließ der tote Gott seinem Zorn freien Lauf.

»Sprich nicht von dem, der nur meinen Abscheu verdient hat! Ihr Geschöpfe des Koros, ihr sollt keine Heimstatt finden!«

Und der tote Gott packte den Kristall seines Erstgeborenen und schleuderte ihn in den Himmel hinaus, so hoch und so weit, daß niemand seine Bahn verfolgen konnte; niemand sah, wo er landete.

»Verfluchter Stamm, es ist eure Bestimmung, ewiglich durch die Länder dieser Welt zu ziehen und nach dem Kristall zu suchen, der allein euch erlösen könnte. Die anderen Rassen werden euch hassen, denn sie werden wissen, daß es euer Gott war, der das Tal des Orok zerstört hat.«

So wurden also die Bestimmungen der Rassen auf der Erde verfügt. Und in der Nacht, bevor die Götter die Erde verlassen mußten, rief der schöne Agonis seine Schwestern und Brüder zu sich und sprach:

»Kinder, der Zorn unseres Vaters ist gerecht. Er hat den Frauen und Männern der Erde ein hartes Schicksal auferlegt. Aber ich habe mit ihm gesprochen, in der Dunkelheit seines Todes. Unser Vater hat die fünf Kristalle geteilt, und doch, irgendwann, werden sie wieder vereint sein. Es ist unsere Aufgabe, auf unsere Anhänger zu achten und bis zum Zeitpunkt der Erlösung über sie zu wachen. Laßt uns nun über diese Erlösung meditieren, bevor die Stunde kommt, in der wir in Die Unergründlichkeit hinabsteigen müssen.«

Aber der schöne Gott verbrachte diese Nacht nicht mit Meditation. Statt dessen rief er den Zauberer Toth-Vexrah zu sich.

»Du Verräter, die Zeit für gegenseitige Beschuldigungen ist vorbei«, erklärte er. »Aber sag mir: Was ist aus deiner Tochter geworden? Mein Bruder Theron hat mir erzählt, sie wäre verschwunden. Doch wie kann das sein? Zeige mir, wo sie ist.«

Der Zauberer erwiderte: »Meine Tochter ist verschwunden, ich weiß nicht wohin. Trotz all meiner Magie habe ich sie nicht finden können.«

Der schöne Gott seufzte und sah ein weiteres Mal in das magische Glas, in dem die Schönheit der Dame nicht vergangen war.

»Diese Dame sollte die Erlösung dieser Welt sein. Wäre sie die meine geworden, hätte die Welt erblühen können. Als ich sie verlor, war alles verloren.«

So verstrich die Nacht der Trauer, und als der neue Tag anbrach, sammelten sich die fünf Rassen ein letztes Mal am Fels von Sein und Nicht-Sein. Die festgesetzte Stunde brach an, die Götter kamen, und einer nach dem anderen verabschiedete sich von seinen Anhängern. Doch als es an Agonis war, Abschied zu nehmen, konnte der schönste der Götter nirgendwo gefunden werden.

»Wo ist Agonis?« Der Schrei stieg aus der Menschenmenge empor, aber der schöne Gott blieb verschwunden, ebenso wie die Dame, die er geliebt hatte.

Bis zum heutigen Tag bleibt sein Schicksal ein Rätsel. Einige sagen, er sei in den Fels von Sein und Nicht-Sein hinabgestiegen, um dort Trost beim toten Gott, seinem Vater, zu suchen. Andere behaupten, er sei im magischen Glas versunken.

Dann gibt es noch die Legende, daß er sich an diesem Tag verkleidet und unter die Menschen gemischt habe, die sich um den Fels drängten. Es heißt, er sei mit ihnen aufgebrochen, als sie das Tal verließen, entschlossen, die Welt nach der verschwundenen Dame abzusuchen. Aber in welcher Verkleidung oder mit welchem Stamm er gegangen ist, konnte niemand sagen.

Und immer noch, obwohl mittlerweise die Äonen still vorübergezogen sind, warten seine Anhänger auf den Tag, an dem der verschwundene Gott zu ihnen zurückkehrt und seine Braut in den Armen trägt.

Erst dann, glauben sie, wird die Zeit des Sühneopfers enden und ein neues Zeitalter in der Geschichte der Welt anbrechen.

Das Dorf Irion und der Wildwald

1 Kolkos Aros
2 Der Kristallhimmel
3 Die Burg
4 Der Fels von Ixiter
5 Die Sakristei
6 Die Weissagung
7 Der Tempel von Irion
8 Der Träge Tiger
9 Alte Scheune
10 Der Wall der Stäbe
11 Die Blütenhütte
12 Wolverons Höhle
13 Der Todesfelsen
14 Das Mühlgerinne
15 Der Kreis des Wissens
16 Die alte Eiche
17 Der Weg zum Tal von Rodeck

D·S

DAS DORF IRION und der WILDWALD
1
2
3
4
5
6
7
8
9
10
11
12
13
14
15
16
17
WILDWALD
DIE FAHLE LANDSTRASSE
D·S

Teil Eins

Ein kleiner Junge in Schwarz

1. *Tiger im Wald*

Tief im Wildwald herrscht eine Stille, die von Grün eingehüllt ist. Obwohl der verrückte Ruf des Kuckucks ertönt und das Jubilieren der Nachtigall, werden alle Geräusche vom Wald gedämpft. Das Schweigen beherrscht alles.

Etwas Helles leuchtete im dunklen Grün auf.

»Wald-Tiger!«

Cata huschte vorwärts, aber der Wald-Tiger war fort.

»Oh, Papa, hol ihn wieder zurück!«

»Der Wald-Tiger tut, was er will, mein Kind. Er ist ein besonderer Bursche, und das weiß er auch. Soll er seine Streifen etwa dummen kleinen Mädchen zeigen?«

Dumm?

Cata starrte beleidigt in die Dunkelheit. Sie wollte, daß alle Geschöpfe des Wildwaldes ihre Freunde waren. Mit einem einzigen Blick, ohne zu singen oder zu tanzen, konnte sie Eichhörnchen und Rotkehlchen herbeirufen, selbst den fetten Dachs; sie konnte mit der klugen Damasteule plaudern und mit dem glatten Otter aus dem Fluß. Nur Wald-Tiger wollte nicht zu ihr kommen. Er blieb für sie ein Aufblitzen von Gold, ein heller Blitz in dem gesprenkelten Dunkelgrün.

»Manchmal bleiben uns die strahlendsten Dinge verborgen, mein Kind. Aber wir werden sie sehen, wenn die Zeit gekommen ist.«

Cata seufzte. Wie oft hatte Papa das schon gesagt! Diesmal hatte er noch nicht einmal seinen Kopf unter der Kapuze gewendet. Unbeirrt setzte der alte Mann seinen Weg fort, linker Fuß, rechter Fuß, pflanzte den Stock fest in den schweren Waldboden, und sein schwarzbrauner Umhang hing in der drückenden Hitze bewegungslos an ihm herab.

»Papa, wann ist meine Zeit gekommen?« rief sie ihm nach.

Der alte Mann gluckste nur.

Cata juckte es in den Füßen, ins Unterholz zu laufen. An einem anderen Tag wäre sie vielleicht selbstvergessen in dem Gewirr von Farnen und Farnkraut verschwunden. Doch heute seufzte sie nur noch einmal, murmelte den Wald-Tiger-Vers, huschte hinter Papa her und packte seine herabhängende Hand.

»Papa, erzähl mir noch mal von den hübschen Gauklern«, bat das Mädchen nach einem Moment.

Erneut ertönte ein Glucksen unter der Kapuze ihres Vaters. Der Wald-Tiger konnte warten, aber der Jahrmarkt nicht. Den ganzen gestrigen Tag und auch schon vorgestern hatte der alte Mann dem Mädchen von den Ausstellern erzählt, seit die bunten Wagen der Vagas in das Dorf gerumpelt waren. Er hatte ihr von den gestreiften Buden und den Raritäten-Kabinetten berichtet, den Steinen, die auf der Vorderseite der Turbane der Vagas glühten. Mit verführerischen Worten hatte er farbenprächtige Bilder beschworen: der bunte Harlekin mit seinem Hut und den bimmelnden Glöckchen, die grauhaarige Weise Frau mit ihrer strahlenden Kristallkugel, der Mann ohne Kopf und mit einem Gesicht auf der Brust, und die Frau mit einem Fischschwanz an der Stelle, wo eigentlich ihre Beine hätten sein sollen. Hatte er die Hoffnungen des Mädchens zu sehr geschürt? Vielleicht gehörten all diese Dinge, wie so vieles andere, mittlerweile nur noch in diese andere Welt, die man Vergangenheit nannte. Es war schon so lange her, daß die Jahrmarktsleute gekommen waren, vielleicht waren sogar seine eigenen Erwartungen zu groß.

»Armer Wald-Tiger! Also hat sie ihn schon vergessen, mein wankelmütiges Kind?« antwortete der alte Mann nur.

»Ach, Papa!« rief das Kind und huschte davon.

Sie tanzte wie ein Kobold über den zugewucherten Pfad.

So setzten sie ihren Weg durch den Wildwald fort. Der alte Mann stapfte wie ein Pilger über uralte Wege, und das Kind trottete mal hinterher und lief dann wieder voraus, ein rastloser, vertrauter Kobold in einem groben Kleid aus Sackleinen.

Der Wildwald schlich sich an das Dorf heran wie ein Dieb. Der Pfad bildete einen gewundenen, heimlichen Tunnel.

2. *Der Friedhof*

Das Dorf Irion lag tief in den Tälern der Tarn, in den grünen Mulden am Fuß der Gipfel, die in der alten Sprache des Zeitalters der Unschuld Kolkos Aros genannt wurden: der Kristallhimmel. Südlich von hier, in den sanft gewellten Niederungen Ejlands, galten diese weißen Berge als Mythos, ein hochaufgetürmtes Symbol einer ätherischen, fremden Welt. Für die Bewohner der Tarn sind sie eine ewige Präsenz, wenn auch nicht ganz real. Sie hängen am Horizont wie ein geisterhafter Hintergrund, strahlend weiß gegen das intensive Tiefblau des Himmels. Selbst in der heißesten Jahreszeit erinnert es sie daran, daß die Kälte nur kurz weicht, im äußersten Norden des Königreichs El-Orok.

Dennoch: Jetzt, auf dem Höhepunkt der Hitze, könnte man meinen, daß die Kälte für immer gebannt sei, selbst hier. In dieser Jahreszeit des Theron, im Zyklus 997a des Sühneopfers, wie der Kalender des Agonis dieses Jahr nennt, schmachten die Täler in der Hitze, als würde die Luft brennen.

Es war die heißeste Zeit des Theron seit dem Krieg.

Erst als sie das Ende des Hohlwegs erreichten, schob Cata wieder ihre Hand in die ihres Vaters. Der alte Mann lächelte traurig unter seiner Kapuze. Es gab immer diesen Moment am Rand des Wildwaldes, nur kurz, selbst jetzt noch, trotz all der Verlockungen des Jahrmarkts, ein Augenblick, in dem Cata zurück in das Grün laufen wollte. Sie rieb zärtlich ihr Gesicht an der rauhen Hand ihres Vaters.

Er zog seine Hand weg. »Schmutzfink! Ist dein Papa eine Scheuerbürste?«

»Papa?«

Aber der Tadel war nur ein Scherz gewesen. Heute morgen erst hatte der alte Mann das Mädchen zum Fluß geschickt, wo sie sich den gröbsten Schmutz hatte wegwaschen sollen. Aber das Mädchen hatte statt dessen, wie er wußte, mit dem schlüpfrigen Otter geplaudert.

Ganz egal, das Mädchen mußte sein wahres Wesen finden. Sie war ein Kind des Wildwaldes, wie er es einst gewesen war, bevor er gezwungen wurde, etwas anderes zu werden.

Eine marode Mauer markierte das jähe Ende des Wildwaldes. Durch eine Schneise traten sie auf den Friedhof.

Cata blinzelte.

Der Nachmittag war sehr hell. Bemooste Grabsteine lagen herum wie Hunde, die heruntergekommen in einem vernachlässigten Garten schliefen. Eine drohende Stille lastete auf dem Ort, die sich mit der Hitze vermischte, aber hinter dieser Stille schlugen Trommeln, jaulten Fideln, ertönte Stimmengewirr von dem bevölkerten Dorfanger. Der Klang wogte im Kreis der darum angeordneten Häuser wie in einer Schüssel, aus der er sich wie Dampf zum baufälligen Gebäude der Burg erhob, die über allem gutmütig im Licht des Tages thronte.

Weiße Wolken leuchteten an einem azurnen Himmel.

»Oh, Papa!«

Das Mädchen vergaß ihre Ängste. Sie tanzte zwischen den Steinen umher. Papa pflanzte seinen Stock fest in das Gras zwischen die

Gräber und marschierte zielstrebig auf die große Eibe in einer Ecke des Friedhofs zu.

Cata sah ihm nach. »Papa, nicht jetzt!«

»Jedesmal, mein Kind.«

Eines Tages würde sie es verstehen. Im Herzen des alten Mannes war der Pfad zu diesem Grabstein ebenso tief ausgetreten wie die Pfade durch den Wildwald. Es war ein Weg, dem er folgen mußte. Mühsam ging er in die Knie. Hoch über ihm ragten die verschlungenen Äste der Eibe in den Himmel, und unter ihm verflochten sich die dicken Wurzeln in der Graberde.

»Ach, Yane!« Der alte Mann seufzte und fuhr mit den Fingern über die Buchstaben auf dem Grabstein. Ein Fünfer-Zyklus war vergangen, und immer noch kam es ihm wie gestern vor, daß Yane wie ein Mädchen, das schlief, ihre eisige Reise zu dem angetreten hatte, was nun ihre Ewigkeit war: ein zerbrechlicher Käfig aus Knochen, tief unten in der Erde.

Der alte Mann hob den Kopf und schnupperte. In der Nähe gab es Menschen, aber er wußte, daß keiner von ihnen sie sehen konnte. Mit seiner rauhen Hand tastete er am Rand des Grabsteins entlang und klaubte Moos und Unkraut von dem Mechanismus.

Der Grabstein hob sich lautlos, wie der Deckel von einer Dose.

Cata hockte sich ungeduldig auf ein Grab in der Nähe. Sie hatte die Zeremonie schon oft miterlebt und war ihrer überdrüssig. Sie konnte nicht einmal Mama in der großen Kiste sehen! Es war so dunkel da drin! Sie streckte einer Schwalbe, die um sie herumstolzierte, den Finger hin, und das Tier hüpfte unerschrocken auf ihre Hand.

Schwalbe, Schwalbe, wo bist du gewesen?
Meine Augen sind deine Augen; zeig mir, was du gesehen hast.

Cata schloß die Augen und fühlte den unmerklichen Druck der winzigen Vogelkrallen. Dann tauchte sie ein in ein verwirrendes Meer von Grün und Braun. Sie nahm das leise Tapp-Tapp der Käfer in der Dunkelheit wahr und das Gleiten der Würmer in der fruchtbaren Friedhofserde. Dann plötzlich war alles strahlend blau. Der leichte Druck war verschwunden.

»Dummerchen!«

Papa stand über dem Grabstein und murmelte etwas mit gesenktem Kopf. Cata sprang auf. Sie drehte sich zweimal für Mama, die in der Erde lebte, und lief dann leichtfüßig in den Sonnenschein hinaus und hüpfte über die Grabsteine, als spiele sie mit ihnen Himmel und Hölle. Während sie lief, sang sie:

Stein, Stein
ganz allein,
Erde, Erde
stirb und werde.

Es hätte ein Gebet sein können, doch wenn, hätte es nicht dem Gott gegolten, dessen Tempel sich vor ihr erhob, unheilverkündend und grau, sondern der ausladenden Eibe, der Muttererde mit den Tunnelgräbern, den Würmern, dem Grün des Wildwaldes, das hartnäckig gegen die Mauer des Friedhofs drängte.

»Kind!«

Die Stimme klang scharf und kam plötzlich wie ein Knall.

Cata blieb wie angewurzelt stehen.

Dann drehte sie sich um und blinzelte. Zwischen den bemoosten Grabsteinen watschelte eine Gestalt auf sie zu. Sie kam vom Tempel.

»Willst du den Ruheplatz der Toten entweihen, Kind?«

Es war eine Frau mit ausladendem Busen in einem langen schwarzen Gewand.

»Verstehst du mich, Kind?«

Schnaufend schob sich die Frau näher an Cata heran, wie ein monströser Vogel, der zu schwer ist, um fliegen zu können. Eine Haube, die wie eine Kohlenkiepe aussah, thronte auf ihrem Kopf, und um den Hals baumelte ein glitzernder goldener Anhänger.

»Du bist bestimmt so ein Vaga-Balg! Ich werde dich Respekt vor Dem Herrn Agonis lehren!«

Die Worte bedeuteten Cata nichts. Sie starrte nur ausdruckslos in das aufgedunsene Gesicht. Das Mädchen stand auf einem geschmückten Grabstein, und die fette Frau zog sie mit einem Ruck auf die Erde.

Plötzlich fing Cata an zu schreien und zu treten.

»Laß mich los! Laß mich los!«

»Laß sie los, Umbecca!«

»Papa!«

Die fette Frau löste ihren Griff. Cata trat noch einmal wütend ins Leere und versteckte sich dann schleunigst hinter dem Mantel ihres Vaters. Von dort aus betrachtete sie die fette Frau, in deren prallem Gesicht zwei Schweinsäuglein funkelten.

»Sieh an, sieh an! Silas Wolveron«, sagte die Fette bissig. »Hätte ich mir denken können. Aber das ist doch wohl nicht Catayanes Mädchen?«

»Ich bin Catayane!« platzte Cata heraus.

Aber Papas Hand, die ihr zärtlich übers Haar strich, forderte das Kind gleichzeitig zum Schweigen auf.

»Du hast dich nicht verändert, Umbecca«, sagte er nur und drehte sich um. »Komm mit, Kind. Der Jahrmarkt wartet.«

»Ja, nimm sie nur mit zu ihresgleichen«, zischte die fette Frau. »Catayanes Mädchen? Ein Vaga-Bankert, ganz bestimmt.«

»Nein, Umbecca. Sie ist Yanes Kind. Siehst du das denn nicht?«

Der alte Mann drehte sich um und schob seine Tochter vor. Die fette Frau betrachtete das Kind von oben bis unten. Was sich ihrem

Blick darbot, war ein schmutziges Straßengör, etwa einen Fünfer-Zyklus alt, mit dichtem schwarzen Haar und einem schmutzverkrusteten Gesicht. Arme und Beine des Kindes waren mit Narben und Krusten übersät, und das Sackleinengewand reichte kaum bis über ihre Schenkel. Dennoch erkannte die fette Frau, daß der alte Mann die Wahrheit gesprochen hatte.

Catayanes Mädchen.

Der gewaltige Busen wogte unter einem langen Atemzug.

»Eine Schande.« Ihre Stimme war ein empörtes Flüstern. »Eine Schande für das Andenken ihrer Mutter, hörst du?«

»Aber ja, ich höre dich, Umbecca. Hören kann ich noch.« Cata sah fragend zwischen den beiden hin und her. Was meinte sie, diese fette Frau in Schwarz? Es geschah selten, daß Dorfbewohner mit Papa sprachen, und Cata hatte noch nie gehört, daß jemand *so* mit ihm redete. Zum ersten Mal wurde das Mädchen gewahr, daß sich ihre Welt, die sie so gut kannte, unter ihren nackten Füßen bewegte, wenn auch nur ein kleines bißchen.

»Papa?« Sie war auf merkwürdige Weise beunruhigt.

Doch Papa lachte nur. »O Umbecca, du bist immer noch dieselbe! Komm, mein Kind.«

Er drehte sich um und ging.

»Du bist ein übler Mann, Silas Wolveron!« rief die fette Frau ihm hinterher. »Unser Herr Agonis wird dich bestrafen!«

Das Gelächter des alten Mannes endete abrupt. Als er sich diesmal zu der Frau umdrehte, die er Umbecca nannte, schob er die schützende Kapuze von seinem Kopf zurück. Einen Augenblick lang starrte die fette Frau direkt in sein Gesicht: auf das Geflecht der Narben, die seine Wangen säumten, auf die leeren Höhlen, in denen einst seine Augen gelegen hatten.

»Kann ich denn mehr bestraft werden, als es bereits geschehen ist, Umbecca?« sagte er. »Und jetzt leb wohl.«

Die Frau namens Umbecca watschelte davon, faßte dabei an ihr

Medaillon, das ihr vom Hals baumelte, und sandte ein Stoßgebet an Den Herrn Agonis zum Himmel.

»Papa?« fragte Cata zögernd, während sie sich dem Tor des Friedhofs näherten. Der alte Mann hatte sein Gesicht wieder verhüllt und rammte mit grimmiger Entschlossenheit den Stock vor sich in die Erde. Es gab viele Fragen, die das Mädchen hätte stellen können.

Doch direkt vor dem Tor schlug eine helle Gestalt Purzelbäume. Der Dorfanger war plötzlich zu sehen, mit den vielen Menschen, die herumschlenderten und lachten, mit den gestreiften Zelten und Buden. Cata stürmte vor, vergessen war der Friedhof.

Der Jahrmarkt lag vor ihnen.

»Papa, komm schon!«

3. *Blaurock! Rotrock!*

Es lag schon mehr als zwei Zyklen zurück, seit die Vaga-Wagen das letzte Mal in das Dorf gerumpelt waren. Während der finsteren Tage des Krieges und dem folgenden Zyklus hatten sich die Vagas nirgendwo im Tal blicken lassen. Einige behaupteten, sie hätten sich ins Hochgebirge zurückgezogen und in der dünnen Luft abgewartet. Andere meinten, sie wären in eine andere Welt verschwunden, wozu die Vagas, wie manche glaubten, die Macht besäßen.

Cata glaubte es auch. Wie sie so in die Gassen stürzte, die die buntbemalten Wagen bildeten, aufgeregt an Papas Hand zog, kam sie selbst sich vor wie in dieser anderen Welt. Die Menge wogte um sie herum wie ein tiefes, fremdes Meer. Es roch nach Weihrauch, Musik erklang, Gold glitzerte. Staunend drängte sie zu den buntbemalten Buden, griff nach den herunterhängenden Perlenschnüren und den mit Pailletten besetzten Leinentüchern.

»Nimm das! Und das!«

Cata fuhr zurück. Ein kleines Mädchen und ein Junge kämpften mit Holzschwertern gegeneinander. Lachend huschten sie durch den Wald von Beinen. Ein großer Junge warf an einer Kokosnuß-Wurfbude einen bunten Ball. »Da hast du!« rief er und machte einen triumphierenden Satz. Überall riefen die Leute durcheinander: »Hier lang, Liebes!« und »Dreht es, dreht es!« Gelächter brandete auf, die Menschen drängten durcheinander und schrien vor Freude. Für Cata war es eine strahlende Welt der Wunder, und selbst die Puppen auf den Regalen an den Rückwänden der Buden kamen ihr vor, als würden sie sich jeden Moment in den freudigen, wilden Tanz stürzen.

»Komm her, mein Schätzchen!«

Eine Vaga-Frau rief sie zu sich. Sie saß vor einem Spalt zwischen zwei Wagen, der mit Vorhängen verschlossen war. Sie war eine imposante Erscheinung, in ihren Umhängen und mit ihren blitzenden Ringen, und sie beugte sich zu dem kleinen Mädchen herunter.

»Möchtest du deine Zukunft sehen, Kind?«

»Meine Zukunft?« fragte Cata atemlos.

Die Vaga-Frau lachte. Ihr Gesicht unter dem Turban war dunkel wie Brombeeren, als hätte sie sich die Haut mit deren Saft eingerieben. In der Hand hielt sie eine qualmende Pfeife, und sie deutete mit dem Stiel auf den Vorhang hinter ihr. Er war dunkelblau und mit Sternen bestickt.

Cata drehte sich um und sah zu ihrem Vater hoch.

»Papa, wer sind sie?«

Sie meinte die Vagas. Cata wußte, daß diese Menschen etwas Fremdartiges umgab, merkwürdiger als ihre Juwelen, ihre dunklen Gesichter und die hellen Farben ihrer Gewänder.

»Papa?« wiederholte Cata.

Aber der alte Mann schwieg. Mitten in der Menschenmenge war er in Tagträumerei verfallen. Die Gasse mit ihrem Chaos aus

Gerüchen und Geräuschen erinnerte ihn an das letzte Mal, als die Vagas gekommen waren. Er konnte es deutlich sehen, vor seinem inneren Auge. Goldmünzen, die in schwieligen Händen funkelten. Der Schaum, der weiß an silbernen Krügen herunterrann.

Ach, all diese verlockende, süße Verderbnis!

Silas Wolveron war schon damals ein alter Mann gewesen und hatte nicht mehr das Staunen empfunden, das jetzt seine Tochter fühlte. Er hatte all das schon gesehen und hatte auch die Wahrheit dahinter erblickt: das stockige Segeltuch, die pockennarbigen Gesichter der Vagas-Frauen. Doch an diesem Tag, an dem sie gekommen waren, hatte sich der schäbige kleine Jahrmarkt verändert.

Yane, sein geliebtes Mädchen, erwartete ihn auf dem Friedhof.

Hier entlang, mein Schätzchen.

Und einen Augenblick lang, als könnte er tatsächlich wieder sehen, erinnerte sich der alte Mann an das Mädchen, das über die Grabsteine lief, ihre Schuhe in der Hand und ihr weißes Kleid, das sich im Wind bauschte wie ein Gespenst. Es war fast schon Abend. Die Schatten fielen über die Gräber, und der alte Mann wartete, verborgen unter der Eibe. Das Mädchen schnappte nach Luft, als sie ihm in die Arme fiel. Krümel von Keksen klebten ihr noch auf den Lippen, und sie ließ eine Lumpenpuppe auf den Boden fallen, die sie in der Kokosnußwurfbude gewonnen hatte.

Möchtest du deine Zukunft sehen, Kind?

Selbst als der alte Mann sie in den Armen hielt, hätte er es hören können, wenn nicht das Lärmen des Jahrmarkts gewesen wäre, hätte das Trommelschlagen hören können, das immer näher kam und durch das bewaldete Tal an das Dorf heranrückte.

Die Armee der Blauröcke war unterwegs.

Silas Wolveron hatte die Gabe des Traumgesichts. Schon als Junge, als seine Augen noch grüne Becken gewesen waren, frisch und strahlend wie die von Cata jetzt, hatte er sie schließen und in absoluter

Dunkelheit wandern können. Der Wildwald mit seinem Wurzelgewirr und Zweiggeflecht war in seinen Sinnen eingeätzt wie in einer ziselierten Klinge. Aber nichts konnte das Augenlicht aufwiegen, das er verloren hatte, und das Entsetzen des letzten Anblicks, der sich unauslöschlich in sein Gehirn eingebrannt hatte.

»Papa!«

Er beugte sich zu seiner kleinen Tochter herunter. Cata blickte in sein zerstörtes Gesicht und vergaß ihren Ärger über den abwesenden alten Mann. Sie griff hoch und zupfte ihm die Kapuze zurecht.

Der Nachmittag verstrich.

Sie gingen immer und immer wieder durch die Gassen, schoben sich an den Ständen und Wagen vorbei. An der Kokosnußwurfbude gewann Cata eine einfache Lumpenpuppe, der ein lächelnder Mund aufgenäht war. In einem dunklen Zelt betrachtete sie, gleichzeitig fasziniert und angeekelt, die Frau mit dem Fischschwanz und ihren kopflosen Ehemann. Dann führte Papa sie auf einem kleinen Pony mit klingelndem Glöckchen in einem Kreis rund um den Anger.

Anschließend lief sie wieder zurück in die Gassen.

Jemand schrie gellend: »Blaurock!«

Der Schrei erscholl noch einmal, hinter einer Kurve in der Gasse. Es war eine Einladung. In dem Fenster über einer schmalen Segeltuchbude hüpfte ein kleines blaues Männchen auf und ab.

Cata schnappte begeistert nach Luft.

Der Raum vor der Bude füllte sich zusehends. Riesige Rücken, stramme Schenkel und rauschende Röcke bauten sich vor ihr auf, und Cata reckte angestrengt den Hals, als ein anderer Schrei ertönte: »Rotrock!«

Das blaue Männchen war fort. Jetzt hüpfte ein kleiner roter Mann an seiner Stelle auf und ab.

»Blaurock!« Der Blaue war wieder da.

»Rotrock!« Der Rote.

»Blaurock!«

»Rot!«

Es war das Blau-Rot-Spiel. Wolveron hielt die Hand seiner Tochter und zuckte zusammen. Er hätte nicht gedacht, daß dieses Scheingefecht von den Vaga-Puppenspielern noch immer gespielt wurde, so lange, nachdem die wirkliche Schlacht entschieden worden war. Für Cata waren diese Puppen nur komische kleine Männer. Was konnte er sagen, damit sie verstand? Schneller und schneller hüpften sie auf und ab, zuerst der Blaue, dann der Rote, und jeder schrie seinen Namen.

Es gab eine Pause, in der die Bühne leer blieb. Dann jedoch plötzlich:

Blau!

Pause.

Blau, blau, rot.

Als die Bühne wieder leer war, hielt Cata den Atem an. Es schien das Wichtigste auf der ganzen Welt zu sein, vorherzusagen, welche der beiden Marionetten als nächste wieder auftauchen würde.

Sie hielt ihre Puppe hoch, damit auch sie sehen konnte.

Blau!

Rot! Wieder wurde eine Pause gemacht. Auf der Rückseite der Bühne hing ein Bild mit sanft geschwungenen Hügeln, die im Hintergrund von Bergen mit weißen Gipfeln überragt wurden.

»Papa, das ist ja unser Tal!« rief Cata.

Unter der Bühne wurde eine Trommel geschlagen. Und der Blaurock stieg langsam empor. Zuerst sah man nur seinen Dreispitz, dann seine Nase. Wie groß sie war, wie geschwollen! Dann kam ganz langsam der Rock mit den Tressen ins Bild. Die häßliche Puppe hob die große Nase, blähte stolz ihre Brust in dem blauen Rock und stolzierte hin und her. In den kleinen Händen hielt sie ein Bajonett. Während die Puppe marschierte, krähte sie stolz:

Ich bin Soldat des blauen Tuchs,
des einzig wahren Tuchs!
Ich diene dem wahren König.
Ich diene dem blauen König!

Die Zuschauer zischten und buhten, und dann wurden einzelne Lacher laut, als der kleine Mann bösartig in die Menge blickte und mit dem Bajonett nach ihnen schlug.

»Verräter!« rief jemand.

Der blaue Soldat schien immer häßlicher zu werden. Sein Dreispitz saß zerknautscht auf dem Kopf und war tief bis über seine gemein blickenden Augen herabgezogen, die er zu Schlitzen zusammengekniffen hatte. Sein Rock spannte sich über seiner Mißgestalt. Er stolzierte jedoch noch eitler herum und rief trotzig:

Blau, Blau! Der König ist der rechte!
Wahr! Wahr! Der König ist der Blaue!

Erst als die Spottrufe verklungen waren, wurde die häßliche blaue Marionette von der roten abgelöst.

Ich hebe meine Stimme und singe stolz
Ejard Rot ist der König aus rechtem Holz!

Mit ihren Pausbacken und dem freundlichen Lächeln bot die rote Marionette einen drastischen Kontrast zu der blauen. Ihr Bajonett war nicht wütend auf die Zuschauer gerichtet, sondern sie hatte die Muskete geschultert. Ihre Uniform war prachtvoll, und auf ihrer Brust prangten Orden. Sie marschierte gerade und stocksteif herum. Die Menge brach in Hochrufe aus. Auf dem Höhepunkt ihres Liedes stimmten die Zuschauer donnernd mit ein:

Wir erheben unsere Stimmen und singen stolz
Ejard Rot ist der ...
Ejard Rot ist der ...

»O Papa, ich mag den kleinen roten Mann!« rief Cata und bog strahlend den Kopf zurück.

Ejard Rot ist der König aus rechtem Holz!

»Papa?«

Wo war er? Er hatte ihre Hand losgelassen. Cata war zwischen den ausladenden Röcken einer fetten alten Frau und der noch ausladenderen Hose eines noch fetteren Mannes eingeklemmt. Rotgesichtig und grölend vor Lachen schwankten sie hin und her, und ihre Röcke und seine Hose teilten sich und öffneten sich dann ganz, wie dicke, stinkende Vorhänge.

Cata drängte sich durch.

Aus einem schweren silbernen Trinkkrug in der Faust des Mannes rann Schaum und tropfte ihr in den Nacken. Sie stieß heftig gegen die stinkenden Vorhänge und war pötzlich frei.

»Papa?«

Einige Sekunden verstrichen, bis sie seinen verhüllten Kopf sah, der wie ein Fels aus einem Strom von Menschenleibern emporragte. Er sprach mit der Vaga-Frau, die sie gefragt hatte, ob sie ihre Zukunft sehen wolle. Ihre Ringe blitzten auf, als die Frau den Ärmel ihres Vaters packte. Er neigte den Kopf. Der Vorhang bauschte sich, und die beiden verschwanden dahinter.

»Papa!« Cata stampfte wütend mit dem Fuß auf. Warum ließ er sie einfach allein? Auf der Puppenbühne umkreisten sich mittlerweile Blaurock und Rotrock und knurrten sich an. Die Bajonette klirrten, aber Cata sah es nicht. Sie wirbelte hierhin und dorthin.

Und dann erblickte sie den Harlekin.

4. Die winzige Sonne

Der Harlekin warf die Hände beunruhigt in die Luft. Sie waren knochig wie die eines Skeletts und sahen aus, als hätten sie sich losgerissen und würden wie unbeholfene, häßliche Schmetterlinge über die Menge hinwegflattern. Es war ein verrückter, bunter Kerl, feingliedrig und schlaksig, und es schien, als wären seine Glieder nur mit losen, hauchdünnen Knoten aneinander befestigt. An seiner Mütze klingelten helle Glöckchen, und eine silberne Maske verdeckte seine Augen. Er tanzte, drehte und wand sich vor und zurück und fegte wie ein bunter Wirbelwind durch die Zuschauer. Die Dorfbewohner zeigten auf ihn und lachten. Während er herumtanzte, sang er alberne Verse wie zum Beispiel diesen:

Bemmel, Bemmel,
die Katze steckt in der Klemme,
sie hat den ganzen Rahm genascht!

oder:

Kleiner Vogel, kleiner Vogel, flieg fort fein,
denn da kommt ein Junge mit einem Stein!

Zwischen den Versen schnappte er sich eine grüne Flöte aus seinem Gürtel und pfiff hohe Kadenzen. Hinter ihm huschte schnaufend ein dicklicher Zwerg in einem schwarzbraunen Kostüm hin und her, der mit seinen kurzen Armen wie verrückt an einem Leierkasten drehte, der vor seiner Brust befestigt war. Ihnen folgte eine Meute von Kindern, und Cata war mittendrin.

Der Harlekin sang:

Rühr in der Schüssel mit perlendem Met,
leer sie aus, torkle weiter,
schwenk die Tassen
wie die Sau, die gierig schlürft
und sich im Dreck wälzt ganz wie du,
Herrin,
sich in dem Schmutz rollt ganz wie du,
Herr,
sich in dem Schlamm suhlt ganz wie du!

Die bunte Gestalt drehte sich auf dem Absatz herum und wandte sich den Kindern zu. Dann verbeugte sie sich tief. Sie hatten den Rand des Dorfangers erreicht. Die Drehorgel gab einen letzten, pfeifenden Ton von sich, als der Zwerg sich in den Schatten einer Ulme fallen ließ.

Geht, geht! schien er zu sagen und scheuchte die Kinder mit seinen kleinen Händen fort.

Die lachten ihn nur aus.

Der Harlekin stand weiterhin gebückt in seinem tiefen Kratzfuß da. Dann richtete er sich ein wenig auf, immer noch halb geduckt, und ging mit langen, pathetischen Schritten auf und ab. Die Glöckchen an seinem Hut bimmelten, während er sich bald hier- und bald dorthin drehte und übertrieben geheimnisvoll tat. Er hätte ein Jäger sein können, der seiner Beute nachstellt, wenn ein Jäger denn mit Hut und Glöckchen marschiert wäre.

Dann huschte er hinter den Baumstamm.

Es gab eine Pause, bis sein maskiertes Gesicht hinter dem Stamm hervorblickte.

»Barnabas, spiel auf!« zischte er gebieterisch, und der Zwerg drehte mit einem erschöpften Stöhnen wieder den Griff der Drehorgel.

Hinter dem Stamm schoß ein wäßriger Bogen aus Gold hervor,

der sich glitzernd in die Luft erhob und dann rauchend ins Gras sank.

Die Kinder schrien und klatschten begeistert in die Hände.

»Harlekin, noch ein bißchen Zauber!« verlangte ein Junge, als der Harlekin wieder erschien. Der Junge war pummelig, hatte Pickel und war etwas größer als die anderen Kinder. Und auch älter. Offensichtlich war er ihr Anführer. Sein Haar war hellrot, hatte die Farbe einer Karotte.

»Zaubern, zaubern!« riefen die Kinder im Chor, und Cata, die am Rand der kleinen Gruppe stand, fiel mit ein.

Die bunte Gestalt gehorchte. Er brachte sie mit einem kurzen Wedeln seiner dünnen Hände zum Schweigen, drehte sich langsam um sich selbst und legte dann bedeutungsvoll den knochigen Zeigefinger an die Lippen. Die Augen hinter der silbernen Maske wirkten nachdenklich.

»Barnabas?«

Der Harlekin drehte sich nicht um. Der Zwerg hatte sich nach seinem letzten Kraftakt ein bißchen zu weit nach hinten an den Baum gelehnt. Jetzt lag er, von dem Gewicht der Drehorgel niedergedrückt, auf dem Rücken und wedelte hilflos mit Armen und Beinen.

Die Kinder kicherten.

»Barnabas, also wirklich!«

Der Harlekin packte den kleinen Mann an den Schultern und zog ihn ungeduldig in eine sitzende Position zurück. Müde schienen sich die Hände des Zwergs von allein in Bewegung zu setzen. Diesmal war das Stück jedoch nicht fröhlich, sondern eine verschlungene, wellenförmige Melodie, die beinah tonlos klang. Sie stieg wie Weihrauch aus der Drehorgel empor. Der Harlekin tanzte, ermuntert von diesem merkwürdigen Klang, mit seinen langen Gliedern, die wie Schlangen durch die Luft glitten, sich drehten und wanden.

Es war wunderschön und gleichzeitig unheimlich, und während Cata zusah, war ihr, als führe die bunte Gestalt sie auf eine merkwürdig verinnerlichte Art und Weise in ein Labyrinth. Sie hatte Angst, war jedoch gleichzeitig auch aufgeregt. Zwar war ihr schon die Welt der Vagas anders vorgekommen, doch jetzt, in dem Tanz des Harlekins, begegnete ihr eine vollkommen fremde Welt. Die Sonne ließ die Glöckchen golden funkeln, die merkwürdige Musik des Zwergs schien ihn wie wilder Wein zu umschlingen, und als der Junge, der nach Zauber gerufen hatte, ungeduldig danach schrie, daß er endlich beginnen solle, fragte sich Cata, was er denn meinen mochte. Für sie war der Tanz des Harlekin der Zauber, den er versprochen hatte.

Er bog den Kopf zurück, bis seine Halsmuskeln sich strafften. Seine Glöckchen bimmelten, und seine Glieder in dem bunten Stoff zuckten, als wollte er sich gleich rücklings auf das Gras fallen lassen. Nur die Musik schien ihn aufrecht zu halten.

Dann sprang er plötzlich vor und sank auf die Knie. Eine Hand streckte er mit gespreizten Fingern zum Himmel, und die andere schlug er vor seinen offenen Mund. Seine Schultern zuckten heftig, und die ausgestreckte Hand öffnete und schloß sich krampfhaft in der Luft. Er würgte laut und erbrach eine Goldmünze.

Die Kinder schauten gebannt zu, so ernst wie der Harlekin selbst, als er mit der Münze vor ihren Augen entlangfuhr. Cata verrenkte sich fast den Hals, um sie zu sehen. Die Münze glitzerte von Speichel und trug eine verschlungene Prägung.

Der Harlekin hob die Hand weit über den Kopf. Die Münze stieg empor wie eine winzige Sonne, und die Kinder verfolgten schweigend und aufmerksam ihre Bahn.

Dann blitzte es einmal kurz auf, und die Münze war verschwunden.

Der Harlekin zeigte ihnen seine leeren Hände und zuckte mit den Schultern. Dann schlich er auf und ab. Wie eine lautlose Spinne ging er vor und zurück und sprang dann den rothaarigen Jungen an. Einen Augenblick lang wehrte der sich, doch dann hielt er still, als die knochigen Finger des Harlekin seine Lippen teilten. Die Münze fiel, naß vom Speichel, dem Jungen aus dem Mund.

Der Junge sank atemlos ins Gras.

Erneut zeigte der Harlekin den faszinierten Kindern die Goldmünze.

Wieder stieg sie empor wie eine winzige Sonne und verschwand.

Dreimal wiederholte der Harlekin den Trick, und jedesmal zauberte er die Münze aus dem Mund eines anderen Kindes. Die ganze Zeit über spielte dabei die Musik des Zwergs, drehte und schlängelte sich durch ihr unsichtbares Labyrinth.

Catas Herz pochte heftig. Sie glaubte, die Münze schon in ihrer Kehle zu fühlen, und meinte, die Finger des Harlekin zwischen ihren Lippen zu spüren.

Fest umklammerte sie ihre Puppe.

Sie wollte unbedingt, daß es geschah.

Aber die Musik wurde leiser. Die Drehorgel gab einen letzten, tonlosen Seufzer von sich, und der Zwerg sackte nach vorn, in einen erschöpften Schlaf. War der Zauberbann gebrochen? Der Harlekin reckte sich und gähnte. Dann drehte er den Kindern den Rücken zu und streckte sich neben seinem kleinen Gefährten aus.

»Harlekin, das Gold!« verlangte der rothaarige Junge.

Seine Stimme klang heiser.

Aber der Harlekin hatte sich gegen den Stamm des Baums gelehnt und die Augen bereits geschlossen. Seine Glöckchen klingelten, als der Junge an seiner Schulter rüttelte.

»Harlekin!«

Lächelnd öffnete der Harlekin ein Auge hinter seiner silbernen Maske und streckte gemächlich seinen langen Arm aus. Er deutete auf die Gassen des Jahrmarkts, auf denen sich immer noch die Menschen drängten. Und obwohl die Kinder dieses Spiel noch nicht gespielt hatten, begriffen sie sofort, daß die Münze irgendwo versteckt war, diesmal weiter weg, und daß sie sie suchen mußten.

Sie liefen davon, und Cata folgte ihnen.

Bis jetzt hatte sie immer Angst vor anderen Kindern gehabt. Bei den wenigen Gelegenheiten, bei denen Papa sie mit ins Dorf genommen hatte, hatte sie immer fest seine Hand gehalten. Wenn die Kinder sie ansahen, blickte sie weg. Aber wenn sie sie nicht sehen konnten, hatte Cata sie heimlich beobachtet.

Den rothaarigen Jungen und seine Freunde hatte sie oft ausspioniert. Sie waren älter als Cata, vielleicht sogar einen ganzen Zyklus, aber das Mädchen sehnte sich trotzdem, eine von ihnen zu sein. In der Jahreszeit des Agonis spähte sie über die gefrorene Mauer des Friedhofs und hatte ihnen zugesehen, wie sie in ihren dicken Mänteln auf dem Dorfanger Schneeballschlachten veranstalteten. An den heißen Tagen der Jahreszeit Therons war sie ihnen wie ein Schatten gefolgt, wenn sie durch den Wildwald schlichen. Für Cata waren sie wilde Tiere, deren Sprache sie nicht beherrschte, und dennoch wollte sie bei ihren Spielen mitmachen. Nur Furcht hielt Cata zurück, Furcht und ein Gespür für die Barriere, die sich wie die Friedhofmauer zwischen ihnen erhob. Aber bei dem Tanz des Harlekin war keine Barriere dagewesen.

Sie war eine von ihnen, sie durfte mit ihnen laufen.

Doch Cata hatte kaum drei Schritte getan, als der rothaarige Junge sich zu ihr umdrehte. Er war plötzlich wütend. Sein Milchgesicht unter dem leuchtenden Haar war mit Sommersprossen übersät, und er hatte die Lippen verächtlich verzogen.

»Verschwinde, du Vaga-Bastard!«

Cata war entsetzt.

»Aber …«

Der Junge stampfte mit dem Fuß auf.

Das Gelächter der anderen Kinder verfolgte Cata, als sie weglief. Sie sah wie durch einen Schleier.

Unter der Ulme lag der Harlekin und schlief.

5. *Skandal in der Sakristei*

»Nichts?« fragte der alte Mann.

»Nichts.«

Aber ihre Stimme klang zärtlich. Mit ihren rauhen Fingerspitzen strich die Vaga-Frau über das zerstörte Gesicht und seufzte. Sie besaß Kräfte, die die Einwohner dieses Landes die Macht der Finsternis nennen würden. Sie kannte bittere Kräuter, Wurzeln und feuchten Lehm, auf die ihr Stamm während der Ewigkeiten ihres Umherwanderns gestoßen war. Seltene Pulver verwahrte sie in Lederbeuteln und Öle in verkorkten Phiolen.

Aber nichts davon würde helfen.

Ihre Fingerspitzen schwebten über den leeren Augenhöhlen. »Ach, Halbbruder! Wie schwach wir doch sind, wo wir uns doch so stark wähnen! Die alten Weisheiten herrschen zwar über die Irrtümer der Natur, doch unsere Macht ist hilflos gegen die Früchte des Bösen im Menschen. Es tut mir leid, Silas.«

»Nein, Xal. Soviel wußte ich selbst.«

Der alte Wolveron griff nach ihrer Hand. Trotz der Finsternis, in der er sich befand, »spürte« er ihre Roben, die wie Gewürze dufteten, und roch den beißenden Rauch ihrer Pfeife. Mit seinem Traumgesicht stellte er sich die Szene vor: Sie saßen an einem kleinen runden Tisch in einem finsteren Zelt auf der Rückseite des Wohnwagens. Auf dem Tisch lag eine dicke Brokatdecke, und darauf stand eine schwere Kristallkugel. Das goldene Licht der Öllampen milderte die düstere Dunkelheit.

Das war das Zelt der Weisen Frau.

»Ach, Xal! Es ist schon so lange her.«

»Es ist die Bestimmung unserer Rasse, die Zeit abzuwarten.«

»Glaubst du das immer noch?« fragte der alte Mann nach einem

Augenblick. Es war eine Frage, die manchmal an ihm nagte, draußen in seiner Höhle im Wildwald.

»Daß wir nur warten? Ich glaube, daß alles vergehen muß! Aber Halbbruder, du bist einer von uns. Du trägst die Verzückung in dir. Fühlst du die Veränderung nicht, wie sie sich in der Beschaffenheit der Luft zeigt?«

Xal hob ihre freie Hand und hielt sie über die Kugel. Wolveron spürte die schwache Kraft in dem Glas. Die Luft um sie herum zitterte, wenn auch kaum wahrnehmbar.

»Ich spüre nur die Spuren der Vergangenheit«, erwiderte der alte Mann.

»Dann wird alles, was du fühlst, von dir weichen.«

Xal zog ihre Hand zurück.

Sie tranken ihren bitteren, dampfenden Tee.

»Die Zeit des Sühneopfers nähert sich dem Ende, Silas. Das spürst du doch, oder nicht?«

»Ich fühle etwas, Xal. Angst vor der Zukunft. Nicht wegen mir. Mein Leben ist gelebt. Aber ich habe Angst um mein Kind.«

Xals Stimme veränderte sich unmerklich. »Silas, ich kenne die Furcht, von der du sprichst. Mein eigenes Kind ist schon ein erwachsener, starker Mann; und dennoch habe ich Angst um ihn. Aber Halbbruder, du darfst nicht schwach werden. Die Zeit kommt. Und du hast eine Aufgabe zu erfüllen.«

Schmerz durchzuckte den alten Mann. Ein vertrauter Schmerz. »Xal, ich werde es versuchen. Aber du vergißt, daß ich nur halb von eurer Art bin. Die andere Hälfte ist ein Ejländer.«

»Das vergesse ich nicht, Silas. Es ist der springende Punkt in deinem Leben.«

Die alte Frau lehnte sich zurück und zog an ihrer Pfeife. In seiner Erinnerung sah Silas den reichverzierten Kopf, den gebogenen Stiel. Sie schwiegen, und in dieser Ruhe schien der Lärm des Jahrmarkts in dem duftenden Raum abzuschwellen. Die gepfiffenen

Melodien, das schrille Gelächter, das wie ein Echo von einem fernen Ort klang.

Dann lachte der alte Wolveron plötzlich. Sein Gelächter war lautlos, aber es schüttelte seinen Körper wie ein heftiges Schluchzen.

Es war beunruhigend.

»Es tut mir leid, Xal«, sagte er atemlos. »Es ist plötzlich über mich gekommen. Die Komik darin. All die Zyklen, in denen ich den Vaga in mir bekämpft habe. Und nun ...«

Er deutete durch den Raum, und Xal, die den Witz verstand, mußte unwillkürlich lächeln. Dann stieg in ihrer Erinnerung das Bild ihres Halbbruders empor, wie sie ihn das erste Mal gesehen hatte, so viele Zyklen zuvor. Er war ein blasser, dünner junger Mann in einem Anzug mit hohem Kragen gewesen, und der Kreis des Agonis hatte auf seinem glänzenden schwarzen Wams gefunkelt.

Euer Lager ist ein Ort der Lüsternheit und Gottlosigkeit. Ich bin gekommen, euren Stamm aufzufordern, weiterzuziehen.

Xal war damals nur ein Vaga-Frauenzimmer unter vielen, die an der Tafel ihres Vaters diente, als dieser Vaga-König war. Damals hatte sie gelacht, sie hatte laut gelacht, und ihr Vater hatte sie nicht zurechtgewiesen. Er hatte sich einen Tropfen Jarvel-Saft von den Lippen gewischt und seinen Besucher ironisch betrachtet.

Sieh an, sieh an! Der Schriftgelehrte von Irion! Junge, sag mir: Hast du was zwischen den Beinen? Oder haben sie es dir abgeschnitten?

Der junge Mann war dunkelrot angelaufen, vor Wut und vor Scham. Er hatte sein Medaillon fest umklammert. Hätte die Macht seines Glaubens vermocht, den Vaga-König niederzustrecken, hätte Silas Wolveron damals nicht gezögert, seinen Gott anzurufen. Er war durchdrungen von rechtschaffenem Groll. Wie merkwürdig es ist, diese Entfernung, die man in einem Leben zurücklegt. Der junge Wolveron und der alte Mann, zu dem er geworden war, waren völlige Gegensätze.

Oder doch nicht?

Seine Halbschwester hatte ihn damals gesehen und zum ersten Mal ihre eigene Macht gespürt. Sie sah seine Zukunft in ihm verborgen wie eine bittere, harte Knolle, die nur darauf wartete zu sprießen. Da hörte sie auf zu lachen und streckte zärtlich die Fühler nach ihm aus.

Damals hatte sie noch nicht gewußt, daß er ihr Halbbruder war.

Silas Wolveron war schon seit fast acht Zyklen Schriftgelehrter von Irion, als der Skandal geschah, der das ganze Dorf schockierte. Und es stimmt, daß er nicht gänzlich unerwartet kam. Wolveron war ein guter Schriftgelehrter, von vielen bewundert, großzügig, freundlich und mit der, wie es schien, erwarteten glühenden Frömmigkeit ausgestattet. Aber etwa in seinem letzten Zyklus traten die Anzeichen auf, genug, ja zu viele, für seine wachsende Eigenartigkeit.

Es begann mit dem Glasraum, diesem merkwürdigen Gebäude, das er an die Seite der Sakristei angebaut hatte. Es hatte Wände und eine Decke aus Glas. Dann füllte er den Raum mit Pflanzen und Blumen, ließ seinen mächtigen Schreibtisch dorthin bringen, saß dort, schrieb seine Abhandlungen und neigte dazu, selbst seine Amtsgeschäfte mitten in diesem künstlichen Wald abzuhalten. Er bat sogar die Mitglieder der Gemeindeversammlung dorthin zum Tee! Eine ehrbare Witwe wußte zu berichten, daß der Schriftgelehrte sie kaum angesehen hatte, sondern statt dessen abgelenkt seinen Blick über die Pflanzen ringsum und durch die gläserne Decke in den Himmel hatte schweifen lassen.

Dann gab es welche, die den Schriftgelehrten durch den Wildwald hatten wandern sehen. Er habe mit sich selbst gesprochen und mit den Händen die Stämme der Bäume gestreichelt. Eines Nachts behauptete ein junger Holzfäller in einer Taverne sogar, daß er gerade eine mächtige Eiche habe fällen wollen, als plötzlich ein Geschöpf mit einem zerrissenen Umhang aus dem Unterholz gesprungen sei und ihn aufgefordert habe, das zu unterlassen. Das war schon schockierend genug, fand der junge Mann, »aber stellt euch bloß den Schreck vor«, flüsterte der Holzfäller und riß die Augen weit auf, »als ich dem Wesen ins Gesicht geblickt habe.« Es war der Schriftgelehrte. Einige mochten diese Geschichte zwar nicht glauben, aber trotzdem verbreitete sie sich am nächsten Tag wie ein Lauffeuer in den Tälern.

Schon bald tauchten andere Geschichten auf, und einige davon waren noch schlimmer. Manche behaupteten, sie hätten gesehen, wie Wolveron aus einem Lager der Vaga gekommen und nicht nach der Vorschrift seines Ordens gekleidet gewesen sei. Die Diener in der Sakristei munkelten von Gesängen hinter verschlossenen Türen und sprunghaften Stimmungswechseln. Die Köchin flüsterte ihrer Nachbarin eines Tages im Vertrauen zu, daß Wolveron ihr vorzüglichstes Kräuterlammfleisch verweigert und ihr mitgeteilt habe, daß er kein Fleisch mehr essen werde. Die arme Frau war beinah in Tränen ausgebrochen, doch schon am nächsten Tag, meinte die Frau verwundert, habe er anscheinend seine Worte vom Vortag vergessen und nach seinem Lieblingsessen verlangt, Fasan in Varl-Wein!

Es war sehr merkwürdig. Zu merkwürdig.

Schon bald geschah es, daß der Schriftgelehrte selbst während der Gottesdienste abwesend schien, sich plötzlich zurückzog. Die Gemeinde saß in verlegenem Schweigen da, scharrte unruhig mit den Füßen, und sie sahen sich gegenseitig nervös an. Ging es ihm nicht gut?

Beunruhigte Stimmen wurden laut. Der Maximus mußte benachrichtigt werden. Schließlich war Irion ein wohlhabender Tempel, sogar ein äußerst wichtiger, der von den Vorfahren des Erzherzogs großzügig ausgestattet worden war. So konnte es nicht weitergehen. Aber der Schriftgelehrte Wolveron war viele Zyklen lang eine beliebte Persönlichkeit gewesen. Als die Schwägerin des Erzherzogs, die fromme Jungfer Umbecca Rench, gebeten wurde zu intervenieren, wies sie dieses Ansinnen heftig zurück. Sie habe, so erklärte sie, absolutes Vertrauen in den Schriftgelehrten.

Es war eine Leumundserklärung, die sie zeit ihres Lebens bereuen sollte.

Die Krise kam auf eine ganz unerwartete Weise.

In der Jahreszeit des Theron, kurz vor dem Krieg, lebte ein junges Mädchen aus Agondon im Schloß. Das Mädchen, Yane Rench, war die Cousine der verstorbenen Frau des Erzbischofs, Lady Ruanna, und ihrer Schwester Umbecca. Lady Ruanna war wunderschön gewesen, und in der jungen Miss Rench, so wollten die Leute wissen, war der Charme ihrer toten Cousine aufs neue zum Leben erweckt worden. Der Erzherzog würde sie bitten, ihn zu heiraten, das war klar. Und man konnte sich kaum vorstellen, daß sich das Mädchen weigern würde. Schließlich war er eine großartige Partie, und die Renchs waren alles andere als vermögend. Denkt euch nur! Das Mädchen würde »Lady Catayane« werden!

Aber es sollte nicht sein.

Es war schon schlimm genug, daß Yane sich weigerte, doch als bekannt wurde, wem sie ihre Zuneigung schenkte, war das Entsetzen in Irion und allen Tälern groß. Es war schlicht gesagt das schockierendste Auftreten von Unmoral, das die Einwohner jemals miterleben mußten. Ob nun die Hauptlast der Verworfenheit beim Schriftgelehrten lag oder auf seiten des Mädchens, war das Thema so manchen Streitgesprächs. Trotzdem waren sich viele einig, daß es Schuld des Mädchens sein mußte. Wolveron war schließlich ein Geweihter und hatte Enthaltsamkeit geschworen. Aber er war alt und verrückt und krank. Catayane Rench stand in der vollen Blüte ihrer Jugend, wurde von allen geliebt und hatte die besten Aussichten – und ihr fiel nichts Besseres ein, als alles wegzuwerfen! Der alte Mann und das Mädchen zogen sich in eine Höhle im Wildwald zurück, um dort ihren schmutzigen Leidenschaften nachzugehen.

Beide, so hieß es später, bekamen, was sie verdienten. Das Mädchen starb, offensichtlich im Kindbett. Wolveron wurde nach dem Krieg als Verräter bestraft.

Aber der alte Mann verlor sein Augenlicht nicht, weil er gemeinsam mit Yane Rench gesündigt hatte. Ejland war schließlich ein zivilisiertes Land. Er wurde bestraft, weil man den Schriftgelehrten Silas Wolveron für schuldig befand, während der Belagerung gewisse Geheimnisse in die Burg geschmuggelt zu haben. So hatte er sich eines Kriegsverbrechens schuldig gemacht, nach Meinung der Blaujacken selbstverständlich, den Siegern in diesem Krieg. Aber selbst diejenigen, die die Gewinner verachteten, konnten eine gewisse klammheimliche Befriedigung nicht unterdrücken, daß den »Augenlosen Silas«, wie man ihn jetzt nannte, endlich die Strafe ereilte, die er ihrer Meinung nach verdient hatte.

Umbecca Rench hatte für Yanes Grabstätte auf dem Friedhof bezahlt.

Aber vergeben hatte sie Yane nie.

Genauso, wie sie Silas niemals verzieh.

»War mein Sturz schon immer vorherbestimmt, Xal?« fragte der alte Mann.

»Aber natürlich, Halbbruder. Wir können uns zwar verstecken. Aber nicht für immer.«

Xal nahm erneut seine Hand. Liebevoll erinnerte sie sich an den Tag, an dem er in das Lager der Vagas gekommen war und endlich seine Zugehörigkeit zu ihrer Art erklärt hatte.

Und seine Verwandtschaft mit ihr.

Der arme Silas! Wie sehr hatte er damals gelitten. Und wie sehr er noch leiden würde! Doch jetzt, als sie ihm ins Gesicht sah, spürte die Weise Frau ein neues, beunruhigendes Bewußtsein. In der Glaskugel waberte ein milchiger Schimmer. Konnte das Teil des Schicksals sein, das ihnen bestimmt war?

»Silas! Dein Traumgesicht ...«

»Ja.« Seine Stimme war ein bloßes Flüstern. »Das habe ich gemeint, Xal.«

»Du hast nichts gesagt ...«

»Ich wußte, daß du es sehen würdest.«

Der alte Mann senkte den Kopf. Ein stillschweigendes Wissen verband die Halbgeschwister, und Xal wurde klar, daß eine Zeit kommen würde, in der der alte Wolveron wirklich blind war. Vielleicht noch nicht so bald, aber es würde passieren. Seine Welt wurde bereits immer dämmriger.

»Eine Laune der Natur, stimmt's?«

»Ja, Silas. Das ist die Natur. Wir werden alt.« Xals Stimme klang ein wenig belegt. Der alte Wolveron spürte es, natürlich spürte er, daß sie nicht die ganze Wahrheit gesagt hatte. Das glühende Metall hatte ihm nicht nur sein Augenlicht geraubt, es hatte auch sein Gehirn versengt. Winzige kleine Verbindungen darin waren zerrissen, und bald würden alle seine Sinne versagen. Er würde in einer gefühllosen Schwärze sterben.

Xal zog sich in ihren Bau zurück, und als sie wiederkam, drückte sie ihrem Halbbruder einen kleinen Beutel in die Hand. Seine Finger schlossen sich darum. Er war merkwürdig schwer.

»Es ist Sand, Halbbruder. Hell und glitzernd. Sehr selten und alles, was ich davon habe. Aus ... Ach, aus einem Land weit jenseits der westlichen Inseln ...«

Wolveron lächelte. Gab es denn ein Land hinter den westlichen Inseln? Ohne es zu merken, war Xal in ihre »Frau der Weisheit«-Stimme verfallen, geheimnisvoll und tragend zugleich.

»Mische Erde aus dem Wildwald damit, Erde reich an Sporen, toten Blättern und vertrockneten Überresten von Käferflügeln ...«

»Und Kot von Eulen?«

»Ja. Mische einen fruchtbaren Schlamm. Einen üppigen Schleim ...«

»Ja, ja.«

Xal drängte nicht weiter.

»Aber erst, wenn die Zeit gekommen ist, Silas«, fuhr sie schließlich fort. Sie hatte beiläufig gesprochen, um ihren Schmerz zu verbergen. Eine Ahnung stieg nun in ihr hoch, stärker als zuvor. Da war etwas, das sie wußte.

Der alte Mann spürte es und nickte ernst.

»Ich werde meine Aufgabe erfüllen, Xal.«

Von draußen klang kreischendes Gelächter zu ihnen in das Zelt. Das Puppenspiel war beinahe auf seinem Höhepunkt, stellte das Gemetzel eines letzten Kampfes zwischen Blau und Rot nach. Es würde anders enden als in der Wirklichkeit.

Trunkene Stimmen grölten ihre Zustimmung.

»Ich muß das Mädchen dort wegholen. Es wäre besser gewesen, sie nicht allein zu lassen.« Wolveron verbarg den Beutel mit dem Sand in seinem Umhang.

»Bring sie zu mir, Silas, Ich will sie lesen.«

»Xal, sie ist noch jung«, erwiderte der alte Mann freundlich. »Laß sie in Ruhe.«

Die Stiefgeschwister umarmten sich und standen an dem bestickten Vorhang. Xal fragte sich, ob Silas die Sterne sehen konnte. Sie hatte nie ganz begriffen, was er mit seinem Traumgesicht eigentlich sehen konnte.

»Sie jagen mir manchmal Angst ein«, meinte Xal, als die Menge den Tod der Blauröcke feierte. »Ich frage mich, ob sie wirklich Gerechtigkeit wollen. Oder nur den Tod. Tod und immer wieder Tod.«

»Weißt du das denn nicht?«

Plötzlich drückte Xal Silas' Hand. »Silas, komm mit uns. Wir können auf dich aufpassen. Und auch auf das Mädchen …«

»Wir sind Geschöpfe des Wildwaldes, Xal.«

Sie nickte traurig; er hatte recht. Sie selbst hatte nur einen kurzen

Moment gezweifelt. Aber wie konnte sie zweifeln? Es fing doch alles an.

Es fing jetzt an.

Xal schlug den Vorhang mit ihren knorrigen, beringten Fingern zurück. »Edler Herr!« kreischte sie sofort und packte einen Fremden am Arm. »Laßt mich Euch Eure Zukunft voraussagen!«

»Mit dir habe ich keine, Alte!«

»Meine Freunde, kommt her! Ah, sehe ich da Silber in Euren Händen blitzen?«

»Kind? Kind!« rief der alte Wolveron.

Die Menge hatte die Halbgeschwister schon getrennt. Das Gedränge umhüllte den alten Mann, und er packte seinen Stock fester und schüttelte den Kopf, als wolle er sein Traumgesicht klären.

Es bewölkte sich. Daran gab es keinen Zweifel: Es bewölkte sich.

»Augenloser Silas!« spottete jemand.

»Augenloser Silas!«

»Augenloser Silas!«

Die Rufe hatte er schon früher gehört. Ein andermal hätte er traurig über diese Grausamkeit nachgedacht, darüber, daß Kinder dies so früh lernten oder überhaupt wußten. Heute jedoch achtete der alte Mann nicht darauf und suchte nur sein eigenes Kind.

»Kind?« rief er. »Kind?«

6. *Die Fünf aus Irion*

»Also, wo ist es denn? Bohne?«

»Ich glaube nicht, daß wir es finden, Polty.«

»Wie war das, Bohne? Du nuschelst.«

»Ich hab gesagt, wir können es nicht finden.«

»*Wir können es nicht finden*!« Polty äffte Bohnes zittrige, nervöse Stimme nach. »Du bist ein richtiges Mädchen, Bohne. Tyl? Was sagst du?«

»Frag mich was Leichteres, Polty.«

»Was soll das heißen? Du hast es gefunden, stimmt's, Tyl?«

»Nein, ich meinte nicht ...«

Tyl quietschte, als Polty sie zu Boden warf.

»Polty ...«, versuchte Bohne ihn aufzuhalten.

Den blinden alten Mann zu necken war nur ein Ablenkungsmanöver gewesen. Jetzt wurde es Zeit, die Suche ernsthaft fortzusetzen. Die Menge teilte sich und machte den Kindern Platz. Einige Leute lachten, andere wirkten verärgert. Der kleine Junge, den sie Bohne gerufen hatten, beobachtete beunruhigt seine beiden raufenden Freunde, die sich im Dreck wälzten. Wo war Leny? Und wo war Vel? Wenn er stärker gewesen wäre, anders, hätte Bohne sich vielleicht in den Kampf eingemischt und Polty von dem Mädchen weggezerrt. Aber Bohne war wie Tyl dünn, leicht und schwach. Polty hingegen war dick, schwer und stark.

Tyls Schreie wurden lauter, als Polty ihr Kleid zerriß. Das Geräusch schien den dicken Jungen zur Vernunft zu bringen. Er sprang von dem Mädchen weg. Aber er war nicht sonderlich beeindruckt, sondern grinste nur.

»Was glotzt du, Bohne, hä?«

Bohne sah Tyl an, die ihr Kleid untersuchte. Ihre Mutter hatte es extra für den heutigen Tag, für den Jahrmarkt genäht. Die Augen des kleinen Mädchens füllten sich mit Tränen.

»Sie hat gesagt, sie hat die Münze!«

»S-sei nicht albern, Polty«, murmelte Bohne.

»Bohne, du nuschelst schon wieder! Heh, wo habt ihr zwei denn gesteckt?« Das galt Leny und Vel, die sich kichernd Arm in Arm durch die Menge kämpften.

»Wir waren bei der Weisen Frau«, verkündete Leny stolz. »Rate mal, was sie gesagt hat, Polty. Sie hat gesagt, wir würden unser ganzes Leben zusammensein, Vel und ich. Und sie hat gesagt, daß wir sogar in Der Unergründlichkeit zusammenbleiben.«

Aber das interessierte Polty nicht.

»Hattet ihr noch Geld?« fragte er wütend. »Das habt ihr mir ja gar nicht gesagt!«

Und dann verschwendeten sie ihre Münzen an die Weise Frau! Polty hätte sie in der Kokosnuß-Wurfbude ausgegeben. Er runzelte die Stirn und trat wütend gegen einen Vaga-Wagen. Er hätte ja lieber Leny oder Vel getreten, aber Leny war, anders als Tyl, ein gedrungenes, kräftiges Mädchen, und Vel war der Sohn des Schmieds. Auch er war stark.

»Heh!« rief jemand aus dem Inneren des Wohnwagens.

Polty grinste. Er trat noch einmal gegen den Wagen und nahm dann die Beine in die Hand. Er winkte seinen Freunden, ihm zu folgen.

Sie waren fünf, also nannten sie sich Die Fünf und manchmal auch Die Fünf aus Irion. Der rothaarige Polty war von Anfang an ihr Anführer gewesen. Er hatte eine gewisse Macht, auch wenn Leny und Vel das manchmal zu vergessen schienen. Dann waren sie vollkommen mit sich selbst beschäftigt und vergaßen Polty einfach. Dem gefiel das ganz und gar nicht.

Polty behauptete, er wäre der stärkste Der Fünf. Das konnte er ungestraft tun, denn Vel würde ihn niemals herausfordern. Das wußten alle, aber andererseits legte sich niemand mit Polty an, es sei denn, natürlich, man zählte seinen Vater mit. Von allen Kindern lebte Polty im schönsten Haus. Seine Mutter und sein Vater waren die reichsten Leute im Dorf. Aber die anderen Kinder hätten trotzdem nicht mit Polty tauschen wollen. Polty wurde oft brutal bestraft, geschlagen und sogar ausgepeitscht. Bohne zweifelte nicht daran, daß Polty auch heute abend bestraft werden würde, weil er einfach weggelaufen und zum Vaga-Jahrmarkt gegangen war. Goodman Waxwell war sehr streng. Und manchmal, wenn Die Fünf zum Schwimmen gingen, mochte Polty sein Hemd nicht ausziehen. Sie wußten alle, warum.

»Ich will diese Goldmünze!« sagte Polty, als sich die fünf Kinder erschöpft ins Gras warfen. Sie waren durch die Gassen gelaufen und hatten sich in einem schmalen Spalt zwischen den Zelten und den Wagen verkrochen. Hier beobachtete sie keiner.

»Gib's auf, Polty«, sagte Leny. »Es war bloß so ein mieser Vaga-Trick.«

»Es war echt. Schließlich war es in meinem Mund!«

Polty war mürrisch.

Bohne sah seinen rothaarigen Freund nervös an. Der Nachmittag war längst verstrichen, und sie alle waren gereizt. Sie hatten sich alle Mißgestalten angesehen und waren an allen Buden gewesen. Sie hatten gezuckertes Malzbier getrunken und sich mit klebrigem Vaga-Brot vollgestopft; die Mädchen und Bohne waren zweimal auf dem Pony um den Anger geritten, während Polty und Vel johlend hinter ihnen hergelaufen waren. Jetzt hatte keiner von ihnen mehr Geld, allen war heiß, und sie waren müde. Polty würde sicher bald etwas Ekliges tun.

Irgend etwas anderes.

Schüchtern rückte Bohne näher an Tyl heran, die so tat, als machte ihr das mit dem Kleid nichts aus. Es war ein sehr hübsches Kleid aus rotem Stoff. Bohne überlegte, ob seine Mutter es vielleicht reparieren könnte, bevor Tyl nach Hause gehen mußte. Vermutlich nicht. Bohnes Mutter war die Tavernenwirtin und hatte dafür keine Zeit.

»Wißt ihr, was man alles für dieses Gold bekommen könnte?«

»Laß es, Polty«, sagte Leny. Sie pflückte Löwenzahn und pustete die kleinen Blüten über Vel. Polty wirkte verärgert. Er riß Unkraut aus und bewarf das Mädchen damit. Es hing noch ein Klumpen Dreck daran.

»Heh!«

»Du hast wohl immer noch ein paar Münzen, stimmt's, Leny?«

»Nein!« erwiderte das gedrungene Mädchen trotzig. »Ich habe keine mehr. Vel auch nicht, wir alle haben kein Geld mehr. Und du hattest mehr als wir alle zusammen, Polty ...«

Das stimmte. Vor dem Jahrmarkt hatte Polty einen ganzen Beutel Silbermünzen aus Goodman Waxwells Schreibtisch gestohlen. Polty war gierig, das war sein Problem. Aber Bohne wollte nicht darüber nachdenken. Schließlich war Polty sein bester Freund.

»Shh! Seht mal!«

Es war Tyl. Sie hatte etwas gefunden.

Auf ihrer kleinen Lichtung war es ziemlich laut. Auf den Straßen hatten die Vagas ihr Spiel wieder begonnen, und die Menschen sangen laut. Aber Tyl lehnte an einem Wohnwagen und hatte ein anderes, leiseres Geräusch gehört. Ein schwaches, klagendes Geräusch. Sie drehte sich um und spähte unter den Wagen. Im Schatten lag auf einem weggeworfenen Sack eine Katzenmutter mit ihren Kleinen. Die Kinder krochen hin, um sie sich anzusehen.

»Sind die nicht süß?« Tyls zartes Gesicht strahlte vor Staunen. Sie zählte laut die jungen Kätzchen und benutzte dabei ihre Finger. »Es sind fünf, Polty!« rief sie. »Wollen wir nicht alle eins nehmen?«

Die Idee war albern. Bohnes Mutter würde das niemals erlauben. Genausowenig wie Poltys Vater.

Der dicke Junge schniefte verächtlich.

»Es ist bloß eine räudige alte Katze«, sagte er. »Willst du was Witziges sehen?« fügte er einen Augenblick später hinzu.

Die Kinder zögerten kurz und sahen ihn dann an. Manchmal hatte Polty Geheimnisse, und manchmal trieb er Schabernack. Die Geheimnisse waren Dinge, die er seinem Vater, Goodman Waxwell, gestohlen hatte. Der besaß viele interessante Dinge. Merkwürdige

Flaschen und Tränke. Einmal hatte er Bohne überredet, aus einer Flasche zu trinken, und Bohne hatte den ganzen restlichen Tag brechen müssen. Seine Streiche bestanden darin, daß sie sich auf dem Heuschober von Bauer Orly versteckten und mit vergammelten Rüben nach Goody Orly warfen, wenn sie ihnen den Rücken zukehrte. Merkte sie es, dann verjagte sie die Kinder mit einem Besenstiel. Das war lustig!

Poltys Streiche waren immer lustig.

Er griff unter den Wagen. Tyl schnappte nach Luft. Polty war vielleicht dick, aber er war nicht unbeholfen. Rasch zog er die Mutter von ihren Jungen weg und hielt sie am Nacken hoch. Die Katze schlug wütend in die Luft und wolle ihn kratzen, aber sein Griff war zu fest.

Er grinste.

»Musch, Musch ...!«

Er streichelte die Barthaare der Katze.

Es war eine magere, verflohte, räudige Katze. Sie hatte schwarze und weiße Flecken, aber hauptsächlich bestand ihr Fell aus rotblonden Streifen.

Die Kätzchen unter dem Wagen maunzten kläglich.

Laß sie wieder runter! hätte Bohne gern gesagt.

Aber irgendwie brachte er es nicht über sich. Nervös sah er Tyl an.

Es war schließlich Poltys Streich.

Mit einer Hand hielt er die Katze hinten am Kopf und umklammerte fest ihren Kiefer. Mit der anderen Hand umfaßte er ihre Hinterbeine. Er hob die Arme über den Kopf und streckte sie weit auseinander.

Bohne musterte die Gesichter seiner Freunde. Leny und Vel grinsten, und selbst Tyl verzog die Lippen zu einem Lächeln. Sie waren alle irgendwie merkwürdig gebannt. Sie hatten der Magie des Harlekins zugesehen, die hier war die von Polty. Die Katze wurde wie eine Quetschkommode auseinandergezogen Sie war so lang!

Aber das war nicht der Witz.
Polty zählte bis fünf.
Dann zog Polty.
Es war ein kurzer, heftiger Ruck; es klang wie ein Schuß.
Die Kinder hielten vor Schreck die Luft an.
Polty hatte der Katze das Rückgrat gebrochen.
Er setzte sie auf das Gras zurück. Vorsichtig, fast liebevoll legte er sie auf den Bauch. Das Miauen unter dem Wagen wurde lauter.
Einen Augenblick verkrampfte sich der rötliche Körper der Katze, sie zitterte. Dann vergrub sie die Vorderklauen ins Gras. Sie versuchte zu ihren Jungen zurückzukriechen, aber sie schaffte es nicht. Hinterher sollte Polty mit einem Grinsen die kriechende, paddelnde Bewegung der Katze imitieren, diese geschwächten Vorderklauen, während die Hinterbeine nutzlos hinterherschleiften.
Das war der Witz.

7. Jem Krüppel

»Yane? Tanz, Yane.«
Erneut erhob sich die Stoffpuppe, erneut betrat sie die moosige Bühne und streckte die weichen Beine schwach in die Luft. Vorwärts, rückwärts und vorwärts tanzte Yane den Totentanz.
Sie sank wieder zusammen. Ihr Gesicht, erstarrt in einem idiotischen Grinsen, war grün verschmiert vom Moos. Ihr Kopf sank in einem merkwürdigen Winkel zur Seite. Und aus einer groben Naht in ihrem Nacken rann Sand.
Cata schüttelte sie.
»Böse Yane!«
Aber das Spiel war langweilig geworden. Das Mädchen hockte auf

dem Grabstein unter der ausladenden Eibe und sah sich um. Es war bereits eine Stunde verstrichen. Die Sonne hatte ihren langsamen Niedergang begonnen, und dunkle Schatten fielen über den Friedhof.

Cata wischte sich mit dem Handgelenk die Nase. Ein graues Eichhörnchen sah sie fragend an. Sie schloß die Augen. Einen Moment sah sie sich selbst mit den Augen des Tiers: ein kleines Mädchen, das auf dem Grab ihrer Mutter hockte und einsam eine leblose Puppe quälte.

Sie sprang auf.

»Verdammt!«

Es war ein Wort, das die Vaga-Gören riefen. Sie hielten es für ein böses Wort.

Sie wiederholte es.

»Verdammt!«

Wie sie diesen rothaarigen Jungen haßte! Noch einmal stellte sie sich vor, wie er sich zu ihr umdrehte und seine dicken Lippen höhnisch verzog. Die anderen Kinder hatten sich ebenfalls umgedreht. Es waren zwei dünne Jungen und zwei Mädchen. Sie folgten dem rothaarigen Jungen bei allem, was er tat. Sie waren höhnisch, wenn er spottete. Und sie lachten, wenn er lachte.

Cata trat gegen einen Grasbüschel, einmal für den Anführer und viermal für die Bande. Sie wußte, wie sie waren; sie hatte es immer schon gewußt. Sie hatte beobachtet, wie sie am Fluß gelegen hatten und versuchten, die schlanken Fische mit selbstgemachten Angeln zu erwischen; sie hatte gesehen, wie sie Steine nach den Rotkehlchen in den Bäumen geworfen hatten.

Cata vergaß ihre gefolterte Puppe und schlurfte kläglich zwischen den überwucherten Gräbern umher. Die Sonne brannte heiß zwischen den Schatten. Die Grenze zwischen Licht und Dunkelheit war deutlich zu sehen und wirkte wie ein Spalt in der trockenen Erde. Cata folgte ihm mit hängendem Kopf.

Als sie hochsah, bemerkte sie das Blitzen.

Es blitzte erneut, dann noch ein drittes Mal. Sie sah nach oben. Wieder funkelte es, golden und pulsierend wie ein Signal. Es kam aus dem dunklen Schatten des Tempelportals. Cata wandte den Kopf in alle Richtungen und näherte sich vorsichtig dem Tempel. Er war eine Studie des Verfalls. Der Tempel stand im rechten Winkel zu den Toren des Friedhofs und erhob sich aus dem überwucherten Pfad, als wäre er selbst ein riesiges, vernachlässigtes Grab, eine gewaltige Grabstätte in einer Stadt bescheidener Gräber. Der schiefe Turm sah aus, als würde er gleich umfallen. Das schwere Giebeldreieck neigte gefährlich nach vorn. Efeu überwucherte die Fassade und hing zwischen den hohen Säulen des Portals herab.

Ein leises Knarren war zu hören.

Erst auf dem Fuß der Treppe sah Cata, was sie suchte. In der schattigen Höhle zwischen den mittleren Säulen bemerkte sie das Tor des Tempels, das hoch emporragte und reich verziert war. Sie erkannte die schäbigen Barrikaden, die man davor errichtet hatte. Die verwitterten Bretter, die rostigen Ketten, und vor diesem zugeketteten und vernagelten Tor bewegte sich, im Rhythmus des Aufblitzens, eine dunkle Gestalt, die in einem Schaukelstuhl döste.

Es war die Frau, die ihr Vater Umbecca genannt hatte. Und das Blinken wurde von dem Medaillon erzeugt, das sie an der Kette um den Hals trug und auf das ein Sonnenstrahl fiel.

Vorwärts, rückwärts, vorwärts, rückwärts.

Blink.

Blink.

Cata stieg die Treppe des Tempels hinauf. Wenn sie schlief, konnte die Frau ihr keine Angst einjagen und auch keinen Widerwillen. Statt dessen spürte sie Neugier in sich aufsteigen. Das Gesicht unter der Haube war aufgedunsen und faltig. Die Hamsterbacken waren mit aufgeplatzten Äderchen übersät, und auf der Oberlippe der

Frau wuchs ein dünner Bart. Sie atmete durch den geöffneten Mund ein und aus.

Cata rückte näher.

Eine Biene brummte durch die Luft, schwer beladen mit Blütenstaub. Ihre Flügel glänzten hell in der Sonne. Übermütig legte Cata ihre Hände zusammen und drängte die Biene auf die feuchte Mundhöhle zu.

Aus der ein Schnarchen ertönte.

Cata sprang zurück, aber erst, nachdem ihr etwas in die Hände gefallen war. Sie umklammerte es. Hinter einem Vorhang aus Efeu versteckt, spähte sie vorsichtig auf die Frau namens Umbecca. Hatte sie die Biene verschluckt? Der Schaukelstuhl bewegte sich in einem unveränderten Rhythmus. Das Schnarchen war leiser geworden. Cata senkte den Blick und öffnete ihre Hand. Das Ding, das sie umklammerte, war rund und schwer. Es funkelte golden; und es war glitschig wie Schleim. Ihr Herz hüpfte in ihrer Brust. Sie hatte den Schatz gefunden.

In dem Augenblick ertönte eine hohe, gebieterische Stimme aus dem tiefen Schatten des Portals.

»Wer bist du?«

Cata zuckte zusammen und ließ die Münze fallen.

Ein Augenpaar in einem schmalen Gesicht musterte sie eindringlich.

Es gehörte einem Jungen, der sich sehr von den Dorfbuben unterschied, die Cata bisher gesehen hatte. Seine Kleidung war höchst merkwürdig. Er trug einen schwarzen, glänzenden Anzug mit einem hohen steifen Kragen. Auf seinem Kopf saß ein breitkrempiger, zylindrischer Hut, unter dem sein farbloses, strähniges Haar hervorlugte. Er war sehr blaß und sah sehr sauber aus. Der Junge lehnte an dem Tempeltor und rührte sich nicht. Seine Beine ragten irgendwie hölzern unter einer dicken Decke hervor.

»Ich bin Jemany Jorvel Torvester Ixiter von Irion, Neffe und direkter Nachfahre von Jorvel-Jorvel Torvester Ixiter, dem achtundvierzigsten Erzherzog von Irion«, verkündete er. »Das heißt, eigentlich wäre ich das, nur bin ich ein Krüppel. Deshalb nennt man mich auch ›Jem Krüppel‹. Bist du eine Vaga?«

Cata runzelte die Stirn. Warum hielten alle Leute sie für eine Vaga? Die Frau, die Umbecca hieß, und dieser rothaarige Junge, der ihr das Wort wie eine Beleidigung entgegengeschleudert hatte. Doch der Tonfall dieses Jungen hier war kühl und nicht anklagend, sondern gleichmütig und hohl wie der Klang einer Glocke. Besorgt sah sie zum Schaukelstuhl, weil sie fürchtete, daß die fette Frau aufwachen könnte.

»Ja, eine Schande, daß Tantchen schläft. Sollen wir sie wecken?«

Cata trat zurück, bereit zur Flucht.

»Ich glaube, du hast Angst vor dem Kreis«, erklärte der Junge. »Tante hat gesagt, daß du vor dem Symbol der Wahrheit zurückschrecken würdest.« Ruckartig streckte er die Hand aus und deutete auf seine Brust. An einer Kette um seinen Hals hing ein Medaillon, das dem der fetten Frau glich, ein goldenes invertiertes V in einem Kreis. »Man wird dir nicht erlauben, den Tempel zu entweihen, das weißt du doch, glaub ich?«

Cata wußte es nicht. Sie wurde neugierig und trat dichter an den Jungen heran. Er hätte auch ein Geschöpf des Wildwaldes sein können, aber eines, dessen Verstand dem ihren nahe war. Etwas in ihr reizte sie, ihn auszulachen, wegen seines albernen Namens und seiner hohen, glockenklaren Stimme. Aber etwas anderes ließ sie wachsam bleiben. Der Junge hatte etwas Geisterhaftes an sich, in seinem Gesicht, in seiner Stimme, und Cata schoß kurz der Gedanke durch den Kopf, ob er wohl wirklich lebendig war. Ihr lief ein Schauer über den Rücken. Konnte er vielleicht eines dieser merkwürdigen Halb-und-Halb-Wesen sein, ein Sproß der Toten, die hier überall herumlagen?

»Ich hatte eigentlich gehofft, daß ein Vaga kommen würde«, fuhr der Junge fort. »Tantchen hat gesagt, daß es irgendwann keinen Unterschied mehr zwischen einem Krüppel und einem Vaga geben würde, doch ich glaube nicht, daß das stimmt. Was denkst du? Ich glaube, Tantchen war verärgert, als sie das gesagt hat, also hat sie es vielleicht nicht so gemeint. Manchmal sagt sie Dinge, die sie nicht so meint. Wenn sie wütend ist, meine ich.«

»Ich bin keine Vaga.«

»Natürlich bist du eine.« Der Junge rümpfte die Nase. »Tantchen sagt, daß sich Vaga-Kinder niemals waschen. In ihren Haaren krabbeln Läuse, und ihre Kleidung ist von Flöhen verseucht. Oder ist es andersherum? Jedenfalls glaube ich, daß deshalb ein Krüppel noch lange kein Vaga ist. Bist du ein Mädchen?« wollte er wissen.

Cata errötete. Der andere, der Otter heute morgen am Bach, hatte ihr gesagt, daß sie dringend baden müsse. Sie hatte es vehement abgestritten. Und jetzt, vor diesem blassen Jungen, gestand sie sich ein, daß es stimmte. Ihr Gesicht und ihre Hände starrten vor Dreck. Ihre Fingernägel waren schwarz vor Schmutz. Und ihr Haar war fettig und voller Kletten. Dennoch wollte Cata lieber schmutzig sein als so sauber wie dieser Junge.

Sie beantwortete seine Frage nicht.

»Was ist denn ein Krüppel?« wollte sie statt dessen wissen.

»Willst du damit sagen, du weißt das nicht?« fragte der Junge verächtlich. »Es ist etwas Besonderes. Etwas ganz Besonderes.«

Das Mädchen war nicht überzeugt. Sie spielte mit einer Efeuranke. »Wenn du so etwas Besonderes bist, warum warst du dann nicht auf dem Jahrmarkt?« erkundigte sie sich dann plötzlich.

Der Junge schlug die Augen nieder. Seine gleichmütige Stimme schien ein wenig zu schwanken. »Der Jahrmarkt ist von Übel. Es ist eine Verleugnung von Agonis. Tantchen sagt ...«

»Mit dir stimmt etwas nicht«, erklärte Cata.

Sie trat noch näher an ihn heran. Fasziniert beugte sie sich über den Jungen. Als er zu ihr hochsah, waren seine Augen in dem hellen Gesicht dunkle Brunnen.

Die Feuer spien.

»Du stinkst, du Vaga-Bastard! Laß mich in Ruhe!«

Cata empfand plötzlich den Drang, grausam zu sein, und lachte. Doch ihr Lachen erstarb. Der Junge griff mit den Armen in den Schatten. Er schien vor ihrem spöttischen Blick flüchten zu wollen.

Jetzt verstand Cata. Die Beine unter der Decke waren nur brüchige Stöcke, die in einem merkwürdigen Winkel verdreht waren.

Entsetzt wich sie zurück.

»Du kannst nicht gehen«, stellte sie fest.

Jetzt begann der Junge zu schreien. Es war dieselbe glockenklare Stimme, nur in einer höheren Tonlage; es war der Schrei eines Vogels, den eine grausame, gnadenlose Hand in eine Flamme hielt.

»Was? Was ist denn?«

Der Schaukelstuhl stand still, und das Gesicht unter der schwarzen Haube wandte sich zu dem Jungen um.

Der Schrei hörte exakt in dem Augenblick auf, in dem die fette Frau erwachte.

»Du hast geschlafen, Tantchen.«

»Unsinn, Jem. Die Rechtschaffenen schlafen nicht im Dienst an Agonis.« Sie unterdrückte ein Gähnen. »Du hast gerufen? War jemand hier?«

»Nein, Tantchen.«

Das Efeu raschelte.

»Was war das?«

»Ein Vogel«, log Jem.

Cata scharrte mit den Füßen. Sie war gerade noch rechtzeitig in den Schatten entwischt. Ihr Herz hämmerte. Sie glaubte schon den festen Griff der fetten Frau an ihrer Schulter fühlen zu können.

Aber der Junge verriet sie nicht.

Die fette Frau seufzte und wuchtete sich aus dem Stuhl. »Ich dachte, ich hätte einen Vogel gehört. Meine Güte.« Unauffällig ordnete sie ihre Kleidung und zog an dem Tuch, das heiß auf ihren Schenkeln brannte.

»Tantchen, was ist ein Krüppel?«

»Also Jem, wirklich. Was fragst du überhaupt danach?«

»Das ist doch mein Name, oder? Jem Krüppel.«

Die fette Frau spitzte die Lippen. Sie spielte mit dem Gedanken, gar nichts zu sagen, doch dann befand sie, daß die Wahrheit vielleicht das beste war.

»Krüppel, Jem, ist ein nettes Wort für Bastard.«

Es gab eine Pause.

»Tantchen, was ist ein Bastard?«

Die Antwort kam unausweichlich.

»Bastard, Jem, ist ein schlimmes Wort für Krüppel.«

»Oh.«

Wieder herrschte einen Augenblick Stille.

»Tantchen, wann kommen die Vagas?«

Cata erstarrte. Trieb der Junge ein Spiel? Würde sein dünner Arm in dem schwarzen Tuch in plötzlichem Triumph auf ihr Versteck zeigen?

Am liebsten wäre sie losgelaufen.

»Sie können jederzeit kommen, mein Liebling«, antwortete die fette Frau. Ihre Stimme klang salbungsvoll. »Denk an den Vaga. Denk an seine Widerwärtigkeit. Wenn ein Vaga unseren Tempel so verfallen sieht, wie er ist, wird sein finsteres Herz lodern vor Freude. Er würde die Reliquien aus dem Haus des Agonis stehlen. Er würde sie seinem bösen Gott Koros opfern, der mitten unter ihnen haust. Für den Vaga ist all das, was unserer Rasse heilig ist, nur ein Gefäß für seine Verderbnis. Deshalb müssen sich die Gläubigen unter dem Portal des Tempels versammeln, wenn die Wagen der Vagas kommen.«

Allmählich dämmerte es Cata. Es war ein Ritual, wie Papa es am Grabstein vollführte. Doch es war nur ein müder Abklatsch dessen, was es zuvor gewesen war. Viel war verlorengegangen, viel war geschrumpft. Vor dem Krieg hatte Papa noch Augen gehabt, mit denen er sehen konnte, und Mama lebte noch nicht unter der Erde. Die Burg, eine zerstörte Ruine, war eine feste, stolze Bastion gewesen. Damals hatte auch der Tempel gestrahlt, und zu jeder Jahreszeit, wenn die Vagas kamen, hatten sich die Schatten unter dem Portal mit Gestalten gefüllt, feierlichen Gestalten in ihren schwarzen, wallenden Gewändern und mit ihren blinkenden goldenen Anhängern.

Die fette Frau watschelte die Stufen des Tempels hinunter. »Ich werde noch einmal meine Runde über den Friedhof machen, Jem. Man kann gar nicht wachsam genug sein. Und man kann auch nicht zu vorsichtig sein.«

Erst als sie um die Ecke verschwunden war, wagte sich Cata hinter den Efeuranken hervor.

»Warum hast du nichts gesagt?«

»Ich habe keine Angst vor dir«, erwiderte der Junge.

»Du hast wohl Angst gehabt. Du hast geschrien.«

»Geh weg!«

»Geh du doch weg.«

Das blasse Gesicht lief rot an.

»Du kannst es nicht«, erklärte Cata.

»Ich kann wohl.«

Cata lachte. Sie huschte zum Fuß der Treppe, schlug Purzelbäume auf dem Gras und sprang auf und ab.

»Dann komm mit zum Jahrmarkt!« rief sie. »Komm schon.«

Der Junge rührte sich nicht.

»Ich hasse dich«, sagte er.

»Und ich hasse dich!«

Cata drehte ihm den Rücken zu. Sie hatte ihn eigentlich gar nicht verspotten wollen, denn er erregte ihr Mitleid. Aber der Junge strahlte etwas Schreckliches aus, etwas Furchtbares. Wenn seine Glieder stark gewesen wären und er hätte springen und laufen können, wäre er genauso gewesen wie der rothaarige Junge. Er würde Steine werfen, ringen und andere mit Worten quälen.

Aber auch etwas in seiner Schwäche, seiner weißen Haut schürte Catas Haß. Sie preßte den Mund fest zusammen, als sie wieder zu den Toren des Friedhofs lief. Sie hielt den Blick auf den überwucherten Pfad gerichtet, auf die zerbrochenen Grabsteine und das harte, aufrechte Gras.

»Warte!« rief der Junge.

Cata drehte sich um.

Und erschrak.

Der Junge war bis zum Rand des Portals gekrochen. Keuchend richtete er sich auf und zog sich an zwei Ranken des Efeus hoch. Schwankend hing er dort, während seine Beine nutzlos unter ihm verdreht waren.

Ein Bein war verbogen, das andere gekrümmt.

»Du hast das hier fallen lassen«, sagte er, als Cata näher kam.

Der Junge biß sich auf die Lippen und griff in eine Tasche seines schwarzen Mantels. Als er die Hand herauszog und öffnete, lag die Goldmünze des Harlekin auf seinem Handteller. Als Cata danach griff, zog er die Hand nicht zurück. Erstaunt sah Cata von der funkelnden Münze auf den Jungen. Der schwarze Hut war ihm vom Kopf gefallen, und sein Haar flatterte im Wind. Insekten summten in der Abendluft.

»Jem!« schrie jemand.

Es war die fette Frau. Cata sprang zurück und umklammerte die Münze. Der Efeu riß unter dem festen Griff des Jungen, und er purzelte wie eine Puppe die Stufen des Portals hinunter.

Wie Yane.

Unten blieb er regungslos liegen. Die fette Frau stürzte schnaufend herbei. Cata wirbelte herum und rannte weg, wobei sie laut nach ihrem Papa rief.

»Kind! Kind!« antwortete der alte Wolveron.

Der alte Mann hatte sie ebenfalls gesucht, denn auch er hatte Angst bekommen.

8. *Eine gute Frau*

Die Burg von Irion erhob sich düster auf einer Klippe über dem Dorf. Hochmütig und erhaben schien das gewaltige Gebäude hoch über den Tälern in der Luft zu schweben; es hatte durch zahllose Jahreszeitenzyklen Wache gehalten. Der Felsen, auf dem es stand und sich finster gegen den hellen Hintergrund der verschneiten Berggipfel abhob, wurde der Felsen des Ixiter genannt, nach dem ersten Ejländer, der diese beeindruckende Erhebung bezwang. Hier war am Anfang der Zeitrechnung eine Trutzburg aus Holzstämmen errichtet worden, die unter größten Mühen aus den Tälern heraufgeschafft worden waren. Das war in den Tagen der Unterwerfung geschehen, als Ejlands Stämme nach Norden drängten und die Hänge des Kolkos Aros von den Mißgeburten des Bösen gesäubert hatten. In dem lang andauernden Ringen um die Eroberung der Täler, bevor die Mißgeburten in das Reich des Nicht-Seins befördert worden waren, hatte sich die Burg ausgedehnt, war doppelt und dreifach so groß geworden wie am Anfang, bis sie schließlich in ihrer ganzen Pracht dastand, ein Monument aus gewaltigen Steinquadern. Hohe Wehrtürme mit Schießscharten erhoben sich gebieterisch an ihren Ecken, und ihre Zinnen schienen den Himmel zu berühren. Ein tiefer Burggraben umgab das massive Fundament der Burg, und das Wasser strömte schäumend unter der schweren Zugbrücke hindurch. Ein Fallgitter mit Spitzen wie Reißzähne versperrte den Weg in die innere Festung, zum inneren Tor und zum Burgfried. Diese Burg, an der nördlichsten Grenze des Königreichs, war einst die größte Feste Ejlands gewesen. Von hier aus hatten Generationen von Lords der Ixiter-Familie, die Erzherzöge, im Lauf der Epizyklen ihre despotische Herrschaft über die Täler ausgeübt. Von hier aus wurden Invasionen und Aufstände niedergeschlagen, immer wieder. Und hier hatten, wenn auch einen Fünfer-Zyklus früher, die Legionen der Blauröcke die belagerten Streitkräfte des rechtmäßigen Königs überwältigt.

Jetzt war die Burg nur noch ein trauriges Abbild ihres einstigen Ruhms. Der ausgetrocknete Burggraben war ein stinkender Sumpf. Die Burgmauer war eine Ruine. Der zertrümmerte Bogen der Mauer des inneren Burghofes entblößte den Burgfried, dessen große Pflastersteine mit kleinen Felsbrocken übersät waren. Die Zerstörung war beträchtlich und wuchs mit jeder Jahreszeit, die verstrich, als tobte der Angriff der Belagerer immer noch und unbemerkt um die uralten Mauern, so als entfalte sich ihre verheerende Wirkung nur langsam, wie eine müde Sprungfeder. Mauern zerbröckelten, Steine wurden zerschmettert, strapazierte Balken gaben irgendwann nach. Für den Besucher, der neugierig vom Dorf hinaufsah, mochte die Burg wie ein Ort wirken, den man besser mied und der einen schlechten Ruf hatte. Er bot Heimstatt nur den krächzenden Krähen, dem Efeu, der sich daran klammerte, dem Moos und den Winden, die von dem weißen Massiv des Kolkos Aros heulend und sausend hinunterfegten.

Dennoch gab es Leben in diesem herrenlosen Haus. In den Kammern des Burgfrieds brannten Feuer und erklangen Stimmen. Und an diesem Abend des Vaga-Jahrmarkts, als sich der strahlende Himmel in purpurne Finsternis hüllte, suchte sich eine abgerissene Gestalt verstohlen den Weg zu der verfallenen Burg und hielt sich dicht am Unterholz des sich heftig schlängelnden Pfades.

»Ekelhaft.«

»War das dein erster Gedanke?«

»Hmm?«

»Sie muß ein entzückendes Kind gewesen sein.«

Tante Umbecca lachte schallend. »Du hältst sie doch hoffentlich nicht für einen geeigneten Spielgefährten für unseren Jungen?«

»Er hat keine anderen.«

Tante Umbecca holte tief Luft, schluckte ihre Antwort jedoch hinunter. Sie hatte zufälligerweise schon für einen Freund für Jem gesorgt, aber vielleicht war jetzt nicht der richtige Moment, das zu erwähnen. Ela konnte so empfindlich sein.

Die beiden Frauen saßen sich an einem kleinen runden Tisch gegenüber, hoch oben in einer Kammer im Fried der Burg. Die Fensterflügel standen offen, und die Kerzen flackerten im Wind.

Ela erschauderte.

»Dir ist doch nicht kalt, meine Liebe?«

»Ich will ihn sehen.« Die jüngere Frau griff über den Tisch nach einer kleinen Glocke, die wie ein umgestülpter Trinkbecher neben dem Teller ihrer Tante stand. Ein helles Bimmeln ertönte.

»Ela, nein.« Die pummelige Hand der Tante erstickte das Läuten.

»Du hast gesagt, er hätte sterben können.«

»Ein kleiner Sturz, das war alles. Liebe Nichte, du darfst dich nicht aufregen.«

Die Tür wurde geöffnet.

»Madam?«

»Nirry, bringen Sie Master Jemany her«, befahl Ela.

Das Dienstmädchen schnüffelte nur, scharrte mit den Füßen und richtete den Blick erwartungsvoll auf die ältere Frau.

Tante Umbecca atmete vernehmlich.

»Nirry ...«, begann sie.

Dann unterbrach sie sich, als ginge sie in Gedanken eine Liste mit Herabsetzungen durch.

Sie blickte mit einem Anflug von Befriedigung auf ihren Teller hinunter.

»Dieses Hammelfleisch«, fuhr sie fort, »ist unerhört zäh. In einer perfekten Welt, Nirry, würde ich an diesem Punkt anmerken, daß du vielleicht, sozusagen, die Köchin informierst, daß ich mit ihr über diese Angelegenheit sprechen werde. Du könntest sozusagen in Betracht ziehen, Mädchen, daß ich mit dir darüber bereits gesprochen habe. Ausführlich.«

Erneut schniefte das Mädchen, vielleicht zum vierten Mal, seit sie das Zimmer betreten hatte. Sie war eine kleine Person mit einem blassen Gesicht und glanzlosen Augen, die nervös umherblickten. Ihr blondes, strähniges und fettiges Haar lugte unter ihrer farblosen Kappe hervor.

Ela schob den Stuhl zurück.

»Ich will ihn sehen.«

»Nichte, bitte.«

Die jüngere Frau machte einige entschiedene Schritte, stockte dann und schwankte. Ihr weißes Nachthemd flatterte im Wind.

»Siehst du, Nirry, das Hammelfleisch hat Lady Ela aufgeregt. Man könnte glauben, es wäre aus den alten Stiefeln der Köchin gemacht worden!«

Nirry schnüffelte nur.

»Und sosehr man auch eine solche Sparsamkeit loben könnte, Nirry, muß ich dich doch ermahnen, in Zukunft eine bessere Verwendung für die Dinge deiner verstorbenen Mutter zu suchen. Hilf Lady Ela ins Bett, Mädchen.«

»Nein.« Ela ließ sich auf den Stuhl zurückfallen. »Nirry, meinen Schal ...«

Tante Umbecca seufzte. Es war zweifellos unklug gewesen, das Gespräch auf Catayanes Mädchen zu lenken. Aber wie unerfreulich dieser Nachmittag zu Ende gegangen war! Das Thema war ihr ganz ungewollt zwischen den Lippen herausgerutscht!

Sie nahm einen Schluck Malzbier aus dem Becher.

»Unserem Kind geht es hervorragend, Nichte. Absolut perfekt. Man hat nur eine Bemerkung über den Zustand dieses ... dieses Mädchens gemacht. Sehr tadelnswert, wie ich Silas Wolveron auch schon sagte. Dennoch, das Kind ist in Verworfenheit geboren. Man kann nichts anderes erwarten, als daß sie auch darin weiterlebt.«

Ela legte sich den Schal um die Schultern.

»Nirry, schließ die Fenster«, befahl die Tante.

Nirry machte die Fenster zu.

»Wie ich feststellen muß, läuft deine Nase, Nirry.«

Schnief.

»Soll ich den Hammel abräumen, Madam?«

Umbecca winkte das Dienstmädchen fort.

»Das Mädchen ist eine Schlampe«, meinte sie, während sich Nirry zurückzog.

Manchmal, wenn Umbecca ihr Leben so betrachtete, war ihr zum Heulen zumute. Und dieser Nachmittag war genau so ein Tag. Sie hatte Stephel suchen müssen, damit er sie früher nach Hause fuhr. Natürlich hatte sie ihn aus der Taverne am Anger holen müssen: dem Trägen Tiger! Der erbärmliche Kerl war vollkommen betrunken. Und seine Saufkumpane, rauhe Dörfler, hatten Flüche und Zoten geschrien.

Die fette Frau schüttelte sich. »In Agondon hätte man fähige Diener.«

Dieses Thema kam häufig zur Sprache. Der Erzherzog hatte die beiden Frauen mit drei Angestellten zurückgelassen, als er das Heim seiner Vorfahren verließ: seinem alten Verwalter Stephel, einem jähzornigen, verschlagenen Kerl, der aber der Ixiter-Familie bis aufs Blut treu ergeben war; der dicken Frau des alten Verwalters, die selbst ihr Gatte nur »Köchin» nannte, und ihrer Tochter, die das Dienstmädchen war. Diese Anordnung war großzügig, wie Umbecca dem Erzherzog untertänigst versicherte, sogar bewundernswert großherzig. Sie versuchte stets, Jorvel mit ihrem fügsamen, liebreizenden Wesen zu beeindrucken. Er hatte natürlich nicht vorhersehen können, daß sein alter Verwalter in seiner Trauer um die guten alten Tage der Burg rasch zu einem umnebelten Säufer herabsank oder daß die Köchin vom Schlag getroffen wurde, als sie sich über einen Topf von Kanincheneintopf beugte. Ihrer schniefenden Tochter war es bestimmt, sie zu finden, kopfüber in der kochenden Brühe. Mürrisch und ohne jede Kompetenz übernahm sie daraufhin das Amt ihrer Mutter.

Vor einem Jahr hatte Umbecca an den Erzherzog geschrieben und durch die Blume angedeutet, daß eine Veränderung not täte. Der Erzherzog jedoch hatte nicht geantwortet.

»Ich enttäusche dich sehr, stimmt's?« fragte Ela leise.

»Meine Liebe?« Umbecca sägte mit ihrem Messer an dem Hammel herum.

Es war eine merkwürdige Anklage. Denn schließlich bemühte sich ihre Tante um nichts anderes, als nicht frustriert zu sein, keine Unzufriedenheit über ihre Stellung im Leben zu empfinden. Alles hatte einen Grund. Man mußte sich dem Schicksal unterwerfen. Trotzdem nagte seit dem Scheitern ihres Appells an den Erzherzog etwas an der fetten Frau, und manchmal drängte sich ihr der Gedanke auf, daß ihr Schicksal ungerecht war, als wollte sie jemand vom Pfad der Frömmigkeit weglocken. Sie war, so redete sie sich ein, eine gute Frau. Es war die Bestimmung, die das Leben für sie bereithielt: Sie sollte eine gute Frau sein. Zu ihrem Leidwesen hatte sie einen Platz fernab der Gesellschaft eingenommen, der sogar in den Nachwehen des Krieges jeder Zivilisation beraubt war. Als diese mißratene Yane mit Silas davongelaufen war, hatte Umbecca sich in der Hoffnung gewiegt, daß Jorvel zu guter Letzt, endlich, die Verdienste erkannte, die die ganze Zeit so dicht vor seiner Nase gelegen hatten. Aber das tat er nicht. Arme Umbecca! Als Erzherzogin hätte sie hochherrschaftlich in der Hauptstadt gelebt, wo Jorvel jetzt einen herausragenden Posten in der Regierung einnahm. Ihr Los jedoch, so schien es jedenfalls, war es, die Blüte ihrer Jahre als Gouvernante eines undankbaren, unmoralischen Mädchens zu verplempern. Ob das angeboren war?

Umbecca seufzte.

Solche Zweifel waren falsch.

Es konnte alles angeboren sein.

»Das Mädchen ist eine Schlampe«, sagte Ela.

Sie wiederholte nur die Bemerkung ihrer Tante über das Dienstmädchen, aber ob sie es sarkastisch oder traurig meinte, war schwer zu sagen. Sie blickte hoch. Ihre Hand war gelblich, und sie war dünn. Unter den Augen hatte sie dunkle Ringe, und ihr einst goldenes Haar hatte jetzt die Farbe feuchten Strohs. Wie sehr sie sich verändert hatte! Was für einen Preis sie gezahlt hatte! Dennoch, wie ihre Tante ihr häufig ins Gedächtnis rief, hatte sie das alles selbst heraufbeschworen. Man konnte es nicht leugnen: Elas Schicksal war gerecht.

Ihre Tante lachte. »Nichte, also wirklich! Ich habe von dem Dienstmädchen gesprochen. Es gibt sicherlich vieles, weswegen ich dich getadelt habe, meine Liebe, aber ich glaube, Schlampe habe ich dich noch nicht genannt.«

»Du hast schon Schlimmeres zu mir gesagt. Nach der Belagerung!«

»Aber meine Liebe! Ganz bestimmt habe ich das nicht getan!«

Die Belagerung von Irion war das bitterste Kapitel in den Annalen von Ejland.

Der Bürgerkrieg war in der öden Jahreszeit des Koros ausgebrochen, im Zyklus 994e des Sühneopfers. Dieser Krieg hatte, wie manche behaupteten, das alte Königreich zerstört. Andere wiederum meinten, er habe es an den Rand seiner historischen Bestimmung gebracht. Das Reich von Ejland wurde von mancherlei Kriegen heimgesucht. Aber die waren immer gegen seinen Nachbarn, Zenzau, gerichtet gewesen. Dann, am Ende des Zyklus 994, hatten Mitglieder der Rasse des Agonis zum ersten Mal seit den Zeiten der frühen Stammesfehden ihre Arme gegeneinander erhoben. Der Krieg dauerte den gesamten folgenden Zyklus und ging unter dem Namen »Der Fünfundneunziger« in die Geschichtsbücher ein.

Er war zwischen zwei Rivalen um den Thron ausgebrochen: den Zwillingsbrüdern Ejard Rot, genannt Rotrock, und Ejard Blau, genannt Blaurock. Es war eine alte Sitte in den Ländern der Agonisten, daß man Spiegelbildkindern, wie man Zwillinge nannte, denselben Namen gab. Nur die Farbe der Kleidung sollte sie unterscheiden. Denn man glaubte, daß Zwillinge zwei Hälften eines geteilten Wesens waren. Aber jede der beiden Hälften hatte eine andere Rolle zu erfüllen. Nach altem Ejlander Brauch durfte nur eines der beiden Halbwesen, und zwar das erste, das dem Schoß der Mutter entsproß, sich frei in der Welt bewegen und leben, wie es ihm gefiel. Das andere hatte die Aufgabe, sein Vertrauter, sein Gefährte zu sein, aber nicht mehr. So war es keine Frage, daß die beiden Prinzen zusammen regieren würden. Und daß Ejard Rot der rechtmäßige König war.

Nun begab es sich, daß Jagenam der Gerechte, der Vater der beiden Prinzen, ein großer Reformer war. Er hatte dem Orden von Agonis viele uralte Privilegien aberkannt, denn der Orden war tyrannisch und korrupt geworden. Die Tempelpartei hatte lange am Hof versucht, ihre angestammten Rechte wiederzuerlangen. Zu diesem Zweck hatte der gerisse Höfling Tranimel den Neid von Ejard Blau entfacht. Und schon bald glaubte der blaue Prinz, ein glühender Agonist, daß es seine Pflicht war, seinen unfrommen Bruder abzusetzen.

Nach heftigen Kämpfen, die einen ganzen Zyklus dauerten, wurde Ejard Rot schließlich in Irions starker Feste eingeschlossen und belagert. Nur um am Ende von seinem langjährigen Gefolgsmann, dem tückischen Erzherzog, hintergangen zu werden. Der

König wurde gefangengenommen und zurück nach Agondon gebracht, wo er hingerichtet wurde. Und Blaurock, die Marionette des bösen Tranimel, war König.

Ela schob ihren Teller weg.

»Wenn ich nicht wäre, Tante, wo wärst du dann?«

Über diese Frage hatte Umbecca häufig nachgedacht. Und ihre Nichte hatte ihr diese Frage oft gestellt. Die Antworten, so vermutete Ela, entsprachen nicht ganz den wahren Gedanken ihrer Tante. Die fette Frau legte Messer und Gabel beiseite und blickte in die Kerzen auf dem Tisch.

»Ich bin eine Frau ohne Bedeutung, Nichte«, erwiderte sie schlicht. »Du vergißt, daß meine Schwester und ich aus bescheidenen Verhältnissen stammen. Es war Ruannas Glück, daß sie das Herz des Erzherzogs gewann, und meines, dank der Großzügigkeit unseres edlen Vaters, daß ich ihre Gesellschafterin in ihrem neuen Leben sein durfte.« Sie seufzte. »Jetzt ist Ruanna tot, und ich bin Gesellschafterin ihres Kindes. Der Herr Agonis hat einen Platz für jeden von uns im Leben, Nichte, und dieser hier ist der meine.«

Ela saß schweigend da und spielte mit ihrem Becher. Nach einem Augenblick fragte sie: »Aber was ist mein Platz?«

»Wie bitte, Nichte?«

»Meine Rolle. Ist es meine Rolle, dich unglücklich zu machen, Tante? Hat Unser Herr Agonis das für mich vorgesehen?«

»Nichte, du weißt ja nicht, was du redest.« Die fette Frau senkte den Blick.

»Du wärst in Agondon, wenn ich nicht wäre«, fuhr ihre Nichte fort. Es war etwas Beiläufiges in der Art, wie sie redete. Ihre Stimme klang weder lebhaft noch verbittert, sondern nur traurig. »Wir wären beide in Agondon. Du wärst eine führende Größe unter den Tempelfrauen. Und ich wäre eine große Schönheit und würde viele Freier empfangen.« Sie drehte eine Strähne ihres glanzlosen Haars um den Finger. »Es sei denn, natürlich, daß ich schon einen akzeptiert hätte. Stell dir vor, wie glücklich wir wären, Tante, du und ich, wenn wir die Hochzeit planten! Wir wären so glücklich. Alle wären glücklich!«

»Das glaube ich auch.«

»Außer Jem. Weil Jem nicht geboren worden wäre.«

»Nein«, erwiderte ihre Tante trocken. »Das wäre er nicht. Iß dein Hammelfleisch, meine Liebe. Es scheint mir doch weit erträglicher, als ich zunächst angenommen habe.«

9. *Ein guter Mann*

Jemand klopfte an die Tür.

»Gute Frauen? Darf ich mir die Freiheit nehmen …?«

»Goodman Waxwell, kommt doch herein!«

Umbeccas Gesicht veränderte sich schlagartig. War es eben noch faltig und runzlig gewesen, glättete es sich jetzt zu einem Ausdruck eifriger Geschäftigkeit. Sie stand auf und rauschte in ihrem schwarzen Gewand mit ausgestreckten Armen und dicklichen Händen durch das Zimmer. Sie hießen sich langatmig willkommen.

»Herrin Rench, Ihr tut mir zuviel der Ehre an …«

»Aber ganz und gar nicht, Goodman Waxwell. Ela, läute nach Nirry.«

Aber Ela betrachtete den Neuankömmling nur neugierig. Dabei war er kein Fremder für sie, im Gegenteil, sie hatte ihn schon oft gesehen.

Viel zu oft.

Nathanian Waxwell war ein spindeldürres, gekrümmtes Geschöpf mit gelenkigen, weichen Händen und einem gewaltigen Backenbart, der zu jeder Seite seiner glattrasierten Lippen sproß.

Auf seinem kahlen Schädel trug er eine fadenscheinige, farblose Perücke. Er näherte sich einem auf eine merkwürdige, seitliche Weise, fast wie eine Krabbe, und er hatte ein schiefes Lächeln um seine dünnen Lippen. Vor sich hielt er, wie ein Geschenk, von dem er nicht wußte, ob es angenommen werden würde, seine Arzttasche.

»Ja, Goody Waxwell hat immer noch Beschwerden wegen ihres Handgelenks«, sagte er gerade. »Ich nehme an, es gab keine Probleme wegen der Nachtwache …«

»Nein, nein! Gar keine Frage!« Die fette Frau übertönte die Worte des Besuchers. Sie lachte, spitzte die Lippen und warf Ela einen kurzen Seitenblick zu. Ihre Nichte glaubte, daß sie den Jungen nicht zum Tempel, sondern zum Jahrmarkt mitgenommen hatte. Natürlich war das absurd, aber es war sinnlos, sie jetzt aufzuregen. Vollkommen sinnlos.

»Ela, Liebes? Nirry!«

Ela läutete nicht.

»Habt Ihr denn auch meine besten Grüße übermittelt, Goodman?« fuhr ihre Tante fort. Sie hatte sich neben den Besucher auf das Sofa neben dem Kamin sinken lassen. »Eure arme Frau! Ach, ich fürchte, daß sie von uns genommen wird, bevor ihr vorbestimmter …«

Der Besucher lachte ebenfalls.

»Herrin Rench, aber nein! Berthen ist eine Frau von bemerkenswerter Entschlossenheit. Ich glaube manchmal, daß ihre Leiden sie nur noch mehr in dem Entschluß bestärken … zu leben.«

Umbecca seufzte. »Tatsächlich. Und dem Jungen geht es gut?«

»Tissy? O ja, natürlich.«

Der Besucher hatte die Knie zusammengepreßt. Auf ihnen ruhte seine Instrumententasche, und darauf hatte er eine Hand gestützt, die zuckte, während er sprach. Sein Blick glitt unbeteiligt durch Elas Wohnung, über die verschlissenen Teppiche, die vergitterten, vorhanglosen Fenster, über das Himmelbett mit seinen schweren, zugezogenen Vorhängen und die wurmstichige Täfelung der Wände. Es war kein besonders wohnlicher Raum.

»Warum ist er gekommen?« fragte Ela leise.

»Ela?«

Ihre Stimme klang plötzlich schrill. »Ich habe doch gesagt, ich will ihn nicht mehr sehen!«

Ihre Tante lachte, ein bißchen zu laut, und tippte sich verstohlen an die Stirn. »Ihr müßt meine Nichte entschuldigen, Goodman Waxwell.«

Also wirklich, dachte Umbecca. Ela kann ja so schwierig sein. Es hatte alles vor einem Jahr angefangen, als das Mädchen sich in den Kopf gesetzt hatte, daß der Arzt böse wäre und ihre Medizin vergiftet war. Das war einfach zu verrückt! Goodman Waxwell hatte niemals etwas anderes als zuvorkommende Besorgnis für das Mädchen gezeigt. Er war durch und durch liebenswert. In Agondon hätte er das sein können, was man gemeinhin einen großen Mann nennt, hatte Umbecca oft bewundernd gedacht. Was bedeutete, ein reicher Mann. Aber er strebte nicht nach Profit. Seine Frau hatte ein angemessenes Vermögen mit in die Ehe gebracht. Damit wurde Goodman Waxwell befähigt, seiner Würde gemäß zu leben und gleichzeitig das Tal mit den Früchten seiner Philanthropie zu segnen. Er war ein Mann mit einer Gabe, die er anderen schenken konnte. Der Gabe zu heilen.

Und er war ein treuer Agonist.

»Ich bin gekommen, Lady Elabeth, um den jungen Krüppel zu untersuchen«, erklärte Goodman Waxwell. Er klang freundlich. Es bestand wirklich kein Zweifel daran, daß er ein sehr freundlicher Mann war.

»Tante! Du hast gesagt, daß Jem nicht verletzt ist!«

»Jem ist nicht verletzt, Nichte.«

»Aber nein, natürlich nicht.« Goodman Waxwell lächelte. Er wedelte mit seiner weichen Hand. »Doch bei seiner zarten und empfindlichen Veranlagung kann jeder Schreck Grund zur Beunruhigung sein. Eure Tante hat das Richtige getan und nach mir geschickt. Aber unter den gegebenen Umständen und aufgrund der Entkräftung der mißgestalteten unteren Extremitäten, die wir als nicht mehr heilbar einschätzen müssen ...« Er spreizte die Hand. »... dachte ich, daß ein Aderlaß, selbst ein winziges Tröpfchen Blut, bereits ausreichen würde. Der Krüppel ist kräftiger, als man erwarten konnte.« Er verzog die Lippen zu einem zufriedenen Lächeln.

Ela läutete die Glocke.

»Nirry, ich will sofort den jungen Herrn sehen ...«

Die Stimme der Tante übertönte sie. »Ach, Nirry, Goodman Waxwell muß für seine Mühen belohnt werden. Den besten Varl-Wein! Und Ihr müßt unbedingt etwas Käse probieren, Goodman.«

»Tatsächlich, Herrin Rench! Das wäre sehr nett.«

»Den Tarn-Blau, Nirry. Und vom besten Varl-Wein!«

Nirry schnüffelte zustimmend.

»Ich muß zu ihm.« Ela versuchte sich von ihrem Stuhl zu erheben. »Nirry ...«

Aber die Dienstmagd war bereits verschwunden.

»Nichte, also wirklich! Unser Kind schläft schon.«

Umbecca drehte sich zu ihrem Gast um und seufzte. *Meine arme Nichte!* schien dieser Seufzer zu sagen. Goodman Waxwell hatte ihr eingeschärft, sich nicht aufzuregen. Es war die Pflicht ihrer Tante, dafür zu sorgen, aber konnte der Arzt sehen, wie schwierig das war? Wie unmöglich?

Ela hatte es geschafft, sich aufzurichten, und näherte sich der Tür. Doch dann stockten ihre Schritte, und sie taumelte zurück. Untröstlich sank sie auf der breiten Fensterbank zusammen. Sie zitterte und raffte den Schal über Arme und Schultern. Wie sie ihre Schwäche verfluchte! Ihr Leben hatte einmal nur aus glänzendsten Aussichten bestanden und war dann zu einer finsteren Trübsal geworden. Sie hatte sich alles jedoch selbst zuzuschreiben, das Exil, ihre Krankheit – und dennoch: Auch wenn ihr jetziges Leben eine Strafe für das war, was sie getan hatte, dann wußte Ela, daß sie es wieder tun würde.

Sie schob den Riegel der Fensterflügel zurück. Es herrschte noch immer Abenddämmerung, kurz, so schien es, vor Einbruch der Nacht. Sie blickte hinunter auf die Ruinen der Mauern des Innenhofs, auf den steilen, verschlungenen Weg, der zur Burg hinaufführte. Weit unten lag das Dorf. Schwach drangen die Laute der Vaga-Feiern durch die Luft zu ihnen hinauf.

Die Stimmen hinter ihr waren ein leises Murmeln, in dem manchmal ein Lachen zu hören war.

»Meine gute Frau, ein wirklich exzellenter Varl-Wein.«

»Ihr seid zu gütig, Goodman Waxwell.«

Später: »Die Vagas, natürlich. Man muß einfach etwas unternehmen.«

»Ordnung. Was wir brauchen, ist Ordnung.«

»Und Glauben, Goodman Waxwell!«

»Aber selbstverständlich, gute Frau.«

Jemand schnappte nach Luft. Es war Ela.

»Nichte, setz dich nicht in den Luftzug.«

Aber Ela stand schon wieder und blickte fasziniert aus dem Fenster nach unten. Sie schloß rasch das Fenster und drehte sich wieder zu den anderen um. War es eine Sinnestäuschung, oder hatte sie in dem Augenblick, bevor sie die Läden geschlossen hatte, ein Lied gehört, dessen Melodie schwach in das Zimmer drang? Eine winzige Zeile, aus einer Kehle, die noch nah am Dorfanger war?

Dem Pärchen vor dem Kamin war das entgangen.

»Man muß die Hoffnung bewahren, daß wir sie noch rechtzeitig zur Reue bekehren«, sagte ihre Tante gedämpft. Ihre Stimme klang weich und gurrend. Goodman Waxwell nickte, und die schäbige Perücke auf seinem Kopf wackelte.

Ela hatte sich das Geräusch nicht eingebildet. Es war das Pfeifen einer Flöte.

Ela stand umrahmt von den grünen Scheiben da und bemühte sich, ein Lächeln zu unterdrücken.

10. *Das Geheimnis hinter der Täfelung*

Als Ela noch ein Kind gewesen war, hatte der Raum, in dem sie jetzt wohnte, ihrer Mutter gedient. Damals war alles anders gewesen … sie waren glücklich, und in der Burg summte das Leben. Überall hingen Wandteppiche und Bilder, funkelten Ornamente, standen kleine goldene Tiere und Porzellanfiguren. Aus großen Emaillevasen ragten verschlungene Stengel empor, und in der Jahreszeit der Viana füllten duftende Blumen die Räume. Es war ein zauberhafter Ort. An den kurzen Abenden liefen, tanzten und sprangen Ela und ihr Bruder Tor umher. Über den mit Schnitzereien reichverzierten Stühlen lagen breite, üppige Stoffe, die sich die Kinder schnappten. Sie ließen sie durch die Luft flattern und wickelten sich darin ein. Ihre Mutter klatschte in die Hände und lachte. In einer Kiste am Fenster befand sich ein Schmuckkästchen. Später erinnerte sich Ela daran, wie sie mit ihren kleinen weißen Händen, die wie Mäuschen waren, durch die kühlen Rubine, Diamanten und Perlen glitt, die Hände ihres Bruders berührte, als die noch genauso klein waren wie die ihren. Wie die Juwelen gefunkelt hatten!

Und an der Wand neben dem Kamin hatte das Schönste überhaupt gehangen: ein uralter Wandteppich, den nicht einmal die alles durchdringende, eiskalte Zugluft der Jahreszeit des Koros beeindrucken konnte. Auf dem Teppich war die Geschichte von Nova-Riel abgebildet, dem Küchenjungen, der König wurde. Epizyklen von Rauch und sengender Sonne hatten die einstmals leuchtenden Farben zu einem ausgeblichenen Nebel werden lassen. Er war schäbig, aber in seiner Schäbigkeit lag ein geheimes Wunder verborgen. An ihrem Namenstag, als sie fünf Jahre alt waren, hatte ihre Mutter beschlossen, es ihnen zu enthüllen. Wie ihre Augen gefunkelt hatten! In der Täfelung hinter dem Gobelin befand sich eine Geheimtür. Und hinter dieser Tür führte ein schmaler, finsterer Gang durch die dicken Wände der Burg.

Die Kinder hielten die Luft an.

Die Mutter beugte sich herunter und nahm ihre Kinder fest in die Arme. Es war ein lauer, langer Sommerabend gewesen wie der jetzt, an dem die Strahlen der untergehenden Sonne golden durch die grünen Fensterscheiben drangen. Der Raum hatte sich jedoch vollkommen verändert. Die Vasen, die Juwelen, die prächtigen Stoffbahnen waren genauso verschwunden wie ihre Mutter: Nichts würde jemals zurückkehren. Alles war fort: das Bett, der Tisch, und die Stühle, die jetzt hier standen, waren ein mehr als dürftiger Ersatz. Man hatte sie aus den entlegensten Kammern des Schlosses geholt. Der Gobelin, der regungslos selbst die finsteren Tage des Krieges überstanden hatte, war nach der Belagerung heruntergerissen und verbrannt worden. Ela hatte geweint und geschrien. Aber ihre Tante war unnachgiebig geblieben. Der Gobelin zeigte eine heidnische Legende, und außerdem war er schmutzig.

Doch Tante Umbecca hatte nie das Geheimnis entdeckt, das der Teppich verborgen hatte. Die Tür war zu perfekt in die Täfelung eingepaßt. Und jetzt blickte Ela beinah zärtlich auf die Stelle in der Wandvertäfelung.

»Ihr kommt hoffentlich bald wieder vorbei, Goodman?« sagte Elas Tante. Sie senkte die Stimme. »Und das nächste Mal vielleicht mit dem jungen, ehm, Poltiss …?«

»Tissy, ja, natürlich, ja.«

Ela konnte den letzten Teil des Gesprächs nicht mithören. Sie seufzte erleichtert, als die gebeugte Gestalt den Raum verließ. Seine dünnen Lippen zuckten in einem gequälten Lächeln. Endlich. Ihre Tante würde ihn bestimmt zu seiner Kutsche begleiten.

Ela ging zur Täfelung. In dem Moment ertönte die Melodie erneut, wie sie es erwartet hatte, diesmal jedoch unmittelbar hinter dem dunklen Paneel. Sie schien in der Abendluft zu schweben wie Rauch; es war eine alte Ejlander Weise. Mutter hatte sie gesungen, als sie noch Kinder gewesen waren. Tante Umbecca hatte immer behauptet, es wäre ein Vaga-Lied, und ihr Gesicht dabei verzogen, als wäre das unwiderlegbar. Aber Mutter hätte nur gelacht und sie trotzdem gesungen. Ela stand zitternd da, während sie leise die Worte anstimmte:

Heh, ho! Rund ist der Kreis!
Wo den Anfang und wo das Ende man weiß?

Stille.

Dann drang ein ersticktes Lachen hinter dem Holz hervor. Das Paneel glitt auf und schloß sich dann wieder hinter der schlanken, hochgewachsenen Gestalt, die vortrat und Ela in die Arme schloß.

»Ich dachte schon, der alte Narr wollte gar nicht mehr gehen!«

Ela rang nach Luft. »Tor! Tor!«

Er strich ihr übers Haar. »Shh. Ich habe doch versprochen zurückzukommen, stimmt's?«

»Tor, es hat so lange gedauert.«

»Laß mich dich ansehen.« Er trat zurück.

»Ich bin nicht stark, Tor. Nicht seit ...«

Sie wollte sich abwenden, aber es gelang ihr nicht. Sie mußte ihn ansehen. Seine Gesichtszüge verrieten Entschlossenheit, Wangenknochen und Kinn traten markant hervor. Wenn er lächelte, geschah das mit einer ungewohnten Zuversicht. Konnte das ihr Bruder sein?

Nur die helle Farbe seines strohblonden Haares war unverändert. Jedesmal, wenn er zurückkehrte, schien er größer und stärker geworden zu sein. Aus dem schlaksigen Jungen war ein Mann geworden. Über der Schulter trug er eine Muskete, das Bajonett war aufgesteckt und ragte in die Luft. In einer Hand hielt er einen Dreispitz. Elas Blicke glitten über ihn, bewundernd, musterten seine Glieder, seine hohen Stiefel, die staubig und abgeschabt waren, seine enge Hose, die einmal weiß gewesen sein mochte; seine Jacke war zerrissen und schmutzig. Sie war scharlachrot und leuchtete in einem dunklen Glanz. Denn es war die Farbe des abgesetzten Königs.

»Rotrock!« Sie bildete das Wort lautlos mit den Lippen.

Er tat es ihr nach. »Rotrock!«

Es war natürlich nur ein Spiel. Er mußte in einem anderen Aufzug zu ihr gereist sein und hatte diesen Rock wahrscheinlich erst in der Sicherheit der Schloßmauern angelegt. Ein Soldat in rotem Rock würde erschossen werden, sobald er sich blicken ließ.

»Es ist noch nicht vorbei, Schwester.«

Jetzt wandte sich Ela ab. Das konnte nicht sein. Es war zuviel für ein Spiel. Sie suchte Halt an der Rückenlehne des Sofas. Aus dem Schloßhof drang schwach Hufgeklapper zu ihnen herauf. Die Kutsche des Arztes fuhr weg.

»Tor, es ist vorbei. Es muß vorbei sein.«

Tor legte die Muskete und den Dreispitz zur Seite und schloß Ela erneut in die Arme. »Liebe Schwester, wie schwach du bist! Und wie bleich, Schwesterherz!«

Ela drehte sich um und drückte ihn fest an sich. »Tor, Tor.« Es war, als hätte ihr Bruder ihrer beider Kraft absorbiert. Ja, sie hatte ihm ihre Kraft geschenkt, sie ihm wie eine Gabe zu Füßen gelegt. An dem Tag, an dem sie sich getrennt hatten, hatte sie einfach, beinah kühn zu ihm gesagt: *Bruder, meine Kraft geht mit dir. Nimm sie. Nimm sie an.* Er hatte sie umarmt, so wie jetzt, geküßt, und dann – und das war die Wahrheit – hatte er ihre Kraft genommen.

Es war so lange her. Die Zyklen der Jahreszeit waren gekommen und vergangen, das Kind war geboren worden, ein verkrüppeltes Kind. Und das Kind und auch Ela hatten sich in der heruntergekommenen Burg schwach an das Leben geklammert und sich gefragt, warum eigentlich?

Ela vergrub ihr Gesicht an der Schulter des Bruders. »Tor, warum bist du zurückgekommen? Warum?« murmelte sie. In dem Zyklus nach der Belagerung war ihr Bruder nur zweimal wiedergekehrt. Beide Male war er nur kurz geblieben, und beide Male hatte Ela beim Abschied geglaubt, daß sie ihn nicht mehr wiedersehen würde. Das Leben ihres Bruders, soviel wußte sie, war eine gefährliche Verrücktheit. Er war ein gesuchter Mann, ein Rebell.

Sie nannten ihn den Roten Rächer.

In den langen Pausen zwischen seinen Besuchen bekam sie nur vereinzelt Briefe, kryptisch und unvollständig und ohne Absender. Ela fragte dann, so beiläufig sie konnte: *Wer hat den Brief gebracht, Nirry?* Und das Dienstmädchen erwiderte schnüffelnd: *Irgend so ein Strolch, Miss. Er sitzt jetzt in der Küche.* Ela bestand darauf, daß man den Strolch zu ihr brachte, und eines Tages, als ihre Tante schlief, hatte man ihr den Jungen gebracht, nachdem man vorher noch sein Gesicht geschrubbt hatte. Ela war fasziniert. Konnte dieser Gassenjunge ein Mitglied des Widerstands sein? *Es ist besser, wenn du nichts weißt, gar nichts*, hatte Tor gesagt. Ihr Herz hämmerte heftig, als sie die Hand des Jungen nahm. Sie war so klein. Ela konnte die Schwielen fühlen und sah die abgerissenen Fingernägel. Zärtlich drückte sie ihm eine Silbermünze in die Hand. Das Geldstück war in ein Stück Papier gewickelt, auf das sie geschrieben hatte: *Tor, ich liebe dich.* Mehr gab es nicht zu sagen. Oder sie hätte alles erzählen müssen.

Doch Tor wußte es auch so.

Jetzt summte er leise, dicht an ihrem Ohr, und Ela hörte sich plötzlich mitsummen. Sie folgte ihm unsicher durch die komplizierte Melodie. Es war der Refrain, den sie an dem Wandteppich gesungen hatten, aber sie war verschlungen und verändert, fremdartiger und zielloser.

Warum bist du zurückgekommen?

Die Frage schien sich aufzulösen, während Ela in Tors Armen über den Boden schlurfte. Bildete sie es sich ein, oder drang hinter der Geheimtür leise Musik in den mit Kerzen beleuchteten Raum?

»Und sie tanzten zusammen bis zum Ende des Balls«, sagte Tor.

Ela lachte. Gut, sie tanzte. Es war zwar nur ein langsames Schlurfen, aber es war immerhin das erste Mal seit dem Großen Maskenball, den der Rote König als prächtige Geste seines Trotzes auf dem Höhepunkt der Belagerung in der Burg abgehalten hatte. Damals hatte sie getanzt. Und wie sie getanzt hatte! Ela drängte ein Schluchzen zurück. Sie drehte sich in Tors Armen auf den verschlissenen Teppichen. Der Schein der Kerzen verschwamm zu einem Nebel, wie sich auch die Musik veränderte, die ihr zunächst noch fremd vorgekommen war und die jetzt in einer anderen, wellenförmigen Melodie zu erklingen schien. Es war fast, als treibe sie hinüber in den Schlaf, als betrete sie eine Region, die einmal bekannt und doch unbekannt, gleichzeitig vertraut und fremd war. Dann wußte sie, wohin die Melodie sie führte, durch das Labyrinth aus Drehungen und Wendungen, und sie flüsterte ihrem Bruder ins Ohr:

»Der Kreis ist rund!«

Er lachte.

Sie lachte.

Und ließ sich in seinen Armen fortwirbeln.

»Nein!«

Es war ein entsetzter Schrei. Es dauerte einige Augenblicke, bis Ela begriff, daß die schwarze Gestalt ihrer Tante ihn ausgestoßen hatte, die massig in der offenen Tür stand. Ela erstarrte. Sie wäre zurückgewichen, doch statt dessen brach sie an der Schulter ihres Bruders zusammen.

Tor blickte die bedrohliche Gestalt lächelnd an.

»Nein!« Die fette Frau wandte sich ab und rang die Hände. »Nein!«

»Liebes Tantchen Becca.« Tors Stimme klang ruhig.

Seine Schwester hielt ihr Gesicht an seine Schulter gepreßt. Sie hustete heftig. Wie zerbrechlich sie war! Als sie sich schließlich aufrichtete, war Tors Schulter feucht von Blut.

11. »Hul, Bando und ich ...«

»Die Säule des Todes ...«

»Das ist alles, Nirry!«

Die Dienstmagd versuchte mit ihrer Enttäuschung fertig zu werden. Es war so gemein!

Sie hatte herumgetrödelt. Ohne auf die Glocke zu warten, hatte sie die feinsten Köstlichkeiten aus der Küche gebracht, weil sie, wie Ela wohl wußte, Tor glühend verehrte. Sie hatte Wein in die noch vollen Kelche gegossen, sie hatte mit dem Schürhaken in dem lodernden Kaminfeuer herumgestochert. Jetzt hätte sie den Haken liebend gern noch einmal ergriffen und ihn ihrer fetten Herrin genau zwischen die Augen gerammt!

Zögernd ging sie zur Tür.

»Die Säule ragt gerade von den sturmumtosten Klippen der Insel Xorgos in den Himmel«, sagte Tor gerade. »Sie hat keine Fenster, keine Türen. Sie erhebt sich glatt wie ein Obelisk in den Himmel. Nur durch die Höhlen am Kliff kann man dieses schrecklichste aller Gefängnisse betreten.« Er nippte an seinem Wein. »Man sagt, wer seinen Fuß auf diese Insel setzt, ist verloren. Er sei unwiderruflich in die Dimension der Toten eingegangen.«

Jems Augen glänzten. Er schien zu träumen.

»Es war die furchtbarste Mission des Roten Rächers. Über den Golf fuhr knarrend das Gefängnisschiff, das schwer im Wasser lag mit seiner Last der Verlorenen. Verurteilt durch den widerwärtigen Mund des Verräters Ejard Blaurock, sollten bald hundert weitere Soldaten des rechtmäßigen Königs in diesen gewaltigen Turm eingeschlossen werden. Doch wie konnte ich sie vor diesem Schicksal bewahren, allein mit Hilfe meiner beiden treuen Gefährten?«

Gewärmt von dem Feuer sank Jem tiefer und zufrieden in die Arme seiner Mutter. Die Stimme seines Onkels war sanft, aber eindringlich. Sie spann einen Zauber, der den Jungen in eine Trance lullte. War Onkel Tor vielleicht ein Zauberwesen? Obwohl sein roter Rock schmutzig und verschlissen war, wirkte er auf den Jungen großartig. Die Geschichte schlang sich um sein Herz wie wilder Wein.

»Wir glaubten schon, daß wir dem Untergang geweiht wären, Hul, Bando und ich. Ein heruntergekommenes Trio gegen die geballte Macht der Blauröcke! Wir hatten keine Waffen und hegten keine Hoffnung. Verstohlen glitt unser leckes Schiff durch die Wellen. Hul verunglimpfte mit bitteren Worten die Eroberer. Bando beklagte unser Schicksal.

Ich schwieg. Tag um Tag hockte ich da, ein Fernrohr am Auge, und folgte dem Flattern der verhaßten blauen Wimpel.«

Ela schien ebenfalls zu träumen. Sie mußte träumen. Die Zeit war vergangen, und die Szene, die Schlimmes ahnen ließ, hatte sich zu einem Bild der Glückseligkeit entwickelt. Tor saß am Kamin und erzählte Geschichten; Tante Umbecca war wohlwollend und döste auf ihrem Stuhl; Ela war es zufrieden, dazusitzen und ihren Bruder zu betrachten. Sie nahm kaum seine Worte wahr, dafür war sie zu glücklich. Jem lag in ihren Armen. Tor hatte darauf bestanden.

Zärtlich spielte Ela mit dem Haar ihres kleinen Sohnes.

»Das Gefängnisschiff ankerte vor der Insel. Die große Höhle, das Portal zum Obelisken, wurde von einem riesigen Gitter verschlossen. Nur einmal in jedem Mondzyklus, zur Zeit des Hornmondes, wurde das Tor hochgezogen und ließ neue Gefangene hinein. Ein starker Wind trieb unser Boot schnell über das Meer. Der Hornmond war nur noch vier Nächte entfernt. Wir versteckten uns hinter dem steil aufragenden Rand der Klippen, die die Insel umgaben und wie große Wurzeln aus Stein ins Meer reichten, und warteten. Hul, Bando und ich.

Der Sieg hatte die Moral der Blauröcke untergraben. Sie lümmelten wie die Schweine herum, prahlten und plusterten sich auf wie die Kehlen der Kröten. Auf dem Gefängnisschiff gab es ein wüstes Trinkgelage, das bemerkten wir schnell. Der Kapitän war ein Säufer, und seine Männer folgten seinem Beispiel. Während die Gefangenen in den Fesseln elendiglich schmachteten, waren auf dem Deck über ihnen jede Nacht Lieder, Gelächter und Geschrei zu hören. Schwere Stiefel stampften in trunkenen Tänzen auf den dicken Planken, die die Fracht aus armen Teufeln gefangenhielt.

In der ersten Nacht war das Gelage besonders schlimm. Auf Deck tummelten sich die Männer. In der zweiten Nacht wurde es ruhiger. Die zahllosen Fässer mit Rum forderten ihren Tribut. In der dritten Nacht war es kühl: Die Männer blieben unter Deck. Das Gelage ging zwar weiter, aber weniger heftig als zuvor.

Das war unsere letzte Chance. Der Mond am Himmel hatte beinahe seinen vollen Umfang erreicht. Ernst blickte ich meine Gefährten an. Wie hatte ich sie liebgewonnen! Bando, den Zenzaner, untersetzt und dunkelhäutig, mit seinem Mondgesicht unter den Locken; Hul, ein Ejlander wie ich, groß und blond. Ich werde Bandos herzliches Lachen niemals vergessen, seine gutmütigen Scherze, mit denen er den ernsten Hul neckte. Der arme Bando! Er verstand nicht viel, aber er wußte, was Loyalität bedeutet. In besseren Zeiten als diesen hätte er sein Dorf niemals verlassen. Er hätte im Einklang mit seiner Scholle und dem Rhythmus der Jahreszeiten gelebt, viele Kinder gezeugt und wäre rund und fett geworden. Um seinen Hals trug er ein rotes Tuch.

Hul starrte wie gebannt auf das Schiff des Übels. In seinem hageren Gesicht erkannte ich die Furchen des Gelehrten. Er hatte einen großartigen und ständig hinterfragenden Geist. Wie er in den Hallen der Lehre aufgeblüht wäre, und wie er seine scharfe Zunge in den Disputen der Philosophen gewetzt hätte! Er hätte einer der Großen dieses Zeitalters werden können, wenn er nicht dem Roten Rächer gefolgt wäre.

Lautlos glitten wir in die eiskalten Fluten, nachdem wir uns am ganzen Körper mit Pech eingerieben hatten. Ich spüre jetzt noch den Schock des kalten Wassers auf der Haut. Und ich erinnere mich an meine eiserne, gefühllose Entschlossenheit, als ich meine vor Kälte tauben Arme zwang, die Fluten vor mir zu teilen. Das Schiff des Übels dümpelte in den Wogen. Seine Segel waren gerefft, und seine hohen Masten wirkten wie Skelette im Mondlicht. Ich kletterte an der Ankerkette hinauf. Die Zähne hatte ich fest zusammengepreßt, und meine Muskeln waren zum Zerreißen gespannt.«

Tor machte eine Pause und nippte an seinem Wein.

»Onkel Tor!« bat Jem atemlos. »Erzähl weiter!«

Ela lachte. Ihr Junge trug ein weißes Leinenhemd und hatte die verkrüppelten Beine untergeschlagen. Ob er sich noch an den letzten Besuch von Tor erinnerte? Damals war er so klein gewesen.

Vielleicht war es ihm alles wie ein Traum erschienen, nur wie ein Traum.

Tante Umbecca fühlte, wie sie fiel.

Sie achtete nicht auf die Geschichte ihres Neffen. Es war die zweite oder dritte, die er in dieser Nacht erzählte. Seine Worte erschienen ihr wie eine Folge von Lauten, süß und leise. Ein Lächeln überzog ihr plumpes Gesicht. Wie gut Tor aussah! Noch als er das letzte Mal zur Burg zurückgekehrt war, war er für sie ein Junge gewesen, gerade eben flügge geworden. Das war er nicht mehr: Zwar war er nicht noch mehr gewachsen, doch jetzt füllte er seine Größe aus. Sein Körperbau wies nun die richtigen Proportionen auf, und er bewegte sich elegant. Er beugte sich angeregt vor, und seine Augen schienen Funken zu sprühen. Seine schlanken Hände mit den langen Fingern glitten durch die Luft, als wollten sie die Bilder seiner Geschichten wie Phantome beschwören, und das dämmrige Licht gab seiner schäbigen Uniform die verlorene Pracht zurück.

Rotrock! Früher einmal hatte allein das Wort Umbeccas Puls zum Rasen gebracht. Früher einmal war ihr das Herz übergegangen, wenn sie eine Parade der Roten gesehen hatte. Verträumt dachte sie an die Uniform, die der Erzherzog, Tors Vater, als junger Mann getragen hatte. Damals, als Rot, und nur Rot, die Farbe des Königs gewesen war. Vielleicht stelle ich mir ja vor, dachte Umbecca, daß der Vater geheimnisvollerweise in seinem Sohn zurückgekehrt ist und erneut die Gestalt angenommen hat, in der er das erste Mal meiner Schwester den Hof gemacht hat.

Es war so aufregend gewesen.

Und es ist schon so lange her.

»Tropfnaß kauerten wir uns auf das schlüpfrige Deck«, sagte Tor. »Wir versteckten uns hinter einer Reihe von Fässern. Unser Plan stand fest. Die Wachen standen Posten auf der Brücke. Sie stampften in der Kälte und gingen auf und ab. Sie lachten und nahmen große Schlucke aus einer glänzenden Flasche. Wir mußten uns nur an sie heranschleichen, Hul und ich. Einer von steuerbord und der andere von backbord. Bando sollte die Luke beobachten, die nach unten führte. In wenigen Augenblicken wollten wir in die Waffenkammer des Schiffes eindringen. Dann waren die Blauröcke unserer Gnade ausgeliefert!

Der Mond schien durch die Takelung und warf ein Gewebe von

Licht und Schatten über das Deck. Mein Herz hämmerte wie verrückt. Ich kroch zu der Leiter, die auf die Brücke führte. Ein gegrölter Trinkspruch drang von unten zu uns herauf: Auf die Gesundheit Seiner Kaiserlichen Agonistischen Majestät, Ejard Blaurock!

Wut durchströmte meine klammen Glieder wie heißes Feuer. Ich dachte an die Gefangenen, die in ihren Eisen schmachteten, an die tapferen Männer, die der Verräterkönig Verräter schimpfte.«

Ja, Umbecca fühlte, wie sie fiel. Später glühte sie vor heißer Scham. In der zellenartigen Kammer, in der sie auf einer schlichten Couch schlief, sank die fette Frau vor einer glänzenden Ikone auf die Knie. Sie drückte das kreisrunde Bild an ihren wogenden Busen und bewegte andächtig die Lippen im Gebet. Sie hatte versagt, sie hatte versagt. Sie mußte um Vergebung bitten. Doch was hätte sie tun sollen? Es war, als verfüge der junge Torvester über Magie. Wie aus dem Nichts war er in der Wohnung ihrer Nichte aufgetaucht und hatte den zur Neige gehenden Abend mit seinem merkwürdigen geistreichen Funkeln durchflutet.

Umbecca fühlte ein seltsames Ziehen in ihrem Herzen. Sie wußte, was richtig war und was falsch. Sie wußte es mit absoluter Gewißheit und hegte keine Zweifel. Dennoch, Tor schien ihre Entschlossenheit irgendwie aufzuweichen. In seiner Gegenwart war sie hilflos, als müsse sie all die Dinge, von denen sie wußte, daß sie richtig waren, ablegen wie unnützen Plunder. *Nein!* hatte sie gerufen, als sie in der Tür gestanden hatte. Und sich händeringend abgewandt.

Aber es hatte nichts genützt.

Kühn hatte sich Torvester ihr genähert, in seiner verbotenen Uniform, und sie mit seinem hinreißenden Lächeln verzückt. Dann hatte er sie umarmt.

Ach, mein Neffe!

Er war ein so hübscher Junge!

Es gab Kinder, die Magie besaßen, und solche, die nicht über einen Zauber verfügten. Tor hatte zuviel. Er war schon als Junge ein Tunichtgut gewesen. Seine Knie waren immer vernarbt, und sein Gesicht starrte vor Dreck. Er war ein Obstdieb und Steinewerfer. Er spielte mit den Stallburschen und den Dorfbuben. In seinem vierten Zyklus war er der Schrecken der Burg. Seine Mutter sah natürlich nur seine Schönheit, und sein Vater sah sein Feuer. *Torvester! Torvester!* rief der Erzherzog, wenn ihm wieder eine neue Verrücktheit zu Ohren kam. Doch der Junge grinste nur, wenn er zu seinem Vater gerufen wurde, würde mit seinen schlaksigen Beinen unruhig auf der Stelle treten und war einfach unwiderstehlich mit seinem strohblonden Haar und dem Liedchen, das er pfiff, nachdem sein Vater ihn weggeschickt hatte. *Heh, ho, der Kreis ist rund!*

Das Lied entsetzte Umbecca. Es war eine Vaga-Weise und bedeutete ihrer Meinung nach, daß nichts etwas galt. Sondern daß alles, was passierte, nur eine Umdrehung eines Rades war, leer und bedeutungslos. Es war reinste Blasphemie. Schon allein dafür hätte der Junge bestraft gehört. Aber er wurde niemals bestraft.

Liebes Tantchen, rief er, anscheinend voller Freude, als er sie umarmte. Und dann war er zurückgetreten und hatte sie gefragt, mit vor Belustigung funkelnden Augen, ob sie denn wisse, daß Goodman verheiratet war.

»Ich dachte, du hättest es vielleicht vergessen, Tantchen. Ah, und eins sollte ich dir sagen: Er ist ein strenger Mann. Stocksteif. In moralischer Hinsicht, meine ich.«

»Aber Torvester!«

Sie hatte einfach lachen müssen.

Erst später sollte ein anderer Impuls Umbeccas Herz bewegen. Allein in ihrer Zelle, griff sie nach der Ikone. Ihre dicken Finger zitterten, vielleicht vor Angst. Doch sie wußte sofort, daß es das nicht war. Es war Wut.

Der Junge soll verflucht sein!

Verfluche ihn!

Es war kein wunderschöner Junge. Er war nie wunderschön gewesen. Torvester von Irion war böse, nichts weiter. Schon immer hatte das in ihm geschlummert, und jetzt brach es hervor, so hell wie Feuer und genauso fürchterlich. Der junge Mann war ein Renegat, doch sie, Umbecca Rench, war eine Dienerin des Königs. Konnte Umbecca Rench einen Hochverrat stillschweigend dulden? Niemals! Sie kannte ihre Pflichten ihrem König und ihrem Gott gegenüber, und sie würde sie erfüllen. Sie würde dem Erzherzog eine Nachricht senden!

Natürlich würde sie das nicht tun.

Als sie in dieser Nacht auf ihre harte Couch sank, wußte Tors Tante, daß sie nichts dergleichen tun würde, nichts sagen und nichts geschehen lassen würde. Tor würde davonkommen. Er würde immer davonkommen. Torvester von Irion war das magische Kind.

Und in dieser Nacht, allein auf ihrem Lager, weinte Umbecca bitterlich.

»Das blaue Banner flatterte vom Mast über unseren Köpfen. Wie langsam ich vorankroch! Die Zeit schien stillzustehen! Ich robbte auf meinen eiskalten Gliedern weiter voran. Erneut brüllten sie den Trinkspruch, aber es hätte auch derselbe sein können, genau derselbe, der in einer Zeitschleife wiederkehrte.

Dann auf einmal zerbrach diese Schleife. Auf der Brücke ertönten plötzlich laute Stimmen und die Geräusche eines Kampfes. ›Gib sie mir, her damit!‹ Die Flasche fiel zu Boden und zersprang auf den Planken. ›Verdammt!‹ Ein betrunkener Seemann hatte sich auf den anderen gestürzt. Dann knallte der Schuß. Ein Körper zuckte zurück und plumpste wie ein Sack über die Reling ins Wasser.

Der ermordete Wachposten hatte keinen Mucks von sich gegeben, doch plötzlich war das Deck voller Stimmen. Die Kameraden des toten Seemanns strömten aus der Luke. Wir hatten keine Zeit zu verlieren.

Ich stürmte los.

Und lief.

Um mich herum pfiffen die Kugeln. Ich schnappte mir die Muskete des Gefallenen und feuerte in die Menge der Blauröcke. Zwei fielen rücklings zu Boden. Aber es waren noch viel mehr da, und es wurden immer mehr. Mir blieb nicht die Zeit, neu zu laden. Ich stürmte weiter, das Bajonett des toten Seemanns voran.

Hul verteidigte mittlerweile die Brücke. Bando war in die Waffenkammer des Schiffes eingebrochen. Wie wir vierzig Blauröcke niederhielten, kann ich nicht sagen. Sie waren zwar trunken von Rum, aber sie waren wütend und stark. Der Kampf hielt an, was uns wie Stunden vorkam.

Dabei dauerte es nur Minuten, bis das Deck mit Blut überströmt war. Die Luft war erfüllt von den knallenden Musketen und dem Klirren der Säbel. Schließlich lag der Kapitän leblos zu meinen Füßen, und die angeketteten Gefangenen hatten ihre Fesseln zerbrochen. Es ertönte ein wildes Klatschen; Blaurock um Blaurock sprang in die Fluten, um zur Insel zu gelangen. Sie schwammen in den sicheren Tod, wurden an der grausamen Küste zerschmettert!

Hul übernahm das Kommando. Wir lichteten den Anker, setzten Segel, und als wir mit Flut ausliefen, donnerten plötzlich Kanonenschüsse von den felsigen Klippen der Insel. Man hatte uns beobachtet! Große eiserne Kugeln fielen wie stürzende Sterne in die Fluten. Eine, die über uns hinwegzischte, hätte beinahe unseren Hauptmast abgerissen. Bando, der Zenzaner, sank auf die Knie und betete jammernd zu seiner Göttin: ›Ich bin zu jung, ich bin noch viel zu jung!‹

Später zogen wir ihn damit auf, und auch Bando lachte. Aber es war ein nervöses Lachen. Es war knapp gewesen, sehr knapp. Und in seinem Herzen dankte jeder Mann auf dem Schiff der Macht, die seiner Meinung nach über die Welt herrschte. In der Verzweiflung der drohenden Niederlage hatten wir geglaubt, daß sich die Götter gegen uns verschworen hatten. Wie sollten wir dann jetzt nicht glauben, daß sie ihre Macht für uns in die Waagschale geworfen hatten? Hundert Männer – und alle vor dem Schrecken der Insel Xorgos gerettet!

Als wir dank des gnädigen Windes auf die Küste Zenzaus zusegelten, vibrierte das Schiff unter den Liedern der Rotröcke, als die Fesseln von den Knöcheln und Handgelenken gestreift wurden. Wir holten die verhaßte Fahne der Blauen ein, und dann flatterte Bandos rotes Halstuch am Mast. Der Rote Rächer hatte wieder triumphiert!«

»O Tor!«

Als die Geschichte zu Ende war, hatte Ela Tränen in den Augen. Sie umarmte ihren Sohn und küßte seine Stirn. Aber der Junge lag schwer an ihrer Brust.

Jetzt träumte Jem tatsächlich.

Du kannst nicht gehen, hatte das Vaga-Mädchen gesagt. Aber in seinen Träumen konnte Jem laufen und springen. Er konnte sich ins Meer stürzen, in den tiefen Golf von Ejland, wo die Säule des Todes sich über den Klippen der Insel erhob. Mit starken Händen konnte er sich die muschelbesetzte Ankerkette hinaufhangeln. Sein Blut pulsierte durch die Adern in seinem Hals. In wenigen Augenblicken würde die Schlacht beginnen.

Der Junge hatte bisher nur Bilder vom Meer gesehen. Aber jetzt schien er sie auch vor seinem inneren Auge zu haben. In seinem Traum lebte er in Tors Welt, in seinem Traum war Jem Tor. Er war der Rote Rächer! Und als sein Onkel die zusammengesunkene Gestalt seines Neffen auf die Arme nahm, um den Jungen zärtlich zum Bett seiner Mutter zu tragen, fühlte Jem sich im Schlaf selbst erhoben, als würde er wie aus eigener Kraft dem Zugriff der Welt entschweben.

»Bist du morgen noch hier, Tor?«

Es war die Stimme seiner Mutter, die Jem hörte, von weit weg, während er tiefer in seinen Traum glitt. Es mußte viel später sein. Nur eine einzige Kerze brannte noch, und der Klang, den er hörte, eine Antwort auf die Frage, war nur ein leises, beschwingtes Lied. Ein Schlaflied.

Heh, ho. Der Kreis ist rund!

Jem glitt mühelos in seine Traumwelt zurück.

12. *Die neu verkündete Bestimmung*

Die Geschichte der Kriege von Ejland war lang und bitter. Und die Bände, in denen sie erzählt wurde, füllten viele Kammern in der Großen Bibliothek von Agondon. Für die Gelehrten, deren Aufgabe es war, sich um die Geschichte ihres Landes zu kümmern, boten sie Stoff für ständige Dispute. Es konnte kein Zweifel daran bestehen, daß es Kriege gab, die sich bis in die frühesten Tage der Länder der Agonisten erstreckten, doch was ihr Wesen, ihre genaue Anzahl und Dauer anging, war es schon schwieriger, eine klare Entscheidung zu treffen.

Die eine Schule, die der Interzessionisten, glaubte, daß der erste Krieg, dessen man in Ejland gedenken sollte, das blutige Scharmützel an der östlichen Grenze des Reichs gewesen war, das als die Interzession, oder genauer, die Fürsprache von Aon Eisenhand bekannt geworden war. Eisenhand, so argumentierten sie, war der erste Souverän der Länder des Agonis und von daher auch der erste, der mit Fug und Recht behaupten konnte, einen Krieg im Namen des Königreichs geführt zu haben.

Dies jedoch war eine Sichtweise, die von zwei anderen Lagern aufs heftigste angegriffen wurde: von den Präe-Aons und den Königin-Elanisten. Den Königin-Elanisten gehörten diejenigen Wissenschaftler an, die der Ansicht waren, erst seit der Zeit der Heiligen Herrscherin Elabeth der Ersten könnte Ejland als ein real existierendes Königreich angesehen werden. Schließlich war Elabeth die erste, die über ein vereinigtes Ejland herrschte, statt im Gegensatz dazu gleichzeitig solche Titel zu führen wie Prinz von Unter-Lexion, Bluthherrscher von Varbyshire und Holluch, Groß-Exzellenz der Tarn und so weiter und so fort, wie Aon und seine Nachfolger das noch getan hatten. Es waren folglich Elabeths berühmte »Drei Feldzüge«, die großen Seeschlachten im Golf von Ejland, die man von diesem Standpunkt aus als die ersten wahren Kriege von Ejland bezeichnen mußte.

Die Präe-Aons ließen nichts davon gelten. Für sie setzten selbst die Interzessionisten die Zeitrechnung viel zu spät an. Die Interzession, so sagten die Präe-Aons, sei trotz ihrer großen Bedeutung nur unter Berücksichtigung der vorherigen Scharmützel mit dem perfiden Feind und der tapferen Kämpfe gegen ihn zu verstehen. Sie zitierten eifrig das Varby-Massaker, das Eindringen von Varl und hundert andere Legenden von Breitschwert und Axt, die, wie ihre Gegner einzuwenden pflegten, als kaum mehr denn Folklore der Primitiven gelten konnten. Die Präe-Aons widersprachen jedoch jeder Beschreibung der angestammten Agonisten als primitiv auf das energischste. Sie nannten es historische Bestimmung ihrer Rasse, eine Bestimmung, die, wie sie behaupteten, von Anfang an deutlich gewesen war.

Stand dies nicht alles längst im El-Orokon?

Diese drei Parteien standen sich unversöhnlich gegenüber, und wäre es möglich gewesen, einen vierten Standpunkt zu beziehen, hätte es der sein müssen, daß es töricht war, wenn nicht von vornherein aussichtslos, zu versuchen, die Kriege von Ejland zu zählen. In Wirklichkeit, so hätte man sagen können, war es nicht ein Krieg, der stattgefunden hatte, und dann noch einer und noch einer. Es war eine ganze Kette von Scharmützeln in einem einzigen, nicht enden wollenden Krieg. Von der Zeit an, in der sich die Anhänger von Agonis, dem Gott der Lüfte, in dem Gebiet angesiedelt hatten, das jetzt als Ejland bekannt war, hatten sie niemals mit ihren östlichen Nachbarn in Frieden gelebt. Die Ostlande bildeten das Reich von Zenzau, das Heim der Anhänger von Viana, der Göttin der Erde.

Für Zenzau galten die Ejländer als tyrannische, habgierige Menschen. Für die Ejländer wiederum war Zenzau ein primitives, finsteres Königreich, dessen Rassen sich kaum von den halbwilden Vagas unterschieden, mit denen sie, das war völlig klar, eine mehr als nur entfernte Verwandtschaft verband. Ejland hatte viele Ländereien von Zenzau annektiert und trug sich mit dem Gedanken, noch viel mehr zu erobern. Doch für das Königsgeschlecht von Ejland und für die meisten seiner Untertanen war das vollkommen gerechtfertigt, wenn man das Wesen der Zenzaner in Rechnung stellte. Man mußte nur ihre Kolonien besuchen, so sagte man, dann konnte man einen Zenzaner sofort richtig einschätzen. Ejländer, die aus den besetzten Gebieten zurückkehrten, schwangen sich eifrig als Zeugen für die Richtigkeit ihres Regimes auf. In den Regionen, die als »Agonists Erlösung« bekannt waren, das waren Zexal, Varl und das Inselkönigreich von Tiralos, bedienten die dunkelhäutigen Zenzaner an den Tischen, putzten die schmutzigen Stiefel und arbeiteten auf den Feldern der wohlhabenden Kolonisten. Die Vorstellung, daß diese unterwürfigen Kreaturen sich selbst regieren sollten, war einfach lächerlich, während zu den Rebellen des Widerstands nicht viel zu sagen war: Ihre unzivilisierte Gewalt sprach für sich selbst. Wieviel besser würde es den Zenzanern gehen, wenn erst ihr ganzes Reich unter der Herrschaft der Ejländer stehen würde! Jedes Jahr, in der heißen Jahreszeit Therons, erinnerten am »Tag der Erlösung«, wie er genannt wurde, komplizierte Zeremonien in jedem besetzten Marktflecken an die Eroberung. In einem leidenschaftlichen Dankgottesdienst zu Ehren des Herren Agonis erniedrigten sich die Zenzaner in ihren bunten, traditionellen Kostümen zur Ehre ihrer erleuchteten Herren, die sie aus dem finsteren Griff ihrer eigenen minderwertigen Göttin befreit hatten.

In der Epoche, in der Tor zum Verräter an seinem Land wurde, dauerten die Zenzanischen Kriege bereits etwas mehr als siebzig Zyklen an, wenn man ein Königin-Elanist war; gehörte man jedoch zu den Interzessionisten, waren es dreihundert Zyklen, und glaubte man der Präe-Aon-Linie, dann waren es fast tausend. Einig war man sich nur darin, daß keine Aussicht auf ein Ende des Krieges bestand. Dafür hätte Herrscherin Elabeth gesorgt. Unter ihrer Doktrin der Neu Verkündeten Bestimmung, die die Heilige Herrscherin im Zyklus 925c des Sühneopfers proklamiert hatte, wurde als historische Mission aller Ejländer festgeschrieben, die Anhänger der Viana zu unterwerfen und sie der Liebe von Lord Agonis zugänglich zu machen.

Da es nun aber so aussah, als könnten die Zenzaner niemals vollständig unterworfen werden, schien es, als würde auch der Krieg niemals enden.

Man hätte für den Krieg genausogut die Geographie von El-Orok verantwortlich machen können wie die gemeinsamen Mythen seiner Bewohner. In den Schriften stand, daß es einst eine große Diaspora gegeben hatte, die man die Große Wanderung nannte. Damals waren die Frauen und Männer der Erde aus dem Tal des Orok vertrieben worden. In jedem Land des El-Orok gab es Legenden einer Großen Reise, Epizyklen früher.

Aber irgend etwas war schiefgegangen.

Die Anhänger des Feuergottes Theron waren nach Süden gegangen, dorthin, wo sich jetzt das Königreich Unang Lia befand. Die von Javander, der Wassergöttin, hatten das Meer nach Westen überquert und waren zu den fernen Inseln von Wenaya gereist. Es waren entlegene und weit voneinander entfernte Orte, und sie hatten keinerlei Möglichkeit, auch nur miteinander zu kommunizieren. Doch die Anhänger des Agonis, des Gottes der Lüfte, und die von Viana, der Göttin der Erde, hatten sich nicht auf eine ähnlich gründliche Weise voneinander getrennt. Als ihre Rassen sich teilten, so sagte es der El-Orokon, wurde bestimmt, daß die Anhänger des Agonis sich nach Norden aufmachen sollten, in die bergigen Länder des ewigen Eises, und die von Viana sollten nach Osten ziehen, in die dichten, dunklen Wälder.

Aber beide Stämme mußten zunächst nebeneinander den Bogen der Halbinsel Juvescia hinaufreisen, um ihre neuen Länder zu erreichen. Vianas Anhänger, so wurde oft angemerkt, waren nicht direkt nach Osten abgebogen. Beide Stämme waren nach Norden gezogen und hatten festgestellt, daß dichte, dunkle Wälder alles Land bedeckten, in das sie vordrangen. Während langer Zyklen, so erzählten die Legenden, waren die Stämme des Agonis weiter nach Norden gezogen, durch gefährliche, wilde Waldgebiete, und hatten ihr mythisches Land des Eises gesucht. Schließlich kamen sie zu den Tälern der Tarn, wo die große weiße Wand des Kolkos-Aros-Massivs sich unbarmherzig vor ihnen erhob.

Damals herrschte große Trauer unter den Agonisten. Denn falls dies der Ort sein sollte, den ihnen ihr Schicksal bestimmt hatte, war dieses Schicksal gewiß so grausam wie die Bestrafung der verachteten Kinder von Koros.

Aber dann sagten sie sich, daß dies nicht sein konnte. Denn Agonis war der bevorzugte der fünf Götter gewesen. Obwohl der Ur-Gott Orok alle Rassen bestraft hatte, und das auch gerechterweise, konnte es doch nicht seine Absicht gewesen sein, den Anhängern des Agonis die Nachsicht vorzuenthalten, die er dem Gott gegenüber gezeigt hatte, den sie verehrten.

Die Ältesten des Stammes, die ersten Schriftgelehrten von Agonis, entschieden, daß sie nicht weiterreisen mußten. In den geheiligten Pergamenten, die sie mit sich führten, stand geschrieben, daß sie »nahe dem Gewölbe des Himmels leben« sollten. Aber was konnte das bedeuten? Der Himmel war so weit weg. Wäre man ihm auf einem Berg denn so viel näher?

Also öffnete sich die Kluft zwischen den Worten, die im El-Orokon geschrieben standen, und den Taten, die die Ejländer, sich auf sie berufend, ausführten. Und so kam es zu der Doktrin der Neu Verkündeten Bestimmung oder vielmehr zur Ersten Neu Verkündeten Bestimmung, wie sie heutzutage genannt wird. Geistig, so beschieden die Schriftgelehrten, würden die Agonisten in den Weißen Bergen leben, weit über die Welt erhoben. Diese Berge, so sagten sie, wären eine Vision, die den Anhängern des schönen Gottes gewährt worden war und die seine Überlegenheit über die anderen Götter ausdrückte. Und dieser gleichen Überlegenheit würden auch alle die teilhaftig, die ihm folgten. Es sei die Bestimmung der Rasse des schönen Gottes, nicht in den öden Bergen zu leben, sondern in den fruchtbaren Tälern und Ebenen, und dennoch geistig nach diesen Bergen zu trachten, als dem höchsten der geheiligten Ideale.

Die Zyklen der Zeit entfalteten sich, und die Anhänger des Agonis wandten sich von dem Massiv des Kolkos Aros ab, bevölkerten die Ebenen zwischen den Bergen und der See mit ihren blühenden Städten und Dörfern. An ihrer Überlegenheit über die Kinder der Viana hatten sie keinerlei Zweifel. Sie schlugen die Vianer nach Osten zurück und hatten nur Verachtung für diejenigen übrig, die nicht in den Himmel blickten, sondern durch den Dreck und den Schlamm der Erde krochen. Dieses Volk, dessen Göttin in dem Krieg im Tal des Orok ihre Macht den dunklen Feldzügen ihres Bruders Koros geliehen hatte, dem Vaga-Gott. Diese Erste Bestimmung der Agonisten war ein geistiges Ideal, aber von Anfang an wurden sie von den Samen der Neu Verkündeten Bestimmung mitgerissen. Es gab solche, die glaubten, daß erst mit Erfüllung dieser Neuen Bestimmung das jetzige, degenerierte Zeitalter vergehen und ein neues Zeitalter anbrechen könne.

Zur Zeit von Tors Besuch bei Ela kam die vorherrschende Meinung auf, daß der historische Kampf der Agonisten endlich seinen Höhepunkt erreichte. Schließlich schrieb man das Jahr 997a: Der tausendste Zyklus des Sühneopfers stand bevor.

13. *Die Ankunft des Barnabas*

Stille.

Ela drehte den Kopf auf dem langen, zylindrischen Kissen. Neben ihr schlief Jem tief und fest. Sein Atem war kaum zu hören, und sein blondes Haar hing ihm in die Augen. Sie lächelte. Wecken wollte sie ihn nicht. Vorsichtig schlüpfte sie unter dem Laken hervor und griff nach ihrem Schal. Die Wohnung glühte in den Strahlen der frühen Morgensonne. Die Täfelung glänzte dunkel, und das kühle, helle Licht drang hartnäckig durch die geschlossenen Gitterfenster. Ela machte sie auf und zitterte vor Kälte.

Gab es wieder einen Wechsel der Jahreszeit?

Aber es war viel zu früh dafür.

Die Fenster boten einen Ausblick ohne Farben oder Leben. Wolken türmten sich am Himmel, und dann bemerkte Ela, daß es auch unten im Dorf ruhig war. Obwohl sie zuerst gedacht hatte, daß es die Ruhe des Morgens war, wurde ihr klar, daß es gar nicht mehr so früh sein konnte.

»Nichte, also wirklich, du wirst dich erkälten.«

Gelassen drehte sich Ela zu ihrer Tante um, schloß die Fenster jedoch nicht. »Die Vagas sind fort«, sagte sie gleichgültig.

»Ach?«

Es war, als wäre ein Traum zu Ende gegangen, aber Tante Umbecca verriet keinerlei Interesse. Sie trug ein frisches, makelloses schwarzes Gewand, und der goldene Anhänger funkelte auf ihrem Busen, während sie gewichtig in der Wohnung herumfuhrwerkte, sich um den Kamin kümmerte, in dem nur noch Asche war, und den Tisch musterte, der noch nicht für das Frühstück gedeckt war.

Unerhört.

Die ersten sechs Fünfzehn des Tages waren bereits verstrichen. Wo war Nirry, die Elende? Umbecca griff mit ihrer plumpen Hand nach der Klingel.

»Nein«, sagte Ela rasch. »Jem.«

Ihre Tante hätte sie einfach ignoriert und den Jungen geweckt, wenn in dem Moment nicht die Magd erschienen wäre. Sie sah noch schlampiger aus als sonst. Offenbar hatte sie ihre Uniform nur hastig übergeworfen.

»Anscheinend haben wir alle etwas verschlafen«, meinte Ela.

Aber ihre Tante hörte nicht zu. Ela drehte sich wieder dem hellen, kalten Licht zu; sie hatte eine böse Vorahnung. Ja, es war, als wäre ein Traum zu Ende.

Er ist fort, stimmt's? Sie bewegte lautlos die Lippen.

Die Magd entfachte das Feuer.

Tante Umbecca saß erwartungsvoll am Tisch. »Komm schon, Nichte, und schließ das Fenster. Nirry wird uns bald das Frühstück bringen.«

Ela ließ sich untröstlich auf ihren Stuhl sinken. Ausdruckslos starrte sie an ihrer Tante vorbei in die Mitte des schäbigen Raums. Es sah aus, als wollte sie den Staub erforschen, der in der Luft lag, wie der Atem der abgenutzten Sofas und verschlissenen Teppiche, die vor Epizyklen gewoben worden waren.

Dieser Raum war zu ihrer Welt geworden.

Ela erschauderte wieder. Die Kälte, die durch die geöffneten Fenster drang, kroch unaufhaltsam ihre Schenkel hinauf.

Er war fort.

Ihre Augen füllten sich mit Tränen, während ihre Tante von der Jahreszeit sprach, sachlich und nüchtern, als wäre nichts geschehen. Urplötzlich schnappte sich Ela die Glocke und bimmelte damit vor dem Gesicht ihrer Tante.

»Nichte!« Die dickliche Hand hatte Elas Handgelenk gepackt, und das rötliche, pralle Gesicht beugte sich unvermittelt vor. »Du närrisches, leichtfertiges Geschöpf! Begreifst du denn nicht, daß es richtig ist, wenn er gegangen ist? Er reist mit diesen Vagas, das ist mir jetzt völlig klar. Was hast du denn gedacht? Daß er bleibt? Glaubst du wirklich, er könnte hier bleiben? Er ist verrückt! Er spielt mit dir! Glaubst du vielleicht, daß er hier, am äußersten Rand des Königreiches, außerhalb der Reichweite der Justiz leben könnte?«

»Justiz? Was meinst du damit?«

»Dein Bruder ist ein Verräter.«

»Nein, Tante, mein Vater ist einer. Mein Vater hat den König verraten, hast du das schon vergessen?«

Elas Lippen wurden weiß, während ihre Tante die ihren für einen Moment schürzte, bevor sie rasch sagte: »Der König ist Ejard Blau. Der Erzherzog ist sein loyaler Minister.«

Ela hätte gern gelacht, aber eigentlich war ihr nach Weinen zumute. »Natürlich, Tante. Die Belohnung für einen Verrat kann großzügig ausfallen, hab ich recht?«

»Ich werde für dich beten, Elabeth.«

»Verflucht seien deine Gebete!«

Die beiden Frauen maßen sich über den leeren Tisch hinweg mit Blicken. Elas Tante spürte eine finstere Empfindung, die sich in der kalten Morgenluft über sie legte wie ein Bahrtuch. Ihre Nichte löste etwas in ihr aus, was nicht wirklich Verzweiflung war, sondern eher eine nagende, dumpfe Wut.

Was war mit dem Mädchen los?

Was war mit ihr geschehen?

Umbecca dachte an die Tage nach der Belagerung zurück, als der Erzherzog seine Vorbereitungen traf, die Burg zu verlassen. Alles war damals in Aufruhr, und Erregung lag in der Luft. Die Pferde galoppierten auf dem Pflaster, Wagen rumpelten unaufhörlich auf dem Innenhof. Gerufene Befehle der ranghöheren Dienstboten erschollen in allen Kammern der zerstörten Burg und mischten sich mit den aufgeregten Rufen des abreisenden Adels. Die Burg wurde aufgegeben, doch empfand irgend jemand außer dem alten Verwalter Stephel Trauer deswegen? Alle waren in fieberhafter Erwartung, selbst Umbecca, die in ihrer Zelle ihre Habseligkeiten immer und immer wieder gepackt hatte. Sie konnte es kaum erwarten, daß die Reise nach Agondon endlich losging. Was sollte sie nur zur Krönung tragen? Ein neues Zeitalter brach an.

Aber Ela ging es nicht gut.

Waren die Aufregungen zuviel für sie gewesen?

Es war beim Abendessen in der letzten Nacht gewesen, genau in diesem Raum, einem der letzten Prunkgemächer, die die Belagerung unbeschädigt überstanden hatten, als das Mädchen plötzlich vor ihrem Vater und seinen Gefolgsleuten aufgestanden war, ihren Stuhl zurückgeschleudert und gesagt hatte: »Vater, ich bekomme ein Kind.«

Den Edlen war die Luft weggeblieben. Die Spielleute, die gerade eine lustige Weise zum besten gaben, ließen ihre Instrumente sinken. Tor wurde rot und warf einen Becher Wein um, und Umbecca hatte merkwürdig distanziert das Gesicht des Erzherzogs gemustert, dessen Miene sich allmählich verfinsterte. Und doch wäre ihr fast das Herz gebrochen. Später dann brach es tatsächlich, als sie allein mit dem Erzherzog und seiner Tochter in dem Zimmer war. Zunächst hatte sich das Mädchen geweigert, den Partner ihrer Hurerei preiszugeben, doch dann hatte der stählerne, kontrollierte Zorn ihres Vaters sich wie eine scharfe Klinge über sie gesenkt. *Ja, ja,* hatte Umbecca lautlos zugestimmt, als der Erzherzog die Verbannung seiner Tochter verfügte. Es war richtig so. Es war gut so. Aber Umbecca hätte am liebsten geweint, als die Jahreszeiten verstrichen und die Neuigkeit die Burg erreichte, daß auch Tor den Namen seines Vaters besudelt hatte.

Der Rote Rächer!

Umbeccas Gesicht hatte alle Farbe verloren. Sie war wie vom Schlag gerührt. Aber Ela sagte nur: *Ja, ja*, und Umbecca sah, daß sie diese Worte mit einem Lächeln äußerte.

»Du wußtest es? Nichte, du wußtest es?«

Da hatte Ela, die von der Geburt geschwächt und mitgenommen war, gelacht. Seit dem Ende der Belagerung war es das erste Mal, daß sie lachte.

Weinend hatte Umbecca nach Goodman Waxwell gesandt. Es schien, als sollte das Lachen nie wieder enden. An diesem Abend betete Umbecca mit einer neuen Entschlossenheit; sie betete, daß die Liebe des Herrn Agonis herabsteigen und ihr Herz wie eine Flamme verzehren möge. Der Steinboden ihrer Zelle schmerzte unter ihren Knien, durch ihr dickes Gewand und ihre zerrissenen Strümpfe. Haß und Liebe fochten in ihr um die Vorherrschaft. Sie hatte Tor so geliebt! Da, wenn überhaupt, geriet Umbeccas Glauben ins Wanken. Das Gesicht des Erzherzogs stieg vor ihr auf. Der Erzherzog war ein so guter Mann, ein so tugendhafter Mann! Was hatte er getan, daß er solch ein Strafgericht auf sich herabbeschwor?

Aber vielleicht, dachte Umbecca, gibt es eine Möglichkeit.

Einen Weg.

Jetzt starrte Umbecca Rench in das blasse Gesicht ihrer Nichte und fühlte Wut in sich aufwallen. Natürlich wußte sie, warum. Die Ereignisse des gestrigen Abends erfüllten sie mit Scham, wie eine verächtliche, blasphemische Verderbnis.

Sie war schwach gewesen.

Sie war verrucht gewesen.

Sie mußte Buße tun.

Ein hohes Klagen durchschnitt plötzlich die Luft.

»Was?« Ela faßte sich an die Stirn. Einen Moment hatte sie geglaubt, das Geräusch befinde sich nur in ihrem Kopf.

Nirry schrie auf.

»Halt den Mund, Mädchen!« fuhr Umbecca sie an. Ihr Herz hämmerte in ihrer Brust. Was sollte das sein? Ein neuer Trick von Tor? Aber er war fort, fort. Die Unruhe schien von unten zu kommen, vom Hof.

»Nirry, sieh nach, was da los ist.«

Das Mädchen hockte immer noch mit rotem Gesicht neben dem kalten Kamin.

»Hast du das Feuer denn immer noch nicht angezündet? Dummes Ding! Gib mir die Streichhölzer.«

Nirry schlurfte davon.

»Ich werde wohl demnächst auch noch die Mahlzeiten zubereiten müssen, ganz bestimmt muß ich das«, sagte Umbecca. »Oh, wie ich dieses elende Leben verfluche!«

Ihr massiger Körper drohte das gewaltige Mieder zu sprengen, als sie sich vor dem Kamin zu Boden beugte. Angewidert hatte sie Nirrys wirkungslosen Versuch betrachtet, grüne Scheite und Zweige zu entzünden. Das Mädchen ist vollkommen nervös und dann auch noch mürrisch deswegen, dachte Umbecca. Sie gab Ela die Schuld daran. Man mußte den niederen Klassen ein Beispiel geben. Und dies kam dabei heraus, wenn man damit scheiterte.

Ela sagte nichts. Sie konnte nur eins denken:

Tor ist nicht fort.

Aber er war gegangen.

Ein lautes Schniefen kündigte Nirrys Rückkehr an. »Madam, da ist ein höchst merkwürdiger kleiner Mann ...«

Umbecca pustete heftig in das Feuer. Sie drehte sich um. Ihr Gesicht war krebsrot angelaufen, und ihr Kopf schien gleich zu platzen. »Ein kleiner Mann?« schrie sie empört. »Du kommst hier herauf, um mir etwas von einem lausigen kleinen Bettler zu erzählen, Mädchen? Schick ihn weg!«

Die Zweige wollten kein Feuer fangen, sie qualmten nur.

Erneut dieses Klagen, diesmal jedoch näher. Nirry drehte sich um und schnappte nach Luft. Der kleine Mann war ihr nach oben gefolgt. Mit gesenktem Kopf und seiner Kappe in der Hand betrat er den Raum. Umbecca betrachtete ihn, erstarrt vor Entsetzen.

»Um Gottes willen, es ist eine dieser Vaga-Mißgeburten. Nirry, hol deinen Vater!«

Aber Nirry rührte sich nicht. Mit einem scheuen, zahnlosen Lächeln kam der Knirps näher. Er war ein runzliges kleines Männchen und hatte die Größe eines Kindes. Sein Gang war ein merkwürdiges Watscheln, aber ob das an der Kürze seiner Beine oder an dem Gewicht der Kiste lag, die er mit Bändern über der Brust befestigt hatte, war schwer zu sagen. Die Kiste bestand aus glänzendem Holz, die Bänder aus geöltem Leder. An der einen Seite war eine Reihe von Tasten, wie die eines Cembalos. Das Instrument war offensichtlich liebevoll poliert worden. Und der Zwerg selbst sah ebenfalls überraschend sauber aus. Das schüttere Haar unter der kleinen Mütze, die er wieder aufgesetzt hatte, war ordentlich gekämmt, seine Wangen glänzten in einem gesunden Rosa. Vor Ela blieb er stehen und verbeugte sich unbeholfen.

Ela war ebenfalls aufgestanden. Lächelnd streckte sie die Hand aus, um ihn zu stützen.

»Nichte, halt dich von ihm fern!« Umbecca hatte Angst. »Hast du nichts zu sagen, kleiner Mann?«

Sie bekam keine Antwort. Der Zwerg griff in eine Tasche seines

Wamses und zog eine Pergamentrolle heraus, die er Ela hinhielt. Sie drehte sich um und öffnete mit klopfendem Herzen das kleine Band, das sie zusammenhielt.

»Nichte, was ist das?«

Aber Ela hörte sie nicht. Später, als Ela schlief, sollte Umbecca die Pergamentrolle an sich nehmen, die ihre Nichte wie eine Reliquie neben ihrem Bett hütete. Jetzt las Ela die Nachricht zum ersten Mal und trat dabei ans Fenster. Sie zitterte nicht mehr, als sie in ihrem weißen Nachthemd in einem Sonnenstrahl stand.

Geliebte,
ich hatte keine Wahl, als dich zu täuschen. Ich habe keine Zeit, länger zu bleiben, und muß gehen. Ob ich dich wiedersehen werde, kann ich nicht sagen.

Die Blauröcke rüsten sich für einen neuen Krieg gegen Zenzau. Manche behaupten, es wäre der hundertste Krieg gegen Zenzau, und der Erste Minister hat geschworen, daß es der letzte sein wird. Er hat ihn sogar zu einem heiligen Krieg erklärt. Eine große religiöse Erweckung ist geplant! (Sie begreifen die Nützlichkeit des Glaubens!) Agonismus soll nun endlich die rivalisierenden Glaubensrichtungen zerstören; oder vielmehr, die Blauröcke sollen den Widerstand brechen. Sie wissen, daß das öde und verfallene Zenzau die Basis für unsere Operationen ist. Ihre Herrschaft des Terrors kann nur, das begreifen sie, durch völlige Unterwerfung des Finsteren Königreiches erwirkt werden.

Liebste, wir glaubten, wir hätten das Schlimmste erlebt. Das haben wir nicht. Der Schrecken des Regiments der Blauröcke fängt jetzt erst an. Deshalb muß ich versuchen, sie aufzuhalten. Ich war niemals wirklich ein Soldat der Rotröcke. Hier gab es keine Rotröcke, denen ich hätte beitreten können, sondern es war nur ein anderes Kostüm, das ich anlegte. Ich spielte ein anderes Spiel. Aber in

Zenzau liegen Überlebende der Rotröcke auf der Lauer. Torvester, der Erbe von Irion, muß zu ihnen eilen!

Ela, meine Liebe zu dir wird mich begleiten, bis ich meinen letzten Atemzug tue. Meine Liebe zu dem Jungen ist wie eine verzehrende Flamme. Sie droht mir das Herz zu versengen.

Ich muß gehen.

Der Überbringer dieser Botschaft war mir ein treuergebener Diener. Er kann mich auf der Reise, die ich nun unternehme, nicht begleiten. Er kann kein Teil dieses Kampfes sein, der vor uns liegt. Nimm ihn zu dir. Er ist ein Glücksbringer. Vielleicht kann er dem Jungen ein Gefährte sein, weil er nur die Größe eines Jungen besitzt. Und er verfügt über sehr viel besonderes Wissen, das er zur gegebenen Zeit enthüllen wird. Sein Name ist Barnabas.

Denk daran, daß sich an meiner Liebe zu dir niemals etwas ändern wird.

Tor.

Das Pergament zitterte in Elas Händen, und als sie die letzten Worte gelesen hatte, ließ sie es fallen. Tränen strömten über ihre blassen Wangen.

Aber dann bückte sie sich.

Sie lächelte.

»Barnabas«, sagte Ela leise. »Willkommen in deinem neuen Heim.«

»Nichte, was tust du da!« schrie Umbecca. Sie wollte vorwärts stürzen, den Zwerg ergreifen, aber etwas hielt sie zurück.

Hastig sah sie zu dem großen Bett, auf dem der kleine Junge saß, der dort eigentlich nicht hätte schlafen sollen. Er hatte seinen Oberkörper aufgerichtet. Seine Augen unter dem zerzausten blonden Haar waren weit aufgerissen, als er die Szene betrachtete. Sein Blick schien sie festhalten zu wollen, sie bewegungslos erstarren zu lassen.

»Kannst du sprechen, Barnabas?« fragte Ela.

Ihre Stimme klang freundlich.

Der Zwerg antwortete, indem er den Mund aufriß. Ela sah sein Zahnfleisch. Ohne Entsetzen, dafür aber mit sehr viel Mitleid erkannte sie, daß sein Mund nicht nur zahnlos war, sondern daß er auch keine Zunge mehr besaß. Sie nickte langsam und traurig und hätte fast wieder geweint. Doch der Zwerg griff mit seinen kleinen Händen nach dem blankpolierten Instrument. Mit einer Hand drehte er die Kurbel, und mit der anderen drückte er die Tasten.

Im Kamin knackte ein Holzscheit. Die qualmenden Zweige hatten doch, endlich, angefangen zu brennen.

14. *Der Tavernenwirt*

Als der Erzherzog seinen angestammten Sitz verließ, flankierten Blauröcke seine Kutsche und auch den ganzen Zug. Dorfbewohner und Leute, die tief aus den Tälern hervorgelockt worden waren, säumten die Straßen, die sich durch die dichten Wälder nach Süden wanden. Einige schluchzten. Massige Bauern gingen in die Knie. Eine verwitterte Waschfrau mit verschrumpelten Unterarmen achtete nicht auf die Räder der Kutsche und stürzte vor: Sie wollte, daß ihr Herr blieb. Andere wären gern ihrem Beispiel gefolgt. Der Ausdruck auf den alten, vertrauensseligen, knorrigen Gesichtern zeigte, daß die Leute kaum glauben mochten, daß ihr Herr sie verließ. Die Jungen starrten ausdruckslos und eingeschüchtert auf die Kutsche. Sie begriffen es zwar nicht in ihren Köpfen, aber mit ihrem Herzen, daß sie Zeugen eines historischen Tages waren. Einigen kam es vor, als würden die Blauröcke ihnen ihren Herrn wegnehmen. Sie hatten geglaubt, daß der König in der Burg war. Und sie dachten, daß die Blauröcke die Feinde des Königs waren. Eine hastige Proklamation auf dem Dorfanger hatte ihnen klargemacht, daß alles, was sie geglaubt hatten, falsch gewesen war. Niemand konnte wissen, daß der rechtmäßige König im Schutz der Nacht in Ketten weggebracht worden war. Aber die Kanonen und Gewehre schwiegen seit ein paar Tagen.

Irgend etwas war geschehen.

Die Zeit schien stillzustehen.

An der Spitze der Gruppe Blauröcke ritt ihr Kommandeur, ein Mann mit stählernen Gesichtszügen, einem mächtigen geschwungenen Schnurrbart und Augen so hart wie Feuerstein. Er trug eine schmucklose Uniform mit glitzernden Tressen, am Gürtel einen verzierten Dolch, und er ritt hoch aufgerichtet und stolz einen gewaltigen schwarzen Hengst. Der Mann hieß Olivan Tharley Veeldrop. Den Bewohnern von Tarn war er verhaßt. Es hatte Folterungen und Auspeitschungen gegeben, und Veeldrop hatte sie angeordnet. Manchmal hatte er sie sogar persönlich ausgeführt. Und es war Veeldrop gewesen, der mit offensichtlichem Vergnügen Silas Wolveron die Augen ausgestochen hatte.

Das Dorf hatte unter einer Herrschaft des Terrors gelebt. Und jetzt hatte die Proklamation des Herzogs ihnen mitgeteilt, daß Veeldrop kein Feind war, sondern ein Freund. Sie konnten nicht wissen, daß das in den Augen des Erzherzogs auch stimmte. In einem einzigen Augenblick hatte der Mann, der den König verraten hatte, alle Feinde und Freunde getauscht, wie man eine Münze in den Fingern dreht.

Er würde seine Belohnung bekommen. Im Innersten sehnte sich der Erzherzog nach Größe; jetzt lag sie in Greifnähe. Jetzt war er nicht mehr länger der provinzielle Abkömmling einer Ahnenreihe von Räuberbaronen: In Agondon würde er der Dritte Minister in der Regierung der Blauröcke werden. Und er war zuversichtlich, bald der Erste zu werden. Der Erzherzog von Irion blickte nicht zurück, als er die Heimat seiner Vorfahren verließ, in die er niemals zurückkehren würde. Vielleicht war sein Gewissen voller Schuld, vielleicht aber auch unbelastet und von unbesorgter Boshaftigkeit erfüllt. Jedenfalls ließ sich der Erzherzog hinter den zugezogenen Vorhängen seiner Kutsche nicht sehen.

Es gab einen kleinen Zwischenfall, bevor der lange Zug um die letzte Kurve der gewundenen Straße verschwunden war. Ein Klumpen Innereien segelte in hohem Bogen durch die Luft und klatschte gegen das Wappen auf der Seitentür der Kutsche.

»Verräter!« ertönte eine rauhe Stimme.

Kommandeur Veeldrop ließ sein wunderbares Roß langsamer gehen und hob eine Braue unter dem Dreispitz. »Tötet den Mann!« befahl er beiläufig. Da seine Wachen nicht genau wußten, welchen Mann er meinte, feuerten sie mehrere Schüsse in die Menge und töteten einige Dorfbewohner. Dann ritt der Kommandeur weiter.

Die Vorhänge in der Kutsche rührten sich nicht.

Das war vor einem Zyklus geschehen. In dem Zyklus danach war die Verwirrung der Dorfbewohner, was diesen Tag anging, einer kalten, harten Gewißheit gewichen.

Gerüchte machten die Runde.

Der Kneipenwirt des Trägen Tigers war ein alter Säufer namens Ebenezer Throsh. Eigentlich war es seine Frau, die ehrfurchtgebietende und langmütige Goody Throsh, die die Taverne führte. Ihr Ehemann trank nur, und er schien damit zufrieden zu sein, nichts anderes zu tun. Aber jetzt hatte Ebenezer eine neue Besessenheit entwickelt.

Eines Abends hockte er wie immer hinter seinem Tisch in der Taverne und begann über die Reiter zu schimpfen, die er gesehen hatte, mitten in der Nacht, am Tag nach dem Ende der Belagerung. »Reiter? Was für Reiter?« rief seine Frau, eher um ihm einen Gefallen zu tun, als aus irgendeinem anderen Grund. *Armer Ebby!* dachte sie.

Nachdem er von seiner letzten trostlosen Wanderung zurückgekehrt war, quoll er wie immer von unzusammenhängenden Geschichten über. Nichts, was er sagte, machte Sinn.

»*Blauröcke*«, sagte Ebenezer. »*Aber ohne ihre blauen Röcke.*«

»Was? Was meint dieser Narr?« wollte Stephel von der Burg wissen. Niemand achtete auf ihn.

Stephel mied seit einiger Zeit die Gesellschaft anderer und trank allein in einer staubigen Ecke, wo er außerdem seine stinkende Pfeife rauchte. Seine Kumpane sagten, irgendwas an Stephel wäre komisch, und meinten, sie hätten ihn noch nie leiden können. Seine Frage, die er ein bißchen laut stellte, war die einzige Äußerung, zu der er sich an diesem Abend aufraffte. Der Verwalter saß einfach schweigsam und stirnrunzelnd da, während die Stunden verstrichen und der Betrunkene jetzt immer weniger verständlich von einem Gefangenen in Ketten schwafelte, einem Edelmann in Lumpen.

»Blauröcke«, brabbelte der Betrunkene. »Blauröcke mit einem edlen Gefangenen!«

Später konnte niemand mehr sagen, wer als erster die Bedeutung der Worte des Säufers erkannte. Plötzlich entzündete sich das Wissen wie eine auflodernde Flamme, die den ganzen rauchigen Raum mit seinen niedrigen Deckenbalken erhellte.

»Der König!«

Das Gemurmel erfüllte die Taverne, und in den folgenden Tagen verbreitete es sich wie der Wind durch alle Täler von Tarn. Es schien so, als wäre der alte Säufer Ebenezer mit seinen verschlafenen Augen, als er einen Rausch in einem Graben der Außenbezirke ausgeschlafen hatte, Zeuge der Tragödie seines Königreiches geworden.

Plötzlich scharten sich die Stammkunden des Trägen Tigers um Ebenezer. Die entzündeten Augen des alten Mannes funkelten. »Sie sahen aus«, zischte er, »als wollten sie ihm die Kehle durchschneiden.« Einige schnappten nach Luft. Die Wirtin jammerte. Der alte

Verwalter Stephel, der in seiner Ecke geblieben war, trat aus der Taverne in die Nacht hinaus. Sein Stirnrunzeln hatte sich zu einer finsteren Miene vertieft.

Draußen bewegte der Wind die Zweige der großen alten Ulmen, die den Dorfanger umgaben. Die Jahreszeit des Theron war noch nicht ganz vorbei, und schon zeigte sich am Himmel, in den Tagen, seit der Erzherzog abgereist war, die Unordnung der Jahreszeit der Javander. Die Bäume verloren bereits ihre Blätter; sie raschelten um Stephels Füße, als er betrunken auf sein altes graues Kutschpferd einschlug. Die Leute sagten, die Kälte würde dieses Jahr früher kommen. Und das tat sie auch.

Das geschah im Zyklus 996b, kurz nachdem die Belagerung aufgehoben worden war. Im ersten Jahr von 997 war es ein Axiom in den Tälern von Tarn geworden, daß die Jahreszeiten, die einst so berechenbar gewesen waren, nicht mehr in den alten, ordentlichen Bahnen verliefen.

Einige behaupteten, die Welt sei in den Herbst des Lebens gefallen, und meinten, daß sie nun in Verzweiflung versinken würde. Andere gaben dem Verschwinden des alten Glaubens die Schuld, als hätten die Dorfbewohner in den Tempeln, die jetzt verrammelt und verriegelt waren, die Jahreszeiten vorangetrieben. Andere vermuteten, daß die Tage der Belagerung daran schuld wären. Durch seinen Verrat, so sagten sie, habe der Erzherzog die Ordnung der Welt verletzt. Die Welt selbst, so behaupteten sie, protestiere gegen den Verrat an Ejard Rot. Der Vaga-Jahrmarkt war erst ein paar Tage vorbei, als die eiskalten Winde vom Kolkos-Aros-Massiv herunterwehten.

15. *Sirup*

»Jem? Jem? Dein Freund ist wieder da.«

Jem hatte seinen besten schwarzen Anzug angezogen und saß steif auf einem unbequemen Stuhl mit gerader Lehne, seine nutzlosen Beine ordentlich vor sich nebeneinander gestellt. Er blickte nicht auf. Das alles spielte sich in einem öden Alkoven ab, wo der Junge auf Anordnung seiner Tante schlafen sollte, jetzt, da er allmählich älter wurde. Es war ein freudloser Ort, eine Nische in den Burgwänden, deren Trostlosigkeit an diesem kalten Nachmittag nur durch ein Feuer gemildert wurde, das in dem rußigen Kamin loderte.

»Du erinnerst dich doch noch an Tissy, hab ich recht, Jem? An Goodman Waxwells Jungen?« fragte Tante Umbecca. Sie schob den Vorhang zurück, der den Alkoven verdeckte, und »Tissy« schlenderte durch den Spalt.

Oder vielmehr Poltiss.

Oder auch Polty.

»Gut, Jungen, spielt schön«, rief Jems Tante fröhlich und drehte sich mit einem kleinen Lachen zu dem Arzt um, der in einer Ecke des mit Wachskerzen erleuchteten Korridors wartete.

Später, wenn Jem sich an seine früheste Jugend erinnern würde, sollte er sich noch einmal die große und alles umfassende Einsamkeit vergegenwärtigen. Das Leben, so kam es ihm vor, fand fern von ihm statt. Er war isoliert in der Trägheit seines Körpers, gefangen wie ein Fisch in einem Glas. Erst wenn sein zweiter Lebenszyklus fast vorbei war, würde Jem einen Freund finden, aber dieser Freund sollte nicht der sein, den seine Tante ihm so gern aufgeschwatzt hätte.

Der rote, samtene Vorhang fiel wieder zurück.

»Meister Krüppel! Da bin ich wieder.«

Jem fühlte sich unbehaglich, und ihm fiel nichts ein, was er hätte sagen können. Später würde Nirry ihnen Tee bringen, und viel später würde Tante Umbecca kommen und sagen: »Jem, Liebling, es wird Zeit, dich von deinem Freund zu verabschieden«, oder: »Komm, Jem, alle guten Dinge müssen einmal zu Ende gehen«, und Jem würde denken: *Alle schlechten Dinge auch.*

»Siehst du den Kreisel?« Der Junge drehte ihn. »Sieh mal, wie er abzieht!«

Es war Poltys zweiter Besuch, und diesmal zeigte er schneller seinen wahren Charakter, den Jem sofort erkannt hatte. Die ruhelose Phase wurde diesmal abgekürzt: Er setzte sich nicht mehr neben Jem ans Feuer und betrachtete die steinerne Decke, ging nicht mehr vor dem länglichen Fenster auf und ab oder schob die Schachfiguren der Zenzau herum. Die Schritte der Erwachsenen waren kaum verklungen, als der rothaarige Junge auch schon um Jems Stuhl herumging.

Der Kreisel war ausgelaufen.

»So wie du.« Er deutete mit dem Finger auf Jem. »Wie fühlt es sich an?« Der Junge sprach leise, und während er redete, brachte er den Mund ganz dicht an Jems glühende Ohren. »Breitet es sich weiter aus? Ich würde sagen, es breitet sich weiter aus, findest du nicht? Erst sind nur deine Beine taub wie Planken. Bald bist du völlig gefühllos. Vater sagt, du würdest jedes Gefühl verlieren. Kannst du das spüren?«

Erst stieß er mit seinen dicken Fingern gegen Jems Waden.

»Fühlst du das, Krüppel?«

Jem konnte es fühlen. Der Schmerz war zwar dumpf, aber er war da. Dann kniff Polty ihn höher, in die Schenkel, in die Rippen und die Arme. Und immer schneller. Es tat sehr weh. Später waren die Stellen dunkle kleine Kreise. Unaufhörlich umkreiste der rothaarige Junge Jems Stuhl, grinste boshaft und zeigte seine gelben Zähne.

»Und das? Und das? Sag mir, was du fühlst!«

Jem preßte die Lippen zusammen. Der Junge war soviel größer als er – und soviel stärker. Aber Jem wollte nicht schreien. Er würde nicht schreien.

»Du bist ein Krüppel, stimmt's? Ein stinkender, verfaulter Krüppel!«

Ein Schrei drang durch das Schloß.

»Nein! Ich werde ihn nicht empfangen!«

»Also wirklich, Nichte! Ich schäme mich für dich!«

Mittlerweile hatte Goodman Waxwell Elas Gemächer betreten. Seufzend drehte sich Umbecca vom Bett weg, wo Ela sich aufgesetzt hatte. Ihre Augen funkelten. Aber Elas Widerstand währte nur kurz.

»Vielleicht ein kleiner Schlaftrunk?«

»Ha, wirklich!« Umbecca verdrehte die Augen. Goodman Waxwell näherte sich in seinem Krebsgang dem Bett und hatte, wie immer, sein schiefes Lächeln aufgesetzt. Am Bettrand kramte er in seiner Tasche. Scheren, Messer und Beinschienen klapperten, als der Arzt zwischen Pillenschachteln und Pulverdosen, abgewickelten Bandagen und Pipetten, zwischen kleinen Lederbändern und verschieden langen Bandagen, den zerknüllten Taschentüchern und Tabakkrümeln, Schnupftabak und Haaren und Schuppen eine verschlossene Phiole herauszog. Er zog die Lippen zurück, als er den klebrigen Verschluß zwischen die Zähne klemmte und ihn mit einem lauten *Plopp* aus der Phiole zog. Dann goß er die schwarze, gallertartige Substanz auf einen Teelöffel und hielt ihn Ela an die Lippen. Die Flüssigkeit rann schleimig über Elas Zunge, und sie glitt wieder in die Unempfindlichkeit ihrer Krankheit und sank zurück auf das Kissen. Ihr Gesicht war aschfahl.

»Meine Frau nennt es *Schlafsirup*«, erklärte der Arzt.

Mit einem Lachen, das fast ein Kichern war, drehte er sich zu seiner fetten Freundin um. Die lächelte. Ein angenehmer Nachmittag vor dem Kamin erwartete sie. Die Welt draußen war finster. Der Himmel wurde von dichten, tiefhängenden Wolken verdunkelt, und die Straßen waren mit einer durchgehenden grauen Schlammschicht aus Schnee überzogen. Sicher hatte der Arzt es nicht eilig zu gehen.

»Der Vaga-Zwerg! Sieh an, sieh an!«

Es war der Leierkasten, der das Geräusch gemacht hatte. Seit dem Jahrmarkt waren mehrere Monde vergangen, aber Polty hatte den kleinen, merkwürdigen Stummen nicht vergessen, der hinter dem Harlekin hin und her gesprungen war.

Es erstaunte ihn nur, ihn hier zu finden.

Der rothaarige Junge trat näher und blieb dicht vor Barnabas stehen. Jem wartete angewidert. Jetzt hätte er schreien sollen, doch statt dessen konnte er nur zusehen, stumm wie der Zwerg, während die Finger des kleinen Mannes dem polierten Kasten auf seiner Brust eine seltsame, schwingende Melodie entlockten. Wie die langsamen, geheimnisvollen Windungen des Rauchs erfüllte die Musik den Alkoven. Und während sie ertönte, schien das Licht unerklärlicherweise immer heller zu werden.

Polty drehte sich um und sah, daß die Helligkeit nicht aus dem schmalen Schlitz in der Wand kam, sondern aus dem Kamin. Die Flammen wurden heißer, loderten höher. Sofort zerrte der pummlige Junge an seinem Kragen. Schweiß rann ihm aus den roten Locken über sein dickes, gerötetes Gesicht. Er stolperte zum Vorhang zurück, weg von der Glut.

Dann sah er etwas Außergewöhnliches.

Die ganze Zeit über hatte der verkrüppelte Junge unbeweglich auf seinem unbequemen Stuhl gesessen, eine schwarzgewandete, schweigende Puppe. Mehr konnte der Junge nicht tun, das wußte Polty. Aber ihm schien nicht einmal warm zu sein, obwohl das Feuer noch heißer loderte. Es war tatsächlich, als würde der Krüppel nach und nach sterben, wie Polty selbst gesagt hatte, und als wäre ihm schon die Fähigkeit verlorengegangen, Schmerz zu empfinden. Hatte er deshalb nicht geschrien, obwohl Polty ihn überall gekniffen und ihn sogar geschlagen hatte?

Und jetzt, während die Musik des Zwergs sich um ihn zu schlingen schien, stand der verkrüppelte Junge ruhig und unbeteiligt auf. Er stand da, und seine Beine, einen Augenblick zuvor noch verdreht und nutzlos, waren jetzt unerklärlicherweise gerade. Die Glieder des Jungen wirkten weder angespannt, noch verriet er irgendwelche Anzeichen von Unbehagen oder Beunruhigung, als er die paar Schritte zum Kamin zurücklegte. Dort kniete sich der Junge namens Jemany hin und streckte gelassen eine Hand mitten in das Feuer.

Und schrie nicht einmal auf.

»Goodman, möchtet Ihr einen Getreidekuchen?«

»Bei meiner Ehre! Eure Dienstmagd zeigt unerwartete Fähigkeiten!«

»Nirry? Aber nein, Goodman Waxwell. Diese Gabe ist von mir.«

»Gute Frau! Ich bitte tausendfach um Vergebung!«

Auf den Lippen des Arztes klebten Krümel. Seine weichen Finger berührten die Hand der Lady, und mehr als einmal gestattete er seinem Schenkel, den Stoff ihres Rockes zu streifen, wie sie so nebeneinandersaßen. Ein Schleier von Gelächter und das Klingeln der Teelöffel hüllten sie ein. Ela versank derweil in einen anderen Nebel und hörte Fetzen ihrer unbeschwerten Unterhaltung wie das Bienengesumm um ihren Kopf wehen.

»Eine große Erweckung des Glaubens, sagt Ihr?«

»Ich verfüge über entsprechende Nachrichten.«

Summ. »Vom Erzherzog?«

Summ, summ. »Meine arme Nichte.«

Ein längeres, nagendes Summen. Dann klang die Stimme plötzlich schärfer.

»Wie lange wird sie durchhalten?«

Summ, summ.

In den kalten Monden seit Tors Besuch hatte sich Elas Krankheit immer mehr verschlimmert. Vielleicht lag es an der Kälte, vielleicht war auch die Tatsache daran schuld, daß Tor wieder gegangen war; vielleicht war es das Warten, das unaufhörliche Warten, bis Neuigkeiten über den Krieg gegen die Zenzaner das Dorf erreichten.

Niemand erwartete, daß Ela sich erholte. Das sah die Natur nicht vor. Sie hatte gegen die Krankheit gekämpft, und sie hatte hart gekämpft. Aber etwas in ihr war zerbrochen, mitten entzwei, und zwar in dem Moment, in dem die Belagerung aufgehört hatte.

Wie lange dauerte es?

Polty schwitzte und sah erstaunt zu, wie der Krüppel erneut aufstand, sich dann langsam umdrehte und ihm feierlich, fast wie in einem Zeremoniell, in seiner Hand den goldenen Schatz hinhielt, den er aus den Flammen geholt hatte.

Es war eine große, glühende Kohle.

Die Kohle lag auf der unversehrten Hand des Jungen, dessen Augen genauso hell wie die Kohle zu glühen schienen, während er seinen Feind ruhig, fast triumphierend musterte.

Es war Magie.

Oder Illusion.

Die ganze Zeit über erfüllte die merkwürdige, unheimliche Musik den Alkoven, und während sich die Szene vor Poltys erstaunten Blicken abspielte, war Jem in Wahrheit ebenfalls nur ein unbeteiligter Zuschauer, der bewegungslos auf seinem Stuhl saß. Er ließ seine Blicke zwischen den Händen des Zwergs, die die Musik machten, dem schwitzenden Polty und dem Phantom-Jem hin und her gleiten, der stand und ging und seine Hände ins Feuer hielt, ohne sich zu verbrennen.

Schnipp.

Schnapp.

Plötzlich hatte der Phantom-Jem seine Hand über der Kohle geschlossen, und dann war sie verschwunden.

Polty fiel in Ohnmacht.

Summm.

»Wie lange? Unmöglich zu sagen.«

»Neigen sie dazu, es in die Länge zu ziehen?«

»Ja, das tun sie.«

Elas Verstand versank in der Zähigkeit des Sirups, und kurz bevor das Vergessen sie einhüllte, kam es ihr in den Sinn, daß das Leben ja vielleicht schon immer so gewesen war und daß die Worte nur Gesumm von Bienen waren, stümperhaftes Brummen ohne Bedeutung, das die Luft erfüllte. Es war, als wäre eine dichte Gaze um sie herum gewoben worden, wie ein Vorhang, der alle Geräusche erstickte. Und obwohl diese Gaze ganz zart war, wie aus Spinnweben, die Ela leicht hätte zerreißen können, waren ihre Arme so schwach, daß sie sie nicht einmal heben konnte. Die Spinnweben blieben da. Manchmal bewegten sie sich und wichen ein wenig zurück, aber jetzt, während der weiße, kalte Mantel der Jahreszeit des Agonis sich schwer auf die Welt draußen legte, schien es, als legten sich die Spinnweben enger um sie, würden dichter und fester.

Wie Sirup.

Klebriger Sirup.

Als Polty wieder zu sich kam, saß der Krüppel wieder auf seinem unbequemen Stuhl, und alles schien wie vorher zu sein.

Aber es war nicht so.

Die Musik spielte immer noch, und auf einmal verzweifelte Polty. Das Gefühl durchströmte ihn wie ein drängender Ekel. Er stolperte vor. Die Flammen loderten heiß und golden auf. Und tief darin sah er eine riesige Kohle. Es war dasselbe Stück Kohle, das der Krüppel ihm dargeboten hatte, es mußte dasselbe Stück sein.

Aber wie war das möglich?

Polty wußte es nicht. Er wußte nur, daß er es haben mußte. Die Flammen versengten seine Augenbrauen und sein Haar. Sein dickes Gesicht wurde geröstet. Er streckte die Hände ins Feuer. Der Schmerz war so fürchterlich, daß er nicht schreien konnte und einen Augenblick lang nicht einmal daran dachte, die Hände zurückzuziehen.

Dann war es vorbei.

Der dicke Junge öffnete den Mund, aber kein Schrei drang aus seiner Kehle, während er in den Vorhang taumelte und seine Hände dagegenschlug, um die Flammen zu ersticken, die bereits die Ärmel seiner Jacke verzehrten. Dann verschwand er, und Jem war allein mit Barnabas.

Der rothaarige Junge sollte ihn nie wieder besuchen.

»Sieh an, sieh an. Es ist sehr wirkungsvoll, stimmt's?«

Umbecca stand wieder neben Elas Bett und sprach mit Goodman Waxwell. Ihre Nichte hatte schon den ganzen Nachmittag verschlafen. »Arme Ela. Sie hatte solche Schmerzen. Ich glaube, wenn sie etwas länger schlummern könnte …«

»Ihr meint, *dauerhafter*?«

»Goodman, Ihr habt oft die Gefahr einer Blutung erwähnt. Und manchmal regt sich die arme Ela so auf …«

Es konnte so unangenehm sein. Manchmal kämpfte Ela fieberhaft, aber vergeblich gegen die Abgründe der Bewußtlosigkeit an, die immer auf der Lauer lagen, bereit, sie zu überwältigen. Manchmal schrie sie, und manchmal verfluchte sie ihr Schicksal. Gelegentlich erhob sie sich von ihrem Lager und weigerte sich, sich wieder hinzulegen. Ruhelos, und gegen den ausdrücklichen Willen ihrer Tante, ging das dumme Ding durch ihre Gemächer, ja sogar über die eiskalten Korridore der Burg, bis sie schließlich bewußtlos zusammensank. Dann stieg plötzlich ihr Fieber, und all ihre Bemühungen, sich zu heilen, hatten das armselige Mädchen nur noch kränker gemacht. Vielleicht kann ja der Schlafsirup Ela helfen, ihr jämmerliches Schicksal zu ertragen, dachte ihre Tante.

Die fette Frau lächelte und schlug genau das vor.

»Hmm …« Goodman Waxwell strich sich über das Kinn und runzelte die Stirn. Als er antwortete, klang seine Stimme ungewohnt streng. »Ich gehe davon aus, gute Frau, Ihr wißt, daß eine solche Medizin nur sehr … *sparsam* verwendet werden darf? Die Folgen einer zu hohen Dosis können sehr schwerwiegend sein, das brauche ich wohl kaum zu erwähnen.«

Der Arzt nahm seine Tasche. Es wurde bereits früh dunkel, und er mußte nun wirklich gehen.

Umbeccas rosige Wangen röteten sich noch etwas mehr. »Natürlich, Goodman, wollte ich nicht vorschlagen …«

Sie begleitete den Arzt die Treppe hinunter.

»Barnabas, wie konnte das geschehen?« fragte Jem später, nachdem sie eine Partie Zenzau-Schach gespielt hatten.

Aber der Zwerg antwortete natürlich nicht. Statt dessen kniete sich der kleine Mann vor eine Ecke von Jems Bett und zog den Kreisel hervor, der vom Kamin weggerollt war. Er drehte ihn in der Mitte des Zimmers, und Jem beobachtete ihn.

Und beobachtete ihn.

Das Feuer brannte hell, und draußen, vor dem Fensterschlitz, fiel sanft der Schnee.

»Goodman, ich weiß es nicht genau«, sagte Umbecca.

»Unser Tempel ist verrammelt! Verriegelt!« rief der Arzt. »Vielleicht kommt die religiöse Erneuerung, vielleicht auch nicht. Aber wir, die den wahren Glauben aufrechthalten, sind verpflichtet, uns zu sammeln, wo immer wir können, um gemeinsam den Gottesdienst abzuhalten. Nur auf diese Weise können wir die schlimmen Zeiten überstehen.«

Sie standen unter einem Torbogen am Rande des Burghofs. Der Arzt hatte bereits die Handschuhe übergezogen und einen langen Schal um den Hals geschlungen. Jetzt knöpfte er ungeschickt seinen enormen Mantel zu.

Es schneite ein wenig, und die klapprige Mähre des Arztes, die vor eine noch klapprigere Kutsche gespannt war, stampfte auf der Stelle. Stephel hielt ihre Zügel. Seine Nase leuchtete rot. Der Junge des Arztes saß bereits auf dem Bock. Er wirkte noch verdrossener als sonst und stöhnte gelegentlich.

»Gute Frau, denkt an Euren Glauben«, fuhr der Arzt fort. »Irion ist in die Gottlosigkeit verfallen. Gnädigerweise ist der Rote König nun abgesetzt, aber die Infektion ist noch da. Hütet Euch! Wie lange wird es noch dauern, bis diese schleichende Krankheit auch Euch befällt?«

So hatte der Arzt noch nie gesprochen. Bis jetzt hatte Umbecca immer noch Zweifel gehabt. Sie hatte Schwüre getan, sie hatte Pflichten zu erfüllen. Mit gerunzelter Stirn sah sie zu, wie der Arzt eine wollene Mütze aus der Tasche seines Übermantels zog. Ihr kam der Gedanke, daß Goody Waxwell, die dünne, knöcherne Goody Waxwell, vor langer Zeit diese Mütze, die Handschuhe und den Schal in mühsamer Arbeit gestrickt hatte. Ein merkwürdiger Stich durchfuhr die fette Frau bei dieser Vorstellung.

Stephel spuckte Schleim auf die Pflastersteine.

»Bei meinen Treffen«, fuhr der Arzt fort, »begreifen wir, fühlen wir den Wert unseres Glaubens. Aber es müssen mehr zu uns kommen. Unsere Zahl muß größer werden, aber es ist natürlich nicht nur eine Frage der Anzahl. Gute Frau, würdet Ihr Euch uns anschließen, wäret Ihr in kürzester Zeit eine führende Leuchte unter uns. Eine *führende* Leuchte, gute Frau!«

Stephel betrachtete den glänzenden Schleim. Polty sah ebenfalls hin. In dem Halbdunkel pulsierte er auf den Steinen, als wäre er etwas Lebendiges, aber im nächsten Moment würde ein Kutschrad ihn zum Verschwinden bringen. Stephel konnte Mitleid mit diesem Schleimfleck empfinden; das wiederum konnte Polty nicht.

Die Kutsche schwankte, als der Arzt sich keuchend auf den Fahrsitz zog. »In zwei Tagen ist Neumond. Soll ich Euch die Kutsche schicken, teure Lady?«

Umbecca sah zu Boden und biß sich auf die Lippen. Pflichten, Schwüre. Und dennoch: Boten ihr nicht Goodman Waxwells Treffen die Möglichkeit zu größerer Frömmigkeit, die sie, wie sie sehr genau wußte, ja suchte? Eine Frömmigkeit, auf der ihre Schwüre und Pflichten beruhten? *Oh, Goodman, ich weiß es nicht*, hätte sie geantwortet, aber sie hatte bereits kurz genickt, und schon trieb der Arzt seine knochige Mähre mit der Peitsche an.

Die Kutsche entfernte sich rumpelnd.

Polty wimmerte. Erst später, zu Hause, würde Goodman Waxwell den Grund dafür herausfinden. *Du hast deine Hände ins Feuer gehalten? Du dummer Junge, Tissy!* würde der Arzt ihn anschreien, während er den Jungen zwang, sich mit den verletzten Händen die Hose herunterzuziehen.

Klatsch! Klatsch!

Anschließend bekam »Tissy« Fieber.

Besorgt ging Umbecca die Treppe hinauf. Sie schlang ihre Arme um sich. Wie kalt es war! Nirry hatte die Kerzen noch nicht angezündet, und nur eine einzige Flamme brannte vor dem Rautenmuster der Fensterflügel. Umbecca fühlte sich plötzlich einsam. Ela schlief immer noch, und der Gast war gegangen.

Doch auf dem kleinen Tisch neben Elas Bett, kaum zu sehen in dem schwachen Licht, stand die klebrige, zugestöpselte Phiole, die wieder einzustecken er versäumt hatte.

16. Die fahle Landstraße

»Barnabas, sieh doch!«

Der Junge wurde immer kühner. In einem geflochtenen Stuhl, an dem Räder angebracht waren, fegte Jem schnell den langen Korridor entlang. Eiserne Bänder hielten die Räder, und sie polterten laut über den gebohnerten Boden. Jem gab den Rädern immer wieder Schwung, bis seine Hände Blasen bekamen. Er juchzte vor Vergnügen. Sein blondes Haar wehte und glänzte wie Gold in den Sonnenstrahlen, die durch die Fensterläden schienen.

Blitz!

Blitz!

Es war so aufregend. Weit von Elas Zimmer entfernt spielten der Junge und der Zwerg in dem schon lange heruntergekommenen Westflügel des Burgfrieds, wo Barnabas einen noch nicht verrotteten, glatten Boden gefunden hatte. Er glänzte immer noch von der Politur, spiegelglatt abgeschliffen von Generationen von Schuhen, und war wundersamerweise von Kanonenkugeln, von den Flammen und herabstürzenden Steinquadern verschont geblieben. Es war die Lange Galerie, die sich unter einem niedrigen, runden Gewölbe aus modelliertem Gips erstreckte. An den getäfelten Wänden hingen finstere Porträts in schweren, vergoldeten Rahmen. Die meisten hingen schief, und einige waren zerstört worden.

Für Jem schienen sie hinter einem Schleier zu liegen.

Er fegte und polterte daran vorbei und schloß die Augen. Seinetwegen hätte es immer so weitergehen können.

Die Galerie endete an einer Treppe.

»Au!« Jem packte plötzlich die Räder. Er wußte genau, wann er die Augen öffnen mußte. Lachend beugte er sich vor. Weit hinter sich hörte er den Zwerg applaudieren, dann ertönte das Klatschen der kleinen Stiefel, als er hastig zu dem verkrüppelten Jungen eilte.

»Barnabas!« rief der Junge. »So schnell war ich noch nie!«

Der Zwerg nickte eifrig, und die Drehorgel pfiff. *Ich auch nicht*, schien sie zu sagen. Jem lachte erneut auf, und das runzlige Gesicht seines Freundes leuchtete vor Stolz.

Der Zwerg hatte diesen wunderbaren Stuhl gefunden. Während die Monde verstrichen und die finstere Jahreszeit des Koros endlich der Jahreszeit der Viana wich, hatte der kleine Mann mit seiner Drehorgel das Schloß durchsucht und seinen Geheimnissen nachgespürt. Er war mit ungeahnten Schätzen zurückgekehrt, die bei der hastigen Abreise des Erzherzogs vergessen worden waren. Es gab angelaufene Kerzenständer, verbeulte Trinkbecher, einen Schild mit dem Wappen der Rotröcke, einen juwelenbesetzten Dolch, eine Rüstung, ein mottenzerfressenes Cape mit einem Pelzrand. Er fand ein Kaleidoskop, das Muster zeigte, wenn Jem es ans Licht hielt. In Leder gebundene Bücher mit zerbröckelndem Rücken; Tiere aus Holz oder mit Stroh ausgestopft. Es gab soviel zu entdecken, und Jem beneidete seinen kleinen Freund um dessen Reisen. Der verkrüppelte Junge drapierte die Schätze in dem Alkoven, in dem er schlief, aber wie sehr wünschte er sich, daß er selbst auf die Suche gehen könnte!

Und dann brachte der Zwerg eines Tages diesen Stuhl aus Weidengeflecht mit, der in einer Abstellkammer hoch oben in der Burg vergessen worden war. Von da an brachte Barnabas Jem jeden Tag in die Lange Galerie und schob ihn unbeholfen über andere, unebene Böden zu diesem besonderen, großartigen Platz.

Das Leben in der Burg änderte sich seit der Ankunft des Zwergs in vieler Hinsicht. Jems Mutter schlief immer länger, und Tante Umbecca war immer häufiger fort. Sie sprach beiläufig von irgendwelchen Pflichten. Gelübden. An den Kanonischen Tagen, die jede

Phase des Mondzyklus einleiteten, rumpelte, wenn der Schnee nicht zu hoch lag, ein Wagen, den Goodman Waxwell geschickt hatte, in den Burghof und holte sie ab. Zuerst vergingen nur Stunden, bevor sie zurückkehrte; schon bald jedoch wurden es Tage. In den letzten kalten Tagen des Jahres, der Zeit, die die Ejländer das Fest des Agonis nannten, blieb Elas Tante der Burg nicht nur während der ganzen letzten Kanonischen Tage fern, sondern auch all die Heiligen Tage, die ihnen folgten. Erst als 997c zu Ende und der erste Neumond des neuen Jahres verstrichen war, kehrte sie wieder zurück. Ihre Nichte sagte nichts. Sie verschlief die neue Jahreszeit wie die Prinzessin in einem uralten Märchen. Nirry sorgte auf ihre gewohnte schlampige Art für sie. Stephel schlurfte trunken zwischen Küche und Stallungen hin und her, und Jem verbrachte immer mehr Zeit in Gesellschaft des Zwergs.

Barnabas war Jems erster Freund. Seit dem Augenblick, als sich der Junge im Bett seiner Mutter aufgerichtet und den Zwerg zum ersten Mal fasziniert betrachtet hatte, wußte Jem, daß eine neue Epoche in seinem jungen Leben begonnen hatte. Schon bald füllte Barnabas seine Tage aus, und Jem wäre erstaunt gewesen, wenn er sich erinnert hätte, wie öde seine Tage gewesen waren, bevor der Zwerg kam.

Der Zwerg schlief auf einer Matratze neben Jem im Alkoven. Die polierte Kiste war ständig an seiner Brust festgeschnallt. Morgens wurde der Junge durch klingende, fremdartige Musik geweckt und sah, wie der Zwerg ihn erwartungsvoll betrachtete. Bevor Barnabas den Stuhl gefunden hatte, folgten dann einige Zaubertricks und Wechselspielchen, dazwischen ruhigere, andere Spiele.

Mit einem Stück bröseligem Stein, der anscheinend niemals kleiner wurde, zeichnete der Zwerg mit seiner kleinen Hand Objekte auf eine Schieferplatte. Kreise, gerade Linien, kurvige Linien und schräge Linien. Jem war davon überzeugt, daß es sich um magische Symbole handelte, und kopierte sie sorgfältig, während der Zwerg ihm zusah. Nur langsam begriff der Junge, daß sein stummer Gefährte ihn Buchstaben lehrte. Später dann zeigte er ihm mit Requisiten, die er von zahllosen staubigen Haken gerettet hatte, was diese Buchstaben bedeuteten. Er hielt einen vertrockneten Apfel hoch, einen toten Käfer, eine zersprungene Tasse.

Jem lernte schnell. Barnabas zollte ihm Beifall.

Sie aßen phantastisch. Der Zwerg rannte hinauf und hinunter, huschte durch die Küche der Burg und kehrte mit allem zurück, was sein verkrüppelter Freund sich nur wünschen konnte. Obwohl Nirry die Raubzüge des kleinen Mannes in ihren Vorratskammern mißbilligte, fand sie bald heraus, daß sie ihm in Wirklichkeit nicht widerstehen konnte. Sie verbrachte viel Zeit damit, für Tante Umbecca zu backen, doch nun steigerte sich die Qualität und auch die Quantität der Kekse, Kuchen, Pasteten und Torten. Viele waren für den Alkoven bestimmt. Mittlerweile freute sich Nirry über ihre Künste, die sie selbst als sehr mäßig eingeschätzt hatte. Eingekochtes von ihrer Mutter, zum Verstauben verdammt, wurde dem Vergessen auf hohen Regalbrettern entrissen. Willig strapazierte die Magd ihre Arme, wenn sie mit hochgekrempelten Ärmeln Teig knetete und rollte oder mit einem Löffel Rahm zu dicker, fetter Sahne schlug. Wie sie es liebte, wenn der Zwerg einen Teller ihrer besten Tarn-Kekse verputzte und sie zuerst in ein Schüsselchen mit Milch eintauchte, bevor er sie in seinen zahnlosen Mund schob!

Der Zwerg hatte es ihr angetan.

»Es stimmt nicht, daß er nicht sprechen kann«, sagte sie einmal zu ihrem Vater. »Er lächelt, er runzelt die Stirn, er verdreht die Augen. Er hält die Daumen hoch und breitet die Arme aus. Ach, und die Musik seiner Drehorgel!«

Ihr Vater hatte dafür nur ein Knurren übrig.

Manchmal, an den kalten Abenden dieser Jahreszeit des Koros, saß Nirry oben im Alkoven mit dem jungen Herrn und dem Zwerg, stopfte Kleidung und lauschte verzaubert den seltsamen Melodien, die aus der polierten Kiste drangen. Sie glänzte prachtvoll in dem flackernden Schein des Kaminfeuers, und Nirry fühlte, während sie den Blick gesenkt hatte und ihre Finger sich eifrig bewegten, wie eine Woge der Traurigkeit über ihr zusammenschlug. Dann weinte sie.

Aber sie schniefte nicht. Sie schluchzte lautlos, und es war, als hätte die pfeifende Musik alle die anderen Geräusche wie ein Schwamm aufgesogen. Sie hörten kaum noch den Wind, der draußen um die Mauern fegte und in wilden Böen durch die Spalten und Breschen pfiff, die die Kanonenkugeln in die Burg geschlagen hatten.

Jem kauerte in Decken eingehüllt da und hörte zu. Die schwingenden Melodien ließen ihn an die Zukunft denken, an das Leben, das vor ihm lag, geheimnisvoll und verschleiert. Bevor Barnabas aufgetaucht war, hatte sein Leben in der Schwebe gehangen, jedenfalls kam es Jem so vor. Er hatte geglaubt, daß er immer ein Kind bleiben und mit seiner Mutter und Tantchen in der Burg bleiben würde.

Jetzt spürte er, daß das nicht sein konnte.

Unter den Schätzen, die Barnabas angeschleppt hatte, war auch ein kleines, verblichenes Bildnis in einem angeschlagenen Rahmen. Der Blick von oben, vielleicht vom Kamm eines Hügels, zeigte eine fahle Straße, eine Landstraße, die sich über eine Hügelkette in eine weite Ferne schlängelte. Jem hatte während der verschlafenen Nachmittage nach dem Tee oft dagesessen und dieses kleine Bild betrachtet. Dann fragte er sich, wohin die Straße wohl führen mochte.

Die Melodien des Zwergs, verschlungen und endlos, waren ein wenig wie diese Straße, fand Jem, und eingelullt von der Musik sah der Junge sich in seiner Phantasie über diese Straße reisen. Er glitt über ihre Oberfläche wie ein Stein, der über das Wasser springt. Und in seiner Phantasie stellte er sich vor, fast schon im Schlaf versunken, daß Tor an der Straße stand, geduldig und lächelnd in der weiten, weiten Ferne auf ihn wartete.

Tor rief: »Komm schon, Jem, komm schon!«

Aber dann fiel dem Jungen ein, daß diese ferne Straße eine Straße war, die er nicht entlangschreiten konnte. Dann wurde Jem traurig. Und wenn er einschlief, dachte er mit wehmütiger Neugier an die Zukunft.

Teil Zwei

Das Königreich der Burg

17. Der Kreis des Wissens

Die Welt war in ödem Weiß erstarrt. Der Schnee türmte sich schwer auf den hohen Zinnen der Burg, auf den Grabsteinen des Friedhofs und den Grasbüscheln des Dorfangers. Eiszapfen hingen von den Dachvorsprüngen der Häuser und den kahlen Ästen der Bäume, und Eis ließ den Fluß in einer glasigen Unbeweglichkeit erstarren. Es war die finstere Jahreszeit, wenn die Sonne jeden Tag nur spärlich durch die dichte Wolkendecke spähte. Schweigen lastete wie ein Grabtuch über dem Dorf.

»Heh, Vaga-Balg!«

Cata sprang von dem Holzstoß herunter. Während des kurzen Tageslichts hatte sie das Dorf durchstreift und Feuerholz aus den Gärten der Hütten gesammelt. Die schwere Last klapperte auf ihren Armen.

Sie rannte.

»Verdammter kleiner Dieb!« Einen Moment lang verfolgte sie die Bauersfrau, doch dann fiel sie zurück und schimpfte.

Das Vaga-Balg war verschwunden.

Cata hockte hinter einer Schneewehe. Sie zitterte. Papa sagte zwar, daß jede Jahreszeit ihre Rolle zu spielen hatte, aber das Mädchen haßte die Jahreszeit des Koros aus tiefstem Herzen. Sie zerrte an ihren Fellen, die juckten, als würde sich ihre Haut weigern, sie zu tragen. In der kalten Jahreszeit trug Papa einen Mantel aus Bärenfell und Cata einen aus Kaninchen- und Hasenfellen. Sie nannte ihn ihren Totenmantel, und manchmal konnte sie es kaum ertragen. Aber jedesmal, wenn sie versuchte, den Mantel abzulegen, trieb die Kälte sie wieder in seine borstige Umarmung zurück. Für das Kind war es wie ein Verrat, den Mantel zu tragen. Und in dem eiskalten Schwarz-Weiß, das die Welt im Griff hielt, kam sie sich vor, als bezahlte sie schon den Preis dafür. In den warmen Jahreszeiten mochte Cata ja die Prinzessin des Wildwaldes sein, aber in der Kälte wurde aus der Prinzessin eine Sklavin. Tagelang weigerte sich Papa, sie herumstreifen zu lassen. Wie sehr sich Cata danach sehnte, frei herumzulaufen! Sie verbargen sich in ihrer Höhle, bis die Zeit des Koros vorbei war. Selbst am Feuer hüllten sie sich in ihre Pelze, und der alte Mann und das Mädchen streckten ihre Vorräte an Knollen und Trockenfrüchten. Erst wenn der Schnee wich, schickte Papa das Mädchen hinaus. *Kind, geh nicht zu weit*, ermahnte er sie, oder: *Kind, komm bald zurück*, wenn sie mit Fausthandschuhen und in Mokassins nach Eismoos, Korosbeeren und heruntergefallenen Zweigen für das Feuer suchte.

Sie verschwieg ihm, daß sie die Vorräte der Dorfbewohner plünderte.

Cata blickte zum Himmel hinauf. Er sah unheilverkündend aus. Es würde bald wieder schneien, und sie hatte das Holz fallen lassen müssen, das sie gesammelt hatte. In ihren Taschen hatte sie nur ein paar schwarze, bittere Wurzeln. Sie raffte sich auf und schlich mißgelaunt am Waldrand entlang.

Auf einmal blieb sie wie angewurzelt stehen und ließ sich fallen.

Stimmen.

»Nein, Polty, nicht schon wieder!«

»Komm schon, Bohne, fang!«

»Das kann ich nicht.«

»Hier kommt er. Mit flatternden Ohren.«

»Umph.«

Ein dumpfes Geräusch war zu hören.

»Du bist ein richtiges Mädchen, Bohne!«

Cata spähte durch ein Gewirr von trockenen Ästen. Die Kinder kamen aus den eisigen Tiefen des Wildwaldes zurück und bewegten sich langsam auf sie zu. Sie trödelten herum und liefen wieder zurück, völlig vertieft in ein merkwürdiges, rauhes Spiel. Ihr Atem bildete Wölkchen, und ihre Stimmen klangen hohl in der dünnen, kalten Luft. Cata preßte die Lippen zusammen und beobachtete sie aufmerksam aus ihrem Versteck. Irgend etwas war merkwürdig, und das Mädchen brauchte eine Weile, bis es begriff, was es war: ihre Zahl. Sie waren weniger. Bis jetzt hatte ihre Zahl den Fingern an einer Hand entsprochen, einen Finger für jeden. Jetzt fehlte einer von ihnen. Welcher? In ihren dicken Mänteln konnte sie nur den fetten und den großen Jungen erkennen. Die beiden anderen schlenderten hinterher und schmiegten sich aneinander.

Aber sie benahmen sich wie immer.

»Komm schon, Bohne! Du mußt werfen!«

»Nicht noch mal, Polty!«

»Doch. Noch mal!«

Die Jungen warfen einen plumpsenden, schweren Gegenstand zwischen sich hin und her. Erst als der Junge, der Bohne genannt wurde, sich bückte, um ihn aufzuheben, sah Cata, was es war. Es schneite schon wieder leicht, und sie sah wie durch einen Schleier. Aber sie hätte die dünne rote Spur sehen müssen, die die kleine Gruppe hinterließ. Sie hätte den langen, knotigen Stock erkennen können, den zwei der Kinder zwischen sich trugen.

Auf dem Stock hingen aufgereiht Leichname.

Bohne hielt das Kaninchen an den Ohren. Blut tröpfelte rötlich und stetig in den Schnee. Er holte aus, und die langen Beine des Kaninchens schwangen zurück und schlugen gegen die Schulter des Jungen.

»Du wirfst wie ein Mädchen, Bohne!« Polty lachte.

»Halt die Klappe, Polty!«

Aber der Wurf mißlang. Das war Catas Chance. Sie sprang vor und packte das blutende Kaninchen.

»Heh! Schnappt sie euch!«

Der fette Junge stürzte vor, aber er war zu langsam. Dick vermummt in Mantel und Handschuhen schien Polty zweimal so pummelig zu sein wie sonst. Das klappernde Gerät, das von seiner Schulter hing, drückte ihn noch stärker herunter. Es waren Fallen, Schlingen und angespitzte Stöcke. Und das wilde Mädchen war trotz ihrer Felle flink. Sie hastete schnell durch den knirschenden Schnee.

Und schon war sie wieder verschwunden.

»Miese kleine Diebin!«

Polty drehte sich um. Sein Gesicht unter der Pelzmütze glühte vor Wut. Er wollte gerade seine Kumpane fragen, warum ihm keiner bei der Verfolgung geholfen hatte, doch andererseits, dachte er, wenn ich dieses Vaga-Balg nicht erwische, schaffen die anderen das auch nicht. Natürlich nicht.

»Wahrscheinlich hungert sie, Polty«, meinte Bohne kläglich. Er war nur froh, daß dieses Spiel endlich vorbei war. Seit einiger Zeit machte keines von Poltys Spielen mehr Spaß. Etwas stimmte nicht, seit aus Den Fünfen Die Vier geworden waren.

»Hungern?« fuhr der fette Junge ihn an. »Na gut, dann kannst *du* jetzt eben hungern, Herr-Wohltäter-des-Agonis. Wessen Kaninchen hast du wohl eben dem Vaga-Balg überlassen, Bohne, hm?«

»Was?« Das Gesicht des dünnen Jungen war blau vor Kälte.

»Dein Kaninchen. Hast du verstanden?«

»Das ist nicht fair!«

Polty blieb einen Moment stehen und atmete tief ein. Dann stapfte er mühsam auf seinen Freund zu. Er seufzte, als wäre es eine lästige Pflicht, hob die behandschuhten Hände und stieß Bohne gegen die Brust, schnell und fest. Der dünne Junge schrie nicht einmal auf, als er auf den Rücken fiel.

»Kommt schon!« rief Polty den beiden anderen zu, die zögernd stehenblieben. »Kommt!«

Bohne lag elendiglich da und starrte in den Himmel, während seine Gefährten an ihm vorbeitrotteten. Der Himmel verfärbte sich, ging von einem schmutzigen Weiß in Grau über. Bald würde es stärker schneien. Es wurde Zeit für die Kinder hineinzugehen.

Cata hatte sich versteckt.

Tief im Wildwald kauerte das Kind zusammengesunken im Schnee. In den Armen hielt sie das blutende Kaninchen. Sie hatte gedacht, daß sie es vor Den Fünfen gerettet hätte, die keine fünf mehr waren, aber jetzt wußte sie, daß niemand es mehr retten konnte. Sie konzentrierte ihren Verstand auf den des Kaninchens, aber nichts antwortete ihr. Nur Schwärze. Das Kaninchen war zu dem Ort der Gefallenen gegangen. Es war ein Ort, den Cata nicht verstand. Es verwirrte sie, weil die Gefallenen an zwei Orten auf einmal sein konnten. Ihre Körper blieben da, aber ihre Essenz war woanders.

Kamen sie jemals zurück?

Langsam ließ das Mädchen das Kaninchen in den Schnee sinken. Es wurde Zeit, zu Papa zurückzukehren. Wenn sie den Leichnam mitnahm, würde Papa meinen, daß es ein Geschenk sei, das wußte sie. Er würde sagen, daß es verwendet werden mußte. Sie würden das Fell und das Fleisch nehmen. Aber wenn das Kaninchen zurückkommt, dachte Cata, was soll es dann tun? Sie bedeckte den Kadaver leicht mit Schnee, stand auf und ging mit hängenden Schultern nach Hause.

Das arme Kaninchen! Morgen würde sie wiederkommen und sehen, ob sie es finden konnte. Vielleicht lebte es dann wieder, und sie konnten Freunde sein.

Sie erzählte Papa nichts davon. Er sah ja das Blut nicht, das in ihren Pelzmantel gesickert war und ihn erst rot und dann schwarz gefärbt hatte. Und als er etwas spürte und sie fragte, was los sei, sagte sie: *Nichts, nichts*.

Aber Cata konnte am nächsten Tag nicht wiederkommen. In dieser Nacht schneite es so heftig, daß selbst der Eingang zur Höhle zugeschneit war. Viele Tage vergingen, in denen das Mädchen und ihr

Vater sich kaum aus ihrem einfachen, felsigen Heim in die weiße Glätte nach draußen begeben konnten.

Nach ein paar Tagen wurde Cata von einem scharfen, harten Geräusch vom Eis draußen geweckt. Ihr Blick schoß in der dämmrigen Höhle umher. Papa war fort! Aber als sie zum Eingang der Höhle ging, sah sie ihn und erschrak. Seine Kapuze flatterte um seinen Kopf, während er mit einer Axt gegen einen Baum schlug.

»Papa, was tust du da?«

Cata hatte die Axt schon gesehen, aber bis jetzt war ihr nicht klar gewesen, wozu man sie brauchte. Dann bedauerte sie, daß sie ihr Feuerholz an dem letzten Tag, an dem sie draußen gewesen war, verloren hatte.

Die Zeit des dichten Schneefalls dauerte lange, aber als sie vorbei war, erinnerte sich Cata an das Kaninchen, das sie draußen im Wald liegengelassen hatte. Als es weniger schneite, suchte sie danach. Natürlich war es vergeblich. Der Schnee hatte alle Orientierungspunkte ausgelöscht, so daß selbst Cata die Stelle nicht mehr wiederfinden konnte. Langsam verstärkte sich in ihr die Erkenntnis, daß es ein närrisches Unterfangen war. Das Kaninchen würde nicht zurückkommen. Es würde niemals zurückkommen. Aber während Cata nach dem kleinen braunen Kadaver suchte, fand sie etwas anderes.

Etwas Außergewöhnliches.

Es war an dem gefrorenen Fluß, in einem kleinen Wäldchen, das von hohem Farnkraut und dichten Efeuranken umgeben war. Dort stieß Cata auf einen merkwürdigen Hain. Geschützt von ihrem Fellmantel, schob sich das Kind durch die dunkle Vegetation, die zu dicht war, um zu verblühen und abzufallen, selbst in der tiefsten Jahreszeit des Koros. Schließlich bot sich ihr ein merkwürdiger Anblick. Zuerst dachte sie, der Hain wäre tief mit Schnee eingehüllt, wie die ganze Welt um ihn herum. Doch dann stieg ihr schon der

Duft in die Nase, und eine ungewohnte Wärme streichelte ihr aufgesprungenes, gerötetes Gesicht. Cata blickte auf. Plötzlich war das verschollene Kaninchen vergessen, das sie so viele Tage beschäftigt hatte. Die Sonne schien durch die Baumwipfel, hell und warm. Aber wie konnte das sein? Es war fast so, als wäre die Jahreszeit des Theron zurückgekehrt. Cata trat noch einmal durch die Ranken wilden Weins; draußen beherrschten Kälte und Schnee die Welt.

Das Kind kehrte in den geheimnisvollen Hain zurück und stolperte zögernd bis in seine Mitte. Dort sank sie auf den duftenden Boden. Er war von Blüten übersät, von weißen, weichen Blüten. Sie waren überall um sie herum, im Inneren des Hains, wanden sich die Stämme der uralten Ulmen hinauf. Cata zerrte an den Schnüren ihres Mantels und schaute staunend und ehrfürchtig in die wärmenden Strahlen der Sonne hinauf.

Was war das für ein Platz? Cata kannte ihn nicht. Aber ihr war sofort klar, daß es sich hier um einen besonderen Ort handelte, und sie wußte, daß er ihre Träume erfüllen würde, wenn sie schlief.

Von nun an, das war gewiß, würde sie jeden Tag hierherkommen.

Cata hatte Papa nichts von dem Kaninchen erzählt; jetzt verriet sie ihm auch nichts von dem besonderen Ort, den sie entdeckt hatte. Irgendwie, undeutlich, spürte sie die aufkeimende Traurigkeit, als wenn sich langsam eine Kluft zwischen ihrem Papa und ihr selbst öffnete. Aber wie konnte es da eine Kluft geben? Sie liebte Papa, sie liebte ihn mit einer brennenden Intensität. Dennoch wurde das Mädchen von einer merkwürdigen Scheu erfaßt, wenn sie an den Hain dachte. Der geheime Kreis war ein Ort, an dem man allein sein mußte. Dort konnte Cata ihre verhaßten Felle abstreifen und nackt im Mittelpunkt der Laube liegen, eingehüllt vom Duft und liebkost von der geheimnisvollen Wärme, die von den Bäumen herabstieg.

Am fünften Tag sah sie die Schneeschwalbe.

»Geistervogel«, flüsterte Cata. Diesen Namen gaben manche

dem kleinen weißen Vogel, weil nur die Eifrigsten und Aufmerksamsten den Vogel überhaupt sehen konnten, wenn er sich vor dem weißen Hintergrund bewegte. Die Schneeschwalbe saß im Mittelpunkt des Kreises. Behende, ruhig und völlig in sich versunken pickte sie zwischen den Blüten umher. Wie hatte es sie hierher verschlagen? Cata hatte erst einmal eine Schneeschwalbe gesehen, aber dieser Vogel war, das wußte sie, weit mehr an das eisige Weiß draußen denn an den warmen Duft des geheimen Kreises gewöhnt. Die weißen Blüten mußten ihn getäuscht haben.

Cata konzentrierte sich auf den Vogel: Er strahlte keine Verwirrung aus, keine Erschöpfung. Nur eine ruhige Akzeptanz. Sie spürte die lange Reise, die der Vogel unternommen hatte, wie er auf den gewundenen Strömungen gereist war, die ihn jedes Jahr von den Bergen zum Tal trugen. Sie spürte eine blaue Fülle, einen ungeheuren Raum und, vor dem inneren Auge des Vogels, die Unermeßlichkeit der Berge, in die der Vogel zurückkehren würde. Wenn die Jahreszeit der Viana kam, dachte Cata, war der Vogel verschwunden.

Das gestreifte Fell stürzte sich plötzlich herunter und schoß über die Szenerie wie eine Woge.

»Wald-Tiger!«

Cata rief den Namen, und sofort war der Wald-Tiger verschwunden.

Vor Schreck hatte er die Schneeschwalbe liegenlassen.

Cata kniete sich neben den Vogel. Einer seiner Flügel war abgerissen, und die weißen Federn färbten sich dunkel mit Blut. Humpelnd und mit hämmerndem Herzen versuchte er, sich über die weißen Blüten zu schleppen.

Cata hatte nicht vor, das vor Papa zu verheimlichen. Betäubt vor Leid trug sie die Schneeschwalbe zu ihrer Höhle. Papa hatte seinen Stock genommen und durchstreifte die Wälder. Bis jetzt war er noch nicht zurückgekehrt. Während er fort war, entfachte Cata das Feuer aufs neue und hockte sich mit dem Vogel davor. Sie wusch das Blut ab und machte ihm in einer kleinen Schachtel ein Nest, das sie mit Stroh füllte. Der Vogel lag zitternd da, und seine nadelkleinen Augen starrten kalt.

Aber er starb nicht. Cata sah mit einer ruhigen, klaren Zuversicht in die Zukunft. Der Vogel würde bei ihr in der Schachtel leben, und sie würde ihm Krumen und Samen bringen. Sie würde Käfer von den Borken der Bäume sammeln, Würmer aus der Erde graben. Sie würde dem Vogel etwas vorsingen und seinen heftig pulsierenden Hals streicheln. Und wenn dann die warmen Tage wiederkehrten, würden sie im Sonnenschein draußen vor der Höhle sitzen, und der Vogel würde ihr etwas vorzwitschern. Er würde ihr aus der Hand fressen. Eines Tages würde sie ihn an den Rand des Wildwaldes bringen und ihm die Berge zeigen, um ihn an seine Heimat zu erinnern.

Cata war glücklich. Aber als sie Papa von ihrem Plan erzählte, blieb der alte Mann ernst. Zärtlich tastete er mit den Fingern nach dem Vogel. Er nahm ihn in die Hand, streichelte ihn, hob ihn an die Lippen und küßte ihn, legte dann die Hände um seinen Hals und drehte einmal kurz.

Es gab einen scharfen Knacks.

»Papa!«

»Er konnte seine Natur nicht erfüllen, Kind.« Der alte Mann drehte sich von ihr weg. »Der Vogel ist dafür gemacht, in der Luft zu schweben. Er unternimmt seine Reisen durch die Unermeßlichkeit des Himmels. Willst du diesen Vogel zurück zu den Bergen tragen, wenn die Jahreszeit der Viana kommt? Es ist ein Vogel ohne Flügel: Was kann er tun, als sich vor Leid zu verzehren?«

Cata schluchzte, aber schließlich versiegten ihre Tränen. Das tiefe Wissen eines Kindes des Wildwaldes sagte ihr, daß ihr Papa recht hatte. Er hatte ihr eine Lektion erteilt, und es war eine Lektion, die sie lernen mußte.

Später begrub sie die Schneeschwalbe unter dem Baum, wo ihr Tod, ihr wahrer Tod, sie ereilt hatte.

»Papa, du kennst diesen Ort?« fragte Cata atemlos, als der alte Mann die Efeuranken teilte. Das Mädchen trug den Vogel vorsichtig in einem weißen Leinentuch und war einfach nur den Schritten ihres Papas gefolgt. Sie hatte nicht darauf geachtet, wohin der alte Mann seine Schritte lenkte.

»Kind, dies hier wird der Kreis des Wissens genannt. Es ist ein heiliger Ort, und er ist nur uns bekannt.«

Cata betrachtete ihren Papa erstaunt. Dann ging ihr auf, daß sie soeben eine weitere Lektion gelernt hatte. Einen Moment lang war sie versucht, Papa zu fragen, ob er wußte, daß sie hierherkam, aber dann brauchte sie diese Frage nicht mehr zu stellen.

Er hatte es gewußt – natürlich hatte er es gewußt.

»Papa, warum leben wir nicht hier?« fragte sie nach einem Moment.

Es war ein Geschenk. Ein Sühneopfer.

»Warum leben wir nicht hier, wenn die kalten Jahreszeiten kommen?«

»Kind, dafür mußt du wissen, daß dies kein solcher Platz ist. Der Kreis ist nicht ganz von dieser Welt. Wir können hierherkommen. Aber wir dürfen nicht bleiben.«

Cata sah sich staunend um und runzelte die Stirn. Dann sah sie wieder auf den toten Vogel. Sie öffnete das weiße Leinentuch und streichelte den kleinen, steifen Hals.

Der alte Mann kniete sich im Mittelpunkt des Kreises hin und legte seinen Stab neben sich auf die Blüten. Mit seinen knorrigen Händen befreite er einen kleinen Flecken von den weißen Blüten und grub eine flache Grube in die lockere Erde darunter. Als er fertig war, legte Cata den Vogel vorsichtig in die Höhle. Papa murmelte einen leisen Singsang, während das Mädchen die Erde über den Vogel legte.

»Auf Wiedersehen, Geistervogel«, sagte sie leise.

In ihrer Stimme schwang Zweifel mit, genauso wie Trauer. Der

Vogel war weit von seiner Heimat entfernt gestorben, und es beunruhigte Cata, daß sein Leichnam nun hier liegen sollte. Aber Papas Gesang und die Wärme des Kreises des Wissens milderten ihre Ängste.

Erst als sie am Rand des Kreises standen und sich in ihre warmen Felle wickelten, bevor sie wieder hinaustraten, geschah etwas, das Cata mit einer viel schärferen, fremdartigeren Angst erfüllte.

Zögernd betrachtete sie die Stelle, von der sie die Blüten fortgenommen hatten. Es gab keinen Stein, ja nicht einmal einen Kiesel, der den Platz markierte, an dem die Schneeschwalbe begraben lag. Einen Moment überlegte Cata, ob das richtig war. Mama hatte einen Grabstein. Der ganze Friedhof war voller Grabsteine.

Dann geschah es. Ein Lichtstrahl fiel mit einer ungewohnten Intensität in die Mitte des Kreises. Cata sah, wie die weißen Blüten sich selbst zu der blassen Form eines Vogels zusammenfügten. Der Blütenvogel flatterte langsam vom Boden hoch und wand sich mit ausgebreiteten, weißen Flügeln in weiten Spiralen zu den Baumwipfeln hinauf, bis er in der strahlenden Helligkeit verschwand.

Es war die Schneeschwalbe. Sie war nach Hause gegangen.

Aber nicht das war es, was Cata Angst einjagte.

»Papa!« flüsterte sie.

»Was ist, mein Kind?«

Cata schwieg. Sie konnte nicht sprechen und sah nur erstaunt in die leeren Augenhöhlen des alten Mannes. Etwas stimmte nicht. In dem Augenblick kam ihr der Gedanke, der sie mit Angst erfüllte.

Er kann es nicht spüren. Er spürt nicht, daß der Vogel weggeflogen ist.

Die Ranken des Efeus schwangen hinter ihnen in ihre alte Position zurück, als sie wieder die Welt aus Schnee und Eis betraten. Cata hatte versucht, Dinge vor ihrem Vater zu verheimlichen. Sie bedauerte es, aber noch mehr bedauerte sie die Erkenntnis, daß es tatsächlich Dinge gab, von denen er nichts wußte. Konnten seine

Kräfte versagen? Sie nahm die Hand des alten Mannes, als sie zur Höhle zurückgingen, und spürte, daß er sich manchmal zu verirren drohte.

Nur einmal drehte sich das Mädchen um und sah bedauernd zu dem dunklen Vorhang aus Efeuranken zurück.

Es ist vorbei, dachte Cata. *Ich werde nie wieder hierher zurückkehren.*

18. Vogel-Junge

»Was ist das für ein Vogel?«

Es war höchst merkwürdig.

»Junger Herr Jem, das ist ein Mann, seht Ihr das nicht? Ein Mann mit Flügeln.«

Das Buch war so zerfleddert, daß es sich jeden Moment in Staub aufzulösen drohte. Der lederne Rücken war verschlissen, die zerknitterten Seiten waren mit Flecken übersät, und die Ecken der Seiten wiesen Spuren von scharfen Rattenzähnen auf. Es war ein großes Buch und lag schwer auf Jems Knien. Ein merkwürdiger Geruch von Weihrauch stieg von ihm auf, ein Duft, der sowohl nach Verheißung als auch nach Verfall roch. Immer wieder zerrissen oder zerbröselten Seiten, während er sie vorsichtig umblätterte.

Nirry sah zu, wie Barnabas spielte.

Der Vogelmann war eines von vielen alten Bildern, die sich mit Seiten einer alten, schweren Schrift abwechselten. Es gab ein Schwein in einer Rüstung, das eine Lanze trug, ein Mann war mit Blumen geschmückt und ritt auf einer Kuh, ein Junge war da mit Fischen, wo seine Augen hätten sein sollen, und ein Hund mit dem Gesicht eines Mannes. Ein Mädchen spazierte barfuß durch ein Feld aus Flammen, und eine Gestalt mit einem weißen Mantel preßte ein schwarzes Horn an die Lippen. Und davor waren Dörfler, die vor einem Besuch der mißgestalteten Geschöpfe des Bösen flohen.

Jem lachte häufig, während er umblätterte. Manchmal bekam er auch Angst. Und gelegentlich empfand er nur eine träumerische Verwunderung.

»Was ist das für ein Pfeil, der da aus dem Himmel kommt?«

Auf dem Bild sprang der Vogelmann, der unbekleidet war, von der Spitze eines Turms aus in die Luft. Es war eine dunkle, stürmische Nacht, und ein Blitz, der aus einer dunklen Wolke zuckte, hüllte den Vogelmann in ein blendendes Licht.

»Oh, junger Herr Jem! Habt Ihr nie von Nova-Riel gehört?«

Während sie weiterblätterten, hatte die Magd beim Anblick einiger Bilder aufgeschrien. Das Schwein, so erklärte sie, sei der Schweinekrieger von Swale, der Swale gegen einen Giganten verteidigt habe, als alle Menschenmänner des Dorfes zu feige zum Kämpfen waren. Als Belohnung hatten die Frauen des Dorfes aus einem Goldstück aus der riesigen Börse des Giganten einen goldenen Trog für seinen Stall gemacht; und als seine Zeit kam und er geschlachtet wurde, wurde er in einem Festbankett aufgegessen, das zu seinen Ehren veranstaltet wurde.

Das barfüßige Mädchen war Prinzessin Alamane, die Schiffbruch erlitten hatte und gezwungen war, unter einfachen Fischern zu leben. Als Prinz Yon, ihr Verlobter, herausfand, daß sie noch lebte, hatte er sich geweigert zu glauben, daß sie ihre Unschuld behalten hatte. Doch ein Zauberer entfachte ein Feuer und sagte zu der Prinzessin, sie könne darüber gehen, wenn sie unschuldig wäre. Sie tat es, ohne Schaden zu erleiden. Also war der Prinz zufriedengestellt und zweifelte nach der Hochzeit nie wieder an seiner Frau.

Nirry schien all diese Geschichten zu kennen. »Hast du das Buch schon vorher einmal gelesen, Nirry?« fragte Jem.

Nirry hatte nur gelacht. Sie und lesen!

Das Buch war *Das Mythologicon!*

»Wer ist Nova-Riel, Nirry?« hakte Jem nach.

Nirry senkte den Blick, und ein dunkler Schatten schien auf ihr Gesicht zu fallen. »Ich glaube, daß Ihr selbst lesen könnt, junger Herr Jem.« Sie ging davon und nahm ihre Arbeit wieder auf.

Jem blieb verwundert am Kamin im Schein der Lampe sitzen und betrachtete das Bild des Vogelmannes.

Aber es war gar kein Mann.

Es war ein Junge.

Die Buchstaben waren dick und geschwungen, dicht zusammen und schwer, viel zu schwer für einen kleinen Jungen, der gerade erst die Buchstaben gelernt hatte. Jem biß sich auf die Lippen und fuhr mit dem Finger die Zeilen entlang. Es kostete ihn einige Nächte und mehrere heftige Anfälle von Kopfschmerzen, um die Geschichte von Nova-Riel enträtseln zu können. Danach sollte er sie immer und immer wieder lesen.

Und dies las er:

Die Erzählung von Nova-Riel

1

Es ist bekannt, daß von den Helden von Ejland keiner größer war als Riel, später auch Nova-Riel genannt, weil er es war, der die letzten Kreaturen des Bösen aus dem Land vertrieb.

Zu der Zeit, als sich Ejland anschickte, ein großes Land unter den Ländern dieser Welt zu werden, tummelten sich in den fruchtbaren Tälern im Norden noch diese Kreaturen des Bösen, genannt die Tarn, die sich weigerten, sich in das Reich des Nicht-Seins zurücktreiben zu lassen.

Also sagte der große Krieger Ixiter-Irion, obwohl er müde vom Krieg gegen den Feind aus Zenzau war, zu seinem König Aon Eisenhand: »Sire, Euer Königreich wird nicht ruhen, solange die Kreaturen des Bösen in dieser Welt bleiben. Laßt mich zu den Tälern der Tarn ziehen, wo das große weiße Laken des Kolkos Aros den kurzen Tagen dieser Welt spottet. Dort werde ich eine gewaltige Festung bauen, damit ich die Mißgeburten vertreiben kann.«

Sein Herr gab seine Einwilligung, und so kam es, daß in den Tälern von Tarn der Krieger Ixiter-Irion seine gewaltige Feste errichtete, seine Männer um sich scharte und mit den Mißgestalten kämpfte. Es gab gehörnte Bären, Sauglöwen und Affen mit den gewaltigen Kiefern von Wölfen. Es gab Flußfalken, feuerspeiende Fledermäuse und Spinnen so groß wie Wagenräder. Es gab Tierfrauen und Tiermänner und andere, Schlimmere, die ihre Widerwärtigkeit hinter einem Anschein von Schönheit verbargen. Alle waren schrecklich, und alle wurden vernichtet.

Zum Schluß blieb nur noch eine Kreatur übrig. Das war die fliegende Schlange Sassoroch. Sie war mächtig an Größe und Stärke und besaß darüber hinaus auch geheimnisvolle Kräfte, mit denen sie sich vor allen Blicken verbergen konnte. Diese mit schillernden Schuppen bedeckte Schlange war ein bemerkenswerter Gegner, doch auch sie wurde, nachdem einige Jahreszeiten verstrichen waren, aufgespürt, geschlagen und zu guter Letzt in einem wahren Hagel von vergifteten Speeren niedergestreckt. Als sie fiel, hackten die Männer des Kriegers ihren gewaltigen Körper in viele kleine Teile.

Dann schickte der Krieger Ixiter-Irion die Jubelbotschaft zu seinem König Aon Eisenhand und erklärte, daß die Kräfte von Ejland triumphiert hätten. So kam also der König zu ihm und sagte: »Krieger, du hast die Kreaturen des Bösen vertrieben?« Und der Krieger sagte zu seinem König: »Sire, sie schmachten im Reich des Nicht-Seins.«

Daraufhin sagte der König, es wäre gut, und erklärte, daß der

Krieger diesen Ort zu seinem Wohnsitz machen und daß ihn alle Welt den Erzherzog von Irion nennen solle. Und da gab es ein großes Fest in der Burg, und ein Bankett wurde veranstaltet. Aber am folgenden Tag wurde eine Gruppe Soldaten des Königs, die in dem Tal jagten, überfallen und abgeschlachtet. Alle Glieder wurden ihnen ausgerissen. Der einzige Überlebende war ein entsetzter Diener, der von einer goldenen, geflügelten Schlange berichtete, die feuerspeiend aus dem Himmel herabgestiegen sei.

2

Daraufhin herrschte große Verwirrung in der Burg. Der König rief den Erzherzog zu sich und donnerte: »Verräter! Du hast gesagt, du hättest die Kreaturen des Bösen vernichtet, aber sie lauern immer noch im Tal unter uns!«

Und der Erzherzog antwortete dem König: »Sire, ich bin kein Verräter! Eher bin ich getäuscht worden. Ich dachte, ich hätte die Schlange Sassoroch vernichtet, die letzte und schrecklichste der Kreaturen des Bösen. Jetzt begreife ich, daß dieses unheimliche Geschöpf, selbst wenn es abgeschlachtet auf dem Boden liegt, zerrissen, wie es Eure Männer zerrissen hat, seine Substanz noch einmal zusammenfügen kann. Sire, ich habe sie getötet, aber sie ist wiederauferstanden!«

Und der Erzherzog erklärte, er würde alle Täler in Brand setzen, damit die Schlange Sassoroch keinen Platz mehr hätte, wo sie sich verstecken konnte. Aber der König sagte: »Mein Herr, Ihr seid nicht nur ein Betrüger, sondern auch noch ein Narr. Wollt Ihr mein Königreich erst zerstören und es dann frei nennen? Ich begreife jetzt, daß Ihr im Herzen unehrlich seid und die Belohnung, die Ihr von mir erhalten habt, unberechtigt war.

Wisset dies, unwürdiger Erzherzog: Ich werde diese Festung nicht verlassen, solange die Schlange frei ist. Und solange ich hierbleiben muß, wird Eure Ehrlosigkeit wachsen. Wisset auch, daß ich dem, der diese Täler von der Geißel befreit, alle Ehre und Belohnungen zuteil werden lasse, die mein Königreich erlaubt.«

Und Aon Eisenhand, der alt und von vielen Kriegen ausgelaugt war, sank zum Gebet auf die Knie. »Geheiligter, lasse zu diesem Ort einen Krieger reinen Herzens kommen, der meine Gefangenschaft beenden möge.«

Dann geschah es, daß viele Jahreszeiten verstrichen und der König weiter in der Festung lebte. Aber obwohl die Burg an Größe und Stärke zunahm, sich von einem hölzernen Außenposten zu einem massiven Steingebäude entwickelte, zitterten die Täler immer noch unter dem Joch von Sassoroch.

Krieger aus dem ganzen Königreich kamen herbei, selbst aus fernen Königreichen, als sie von der Belohnung hörten, die der König ausgesetzt hatte. Sie wollten mutig in den Tälern mit Sassoroch kämpfen. Aber selbst die größten Krieger fielen oder zogen sich verletzt aus der Schlacht zurück. Denn Sassoroch war die letzte Kreatur des Bösen, und der Böse, genauso verzweifelt wie teuflisch, war fest entschlossen, daß ihn nichts in das entsetzliche Reich des Nicht-Seins zurücktreiben sollte.

Immer und immer wieder griff die Schlange an, und immer wieder wurde sie in Stücke gehauen. Doch jedesmal, nachdem sie abgeschlachtet worden war, kehrte sie stärker zurück: Als sie einmal getötet worden war, kehrte sie doppelt so stark und zweimal so groß wieder, nachdem sie das zweite Mal vernichtet worden war, waren Größe und Stärke gar verdreifacht.

Also mußte die Burg immer stärker befestigt werden und entwickelte sich zu einer gewaltigen Anlage, aber ihre Stärke blieb dieselbe. Und so kam es, daß die böse Schlange Sassoroch zunächst zweimal, dann dreimal und schließlich viermal so groß wurde, wie sie es am Anfang gewesen war.

3

Nun trug es sich zu, daß in der Burg ein Küchenjunge lebte, ein armer und schmutziger Kerl, dessen Schicksal es sein sollte, das zu erreichen, was keiner der großen Krieger erreicht hatte. Sein Name war Riel. Eines Tages, als er noch klein war, geriet Riel auf dem Burghof unter ein Pferdefuhrwerk, dessen Räder seine Beine zermalmten. Die Köchin, die für ihn verantwortlich war, wollte ihn umbringen lassen, weil er jetzt keine Arbeiten mehr verrichten konnte, aber Naya, die freundliche Gemahlin des Königs, war unfruchtbar und hatte kein eigenes Kind. Ihr tat der arme Küchenjunge leid. Sie nahm ihn zu sich und sorgte dafür, daß ihm kein Leid widerfuhr. Das Kind war glücklich in Königin Nayas Pflege und mußte auch kein Elend mehr erleiden wie damals, als es noch gesund gewesen war.

Jetzt jedoch herrschte großes Zittern und Zagen auf der Burg, als die zehnte Wiederkehr des Monsters bevorstand. Obwohl sich zahlreiche tapfere Recken versammelt hatten, um ihre Stärke mit ihm zu messen, gab es viele, die sagten, daß die Burg diesmal dem Angriff des Monsters nicht standhalten würde. Einige verließen ihre massiven Mauern und versuchten ihr Glück in tiefen Tälern. Andere blieben und gaben sich dem Gebet hin. Die meisten jedoch flüchteten sich in Fröhlichkeit. Die Flure und Korridore hallten wider von den Witzen der Narren und den fröhlichen Melodien von Lauten und Flöten.

Königin Naya machte sich Sorgen und rief den Wahrsager des Königs zu sich. »Wahrsager«, fragte sie, »was wird die Zukunft bringen? Meine Frauen zittern, und in der Luft liegen böse Vorzeichen. Der König hüllt sich in seinen Stolz und will diesen Ort nicht verlassen. Wird die Burg fallen? Wahrsager, sprich die Wahrheit!«

Und der Wahrsager, ein blinder, zerlumpter Mann, hob seine leeren Augen zum Himmel, drehte sich vor der Königin und ihren

Frauen, und als er seine Umdrehungen beendet hatte, sagte er: »Königin, einige sagen, daß Sassoroch bei ihrer Rückkehr so groß sein wird, daß sie mit einem mächtigen Feuerhauch diese Burg in Brand setzen kann. Und allein durch ihren Flügelschlag, so sagen andere, werden die Mauern der Burg einstürzen. Und doch, die Zukunft ist ein Pfad, der sich verzweigt. Vielleicht wird Sassoroch ihr Ziel erreichen und Vernichtung über uns bringen, es kann aber auch sein, daß sie es nicht tut.«

Darüber regten sich die Frauen der Königin auf. »Pah! Hört diesen Schwätzer! Glaubt er denn, daß wir das nicht auch selbst wissen, was er uns gesagt hat?« Eine andere rief: »Will er Ihre Majestät verspotten? Schämt Euch!« Eine andere schrie: »Ab ins Verlies mit ihm!« Aber die Königin lächelte nur und bat den Wahrsager weiterzusprechen.

»Königin, das wissen wir vielleicht: Kein Schwert, kein Pfeil und keine Lanze kann Sassoroch zu Fall bringen. Aber es gibt noch einen anderen Weg, wie sie unschädlich gemacht werden kann. Da sie eine Kreatur aus dem Reich des Nicht-Seins ist, und obwohl ihre Macht uns so ungeheuer erscheint, ist ihre Zeit in dieser Welt vergänglich. Sie muß immer nach vorn und darf nicht nach hinten sehen, denn wenn sie zurückblickt, sieht sie den Weg zurück ins Nichts, woher sie gekommen ist.

Also erkläre ich: Sollte es gelingen, das Monster dazu zu bringen, sich im Kreis zu drehen, zehn Mal, einmal für jedes Mal, das es wiederauferstanden ist, dann wird seine Macht es verlassen, und es wird die Gewalt über diese Welt verlieren.«

Darüber lachten die Frauen gellend und schimpften den Mann einen Scharlatan, doch Königin Nayas Sorgen waren nicht beseitigt, und so schickte sie die Frauen fort. Dann drehte sie sich wieder zu dem Wahrsager um, befahl ihm, näher zu treten, und sprach folgende Worte:

»Wahrsager,, ich bin sicher, daß du die Wahrheit sprichst. Krieger

um Krieger sind im Kampf gegen das Monster gescheitert, und jetzt ist der Tag der Abrechnung da. Wisse dies: Sollte es einen Zauber geben, der das Monster dazu bringt, sich zu drehen, werde ich ihn benutzen, selbst wenn ich mein Leben dafür hingeben müßte. Denn ich bin eine unfruchtbare Königin und habe keinen Wert. Also werde ich mich opfern, um die Burg zu retten.«

Da schienen die blinden Augen des Wahrsagers plötzlich zu sehen, als hätten sie eine merkwürdige Vision. Er sah erst der Königin in die Augen und dann nach unten, auf das, was sie fest umarmte. Denn während des ganzen Gesprächs hatte der kleine Riel in ihren Armen gelegen, den sie nicht von ihrer Seite ließ. Der Junge weinte, weil die Königin von ihrem Tod gesprochen hatte, doch bald war es an der Königin, Tränen zu vergießen.

Denn der Wahrsager sagte: »Königin, es gibt einen Weg. Aber er ist sehr schwierig, und es ist einer, bei dem Euch Euer weibliches Herz im Stich lassen könnte.«

»Solch einen Weg gibt es nicht!« rief die tugendhafte Königin, doch nach den nächsten Worten des Wahrsagers wußte sie, daß sie sich geirrt hatte.

»Königin, nur der Junge kann die Burg retten. In der übernächsten Nacht wird es einen gewaltigen Sturm geben. Alle Winde vom Bergmassiv werden heulend über die Felsen wehen, und Donner und Blitz werden die Burgmauern erschüttern. Dann, wenn der Sturm seinen Höhepunkt erreicht hat, wird aus der Welt der Dunkelheit das Monster Sassoroch kommen, bereit, uns zu zerstören.

Königin, Ihr müßt folgendes tun: Wenn der Sturm am schlimmsten tobt, müßt Ihr den Jungen auf den höchsten Turm bringen. Dort ist eine Plattform, die er heimlich erklimmen kann, und dort könnt Ihr unbeobachtet von den Wachen hingelangen. Dann müßt Ihr den Jungen entkleiden und ihn auf die Zinnen legen, mit dem Gesicht gegen den Stein, und ihn dort den Elementen überlassen.«

Bei diesen Worten wurde die Königin blaß und schrie auf, aber der

Wahrsager meinte nur, daß es keinen anderen Weg gäbe. »Was wird aus dem Jungen?« verlangte die Königin zu wissen. »Wollt Ihr ihn zum Tode verurteilen?«

Doch der Wahrsager entgegnete nur, daß er mit einer Weisheit spräche, die größer sei als das weltliche Wissen. Da sah der Junge zu der Königin auf und sagte: »Madam, Ihr sollt wissen, daß ich keine Angst habe. Denn Ihr wart wie eine Mutter zu mir, und ich habe durch Eure edle Haltung gelernt. Obwohl ich schwach bin, weiß ich, daß man Angst verachten muß. Ich sterbe zufrieden, wenn Ihr es wollt, wenn durch meinen Tod die Burg gerettet wird.« Da zog die Königin den Jungen noch fester an sich, drückte ihn und erklärte traurig, daß der Plan des Wahrsagers verwirklicht werden solle.

Dann kam der Sturm, wie der Wahrsager es vorausgesagt hatte, und die Winde aus den weißen Bergen heulten um die Zinnen, und Donner und Blitz erschütterten die Burgmauern. Nach vielen heißen Gebeten trug die Königin Naya den verkrüppelten Jungen heimlich auf den höchsten Turm. In dem Turm heulte es entsetzlich, weil er dem Reich aus Wind und Regen ausgesetzt war, und obwohl die Frau in ihr den Jungen am liebsten zurückgerissen hätte, faßte ihr königliches Herz Mut. Sie legte den Jungen ohne jede Bekleidung mit dem Gesicht nach unten auf die Zinnen der Burg. Königin Naya umarmte ihn, nannte ihn ihren Sohn und zog sich weinend zurück, um zuzusehen, was nun geschah.

4

Zwischen den Narren, die sich in der Burg versammelt hatten, befand sich auch ein kleiner Mann namens Motley, der oft zur Königin gerufen wurde. Motley kannte keine Witze und beherrschte nur einen Trick. Aber dieser Trick war so einzigartig, daß alle davon abgelenkt wurden. Ob das, was er tat, real war oder nur eine Illusion, wußte niemand. Denn ihm war gegeben, in der Luft einen Salto zu schlagen, nicht einmal, nicht zweimal, sondern sehr oft hintereinander, vielleicht sogar zehnmal. Der junge Riel hatte oft über das Kunststück des Narren gelacht, und später sollte er sagen, daß er an Motley gedacht hatte, als er dort schutzlos auf den Zinnen lag, wie der sich einmal, zweimal und immer wieder gedreht hatte.

Auf Riels nackten Rücken prasselte hart der Regen herab. Die Himmelsgewölbe dröhnten ohrenbetäubend vom Donner und blendeten ihn mit ihren zuckenden Blitzen. Der Krüppel klammerte sich fest an die Zinnen, damit er nicht heruntergeweht wurde, doch dann kam ein Windstoß, gegen den er machtlos war. Seine zarte Gestalt wurde in die Gewalt des Sturms hinausgeschleudert.

Unten schrie jemand. Es war die Königin, die heimlich das Schicksal des Jungen verfolgt hatte. Jetzt blickten auch die Wachen und die wartenden Krieger nach oben. Sie alle sahen, wie der Körper des Jungen vom Wind hin und her geschleudert wurde. Er schwebte über dem Turm und mußte im nächsten Moment am Boden zerschmettert werden.

Doch dann geschah es: Jetzt hatte der Sturm seinen Höhepunkt erreicht, und was bestimmt war, geschah: Ein Blitz zuckte vom Himmel, heller als alles, was die Betrachter gesehen hatten, und in dem Augenblick, als der Junge zu fallen drohte, wurde er von dem blendenden Licht verzehrt. Die Königin schrie laut auf. Die Umstehenden senkten die Köpfe, doch dann, im nächsten blendenden Lichtblitz, schrie einer, der nicht zu Boden geschaut hatte: »Seht doch!«

Denn der Junge flatterte trotzig über dem Turm. Doch aus dem Jungen war ein geflügeltes Geschöpf geworden, und er schlug heftig mit den Flügeln, wie eine Motte im Sturm. Die Königin rang die Hände und hielt vor Freude die Luft an, doch diese Freude verwandelte sich in schieres Entsetzen, als aus den wirbelnden Wolken das Monster Sassoroch herabstieß!

Gewaltig wie ein großes Schiff, das über den Himmel segelt, fegte das Monster vorwärts und trotzte dem Sturm mit seinen gewaltigen

Schwingen. Es hatte goldene Schuppen und leuchtete in seinem eigenen Licht, während es mit feurigen, wilden Augen, seinen riesigen Fängen und fürchterlichen Klauen herabstieß. Die Königin mußte entsetzt mitansehen, wie die Zuschauer auf den unteren Türmen, Wächter und Krieger, ausnahmslos die Waffen streckten. Einige flohen vor Entsetzen und schrien, alles sei verloren. Andere beschämten sich selbst, indem sie auf die Knie sanken und in den Sturm schrien: »O mächtige Sassoroch, verschont mich! Verschont mich!« Aber Königin Naya ließ ihren Jungen nicht aus den Augen, dessen winzige Gestalt wie ein kleines Insekt gegen die glühende Ungeheuerlichkeit des Monsters wirkte.

In dem Moment machte der Junge seinen ersten Zug und fegte in einem halsbrecherischen Bogen vor der Nase des Monsters vorbei. Die schwebende Kreatur bäumte sich auf. Sie stieß glühendes Feuer aus ihren Nüstern und hüllte den Turm in einen Feuerball. Die Schlacht war entschieden, soviel war sicher. Aber der junge Riel wurde von den Flammen nicht verzehrt und schoß ein zweites Mal an diesen glühenden Augen vorbei. Diesmal brüllte des Wesen furchterregend auf, lauter als Donner. Der schuppige Kopf des Schlangenwesens wand sich einmal herum, und die Kreatur schnappte zu. Der Junge war verschwunden!

5

Die Kreatur schwebte wie ein gigantischer Raubvogel über den winselnden Wachen und Kriegern, die sich in den Staub geworfen hatten. Nur die Königin weigerte sich, sich zu verneigen, und obwohl ihre Augen tränenverschleiert waren, wollte sie trotzig dem Bösen direkt ins Gesicht sehen, wenn sie schon sterben mußte. Die Kreatur hob mit einem mächtigen Schnauben ihr Haupt. Aber gerade als das Monster zurückschlagen und die Burg in ein Flammenmeer tauchen wollte, flatterte erneut der winzige Junge dazwischen. Die Kreatur fuhr wütend herum und stieß die Flammen in die Luft, die ansonsten gnadenlos die Burg durchtost hätten.

Dann startete der Junge einen weiteren Angriff, der noch gewagter war, so daß das Monster ihn fast erwischt hätte. Aber in dem Augenblick, als er dem Untergang geweiht schien, schoß der Junge noch höher in die Luft, höher in den wilden Sturm.

Mittlerweile waren die hingestreckten Helden in den Türmen aufgestanden, und die Burgbewohner strömten in den Burghof, ohne auf den strömenden Regen zu achten. Alle sahen erstaunt zu, wie sich das riesige Reptil hoch über ihren Köpfen mit gewaltigen Flügelschlägen in der Luft drehte und drehte.

Die Königin hielt den Atem an und zählte mit. Einmal, zweimal, dreimal drehte sich die Kreatur, während sie das winzige Ding jagte, das sie weder fangen noch töten zu können schien. Viermal, fünfmal, sechsmal. Und während sich die Kreatur drehte, wurde ihre Wut größer, ebenso, wie ihre Schuppen immer heller glänzten, so hell, daß schließlich der ganze Himmel in goldenem Licht erglühte. Sie drehte sich ein siebtes Mal um sich selbst, dann ein achtes und schließlich ein neuntes Mal.

Dann schwebte sie unsicher auf der Stelle. Einen Moment lang schien es so, als wolle sich das gigantische Geschöpf in die Tiefe stürzen, die Mauern der Festung vernichten, die Türme mit seinem gewaltigen Schwanz umfegen und die Steine mit seinen Krallen durcheinanderschleudern. Der Königin brannten vom langen Anhalten des Atems die Lungen, und sie starrte angestrengt in die Luft. Sie konnte den Jungen nicht mehr sehen. Die Betrachter weiter unten schrien auf. Das Licht des Monsters erblaßte.

Plötzlich überschlugen sich die Ereignisse: Die Kreatur riß in einem gequälten Schrei ihr Maul auf, ihre Schuppen glühten heller als zuvor. In einem letzten wilden Aufwallen der Wut schoß sie herum, entschlossen, diesmal das lästige Insekt zu vernichten.

Doch diese Drehung war die zehnte, und als die Kreatur sich drehte, verstummte der tosende Sturm schlagartig. Die Luft war von einem ungeheuren Lichtstrudel erfüllt, in dessen Mitte totale Finsternis herrschte. Das Monster Sassoroch wurde in diese Finsternis in der Mitte des Lichts gezogen, während es sich ständig um sich selbst drehte. Dann war mit einem Mal alles wie zuvor, bis auf den Sturm, der verklungen war, und bis auf die Dunkelheit. Mittlerweile war der Tag angebrochen.

Die Königin brach ermattet auf den sturmgepeitschten Zinnen zusammen. Die Zuschauer sahen sich verwundert um, als wären sie aus einem gewaltigen Zauber erwacht. Und dann stieg in diesen regnerischen Morgen, immer lauter werdend, ein Schrei empor. Es war ein Freudenschrei. Denn aus dem gewaltigen Himmelsgewölbe flatterte der geflügelte Junge herab, der die Burg gerettet hatte. Er schwebte auf den Turm neben die Königin, die erst den Jungen an sich zog und ihn dann der Menge hinhielt, während sie in einen Chor von Jubelstimmen hinein erklärte, daß er, ihr Retter, ihr Sohn sei.

Als der König das sah, konnte er nicht widersprechen. Denn auch wenn er stolz war, war er doch auch gerecht. Er hatte die größte Belohnung seines Reiches dem Krieger versprochen, der ihn aus der Gefangenschaft auf dieser Burg befreite. Und so kam es, daß es ein kleiner, verkrüppelter Junge war, der die letzte und böseste der Kreaturen vernichtete, die das Königreich in seiner Frühzeit bewohnt hatten. Also wurde der Küchenjunge Riel zum Ritter Nova-Riel geschlagen und zu einem edlen Prinzen gemacht. Und als der König starb, wurde er König an seiner Stelle und gründete eine gewaltige Dynastie.

Denn Nova-Riel wurde von allen als der rechtmäßige König von Ejland anerkannt.

19. *Die Grüne Greta*

»Wer bin ich?«

Das Mädchen lehnte sich lasziv gegen ein Faß und spitzte übertrieben die Lippen zu einem Kuß. Sie ließ ihren Mantel von den Schultern gleiten und zog verlockend mit einer Hand ihren Rock über die Schenkel.

»Die Große Metze von Wrax«, sagte Polty.

»Ha-ha!« erwiderte das Mädchen böse. Der Name war ein boshafter Spottname, den die Agonisten der Göttin der Zenzaner verliehen hatten.

Und es war keinesfalls die richtige Antwort.

»Die Herrin Rench«, sagte Bohne. »Von der Burg!«

Diesmal lachte Leny nicht. Keiner lachte über die Dinge, die Bohne sagte. Vielleicht hatte er deshalb eine so traurige Miene.

Er versuchte es noch einmal. »Lady Imagenta?« Bohne duckte sich, als Polty ihm träge eine Kopfnuß gab.

»Gotteslästerer!«

»Als wenn dir das wichtig wäre!«

Es war Vel, der Sohn des Schmiedes, der die richtige Antwort gab. »Grüne Greta!«

»Ja!« Leny sprang hoch. Vel fing sie auf und wirbelte sie herum. Dann fielen sie lachend in den Schnee.

Polty und seine Freunde wurden älter.

»Ach, hört mit eurer Neckerei auf!« Polty stieß sich von der Scheunentür ab und schlurfte durch den Schneematsch. Die Hände hatte er tief in die Taschen geschoben, und er trat nach einzelnen Grasbüscheln. Diese Spiele waren nicht gut. Nicht mehr. Er war wütend, und er wurde noch zorniger, als Vel und Leny sich im Schnee herumwälzten. Das Mädchen hatte ihren Mantel ausgezogen und kicherte und quietschte, anscheinend unempfindlich gegen die Kälte, und der Junge juchzte und keuchte. Merkten sie denn nicht, daß er gegangen war? Das war doch nicht richtig! Er war schließlich ihr Anführer!

Nach einem Moment war Bohne neben ihm. »Alles ändert sich«, murmelte der dünne Junge. Wie konnte das passieren? Die Jahreszeiten verstrichen, aber trotzdem war ihnen das Leben bis jetzt merkwürdig zeitlos vorgekommen. Doch dann war Tyl weggegangen, hatte mit ihrer Mutter ein neues Leben im Süden angefangen. Dadurch waren die Dinge ins Rollen gekommen. Die Täler der Tarn sterben, sagte Tyls Mutter. »Sterben«, hatte Polty höhnisch nachgeäfft. Und sein Hohn war rasch in Verachtung umgeschlagen. Für den rothaarigen Jungen war es ziemlich schnell ausgemachte Sache, daß er Tyl nie hatte leiden können; keiner von ihnen konnte Tyl leiden, da war er sich sicher. »Endlich sind wir dich los!« hatte er ihr an den Kopf geworfen, als Tyl unter Tränen verkündet hatte, daß sie wegzog.

Bohne hatte so getan, als empfände er dasselbe. Aber wenn er nachts in seinem Bett lag, hatte er heimlich geweint, und jetzt vermißte er die etwas verwahrloste Tyl ganz schrecklich.

Wie er sich wünschte, daß sie zurückkommen möge.

Und wie er sich wünschte, daß er ihr auf Wiedersehen gesagt hätte!

Der arme Bohne. Früher einmal war er ein einfacher, fröhlicher Junge gewesen, jedenfalls kam es ihm so vor. Er war der schlichte, freundliche Sohn von Goody Throsh aus dem Trägen Tiger. Und alle sahen, daß er jetzt anders war. Es liegt am Wachstum, pflegte seine Mutter zu sagen. Und tatsächlich wuchs ihr Sohn mit einer alarmierenden Geschwindigkeit. Er war ja immer schon ein schlaksiger Junge gewesen, doch jetzt schienen seine langen Glieder mit jeder Mondphase ein neues Stück zu wachsen. Er hatte Polty schon längst überholt. Wenn er jetzt mit seinem dicken Freund herumlief, mußte sich Bohne so weit nach vorn neigen wie nie zuvor. Seine Schultern wurden so rund wie Räder, und bald würden seine Knöchel über den Boden schleifen!

Solange Bohne sich erinnern konnte, war er Poltys Anhängsel gewesen. Er hatte an seiner Seite die goldenen Zeiten Der Fünf erlebt, wenn sie jedes Kornfeld und jeden Obstgarten im Umkreis des Dorfes erkundet hatten, jedes Vogelgezwitscher und jede bimmelnde Kuhglocke gehört hatten. In der Jahreszeit des Koros hatten sie Schneeballschlachten gemacht, und in der des Theron hatten sie im Fluß gefischt. Sie waren immer zu fünft gewesen, und jeder kannte seinen Platz. Und Polty war schon immer der Anführer gewesen. Wenigstens hatte Bohne das früher als richtig empfunden, aber jetzt spürte er, daß alles nicht mehr ganz richtig war. Und das Schlimmste ist, dachte er, daß Polty es weiß. Polty merkt es.

Ohne Tyl hatte sich die Balance verschoben. Veränderte sich deshalb alles? Leny benahm sich merkwürdig. Ihr Verhalten störte Bohne immer mehr. Und jetzt passierten Dinge zwischen Vel und Leny, die Bohne nicht verstand. Er wußte nur, daß er sie nicht mochte.

Polty drehte sich plötzlich zu ihm um. »Nichts ändert sich!« platzte er heraus. Sein Gesicht war rot, und seine Stimme klang schrill. Er schlug Bohne auf den Arm. »Nichts!«

»Aua, das tut weh, Polty!« Verwirrt rieb sich Bohne seinen dürren Oberarm. Polty konnte so hart zuschlagen! Das gab sicher einen blauen Fleck!

Aber Bohnes Freund war schon losgelaufen und hatte ein paar Schritte Vorsprung auf dem Weg, der von der verlassenen Scheune zum Dorf führte. Er drehte sich um und rief: »Ich bin eher am Dorfanger als du!«

Bohne rannte hinter ihm her. Sie stürmten zwischen den vereisten Stämmen einer baumgesäumten Straße entlang. Es ging die ganze Zeit bergab.

»Du kriegst mich nicht!« rief Polty über die Schulter zurück. Es war eine Lüge. Natürlich hätte der schlaksige Junge ihn einholen können.

Aber er tat es nicht.

Mit seinen langen Beinen hätte Bohne das Rennen mit Leichtigkeit gewinnen können, aber wie üblich tat er so, als ginge ihm die Puste aus, und hielt sich pathetisch die Seite, als hätte er heftiges Seitenstechen, während sein Freund mit triumphierendem Geheul voranstürmte.

Als Poltys Vorsprung groß genug war, richtete sich Bohne auf und sah einen Moment hinter der stampfenden, keuchenden Gestalt her, die kleine Dampfwolken ausstieß. Polty schien jeden Moment im Schlamm auszurutschen, aber er hielt sich.

Wie gern Bohne ihn mochte!

Später versammelten sich Polty und seine Bande auf dem Heuboden des Trägen Tigers. Draußen dämmerte es schon, und drinnen glühte nur eine orange Lampe. Köstlicher Rauch kräuselte sich in der Luft. Die Kinder reichten die gestohlene Jarvel-Pfeife von Hand zu Hand. Darunter machten es sich die Pferde in ihren Boxen bequem, und Bohnes Vater, der alte Ebenezer, erledigte schwankend seine Pflichten. Manchmal sang er sich etwas vor, Stücke von alten Liedern, und manchmal murmelte er etwas vor sich hin, das nur für ihn etwas zu bedeuten schien oder vielleicht selbst für seinen hohlen Kopf keine Bedeutung hatte. Er wußte nicht, daß die Kinder da waren, sich in ihrem geheimen Königreich am oberen Ende der wackligen Leiter versteckt hielten.

Von allen Plätzen, an denen sie sich trafen, war das hier Bohnes Lieblingsplatz. Er kuschelte sich in seinem warmen Fellmantel ins Stroh. Wie müde er war! Das weiche Stroh schien sich mit dem wunderschönen dämmrigen Licht auf dem Heuboden, dem warmen Duft der Pferde und dem weißen Schnee zu vermischen, der den Boden draußen vor der Tür bedeckte. Am Ende des Rennens hatte es angefangen zu schneien, wie ein Zeichen für Poltys Sieg.

»Grüne Greta!« erklärte Polty jetzt und stieß den Rauch der gestohlenen Pfeife aus.

Da wurde Bohne mit einem Schlag wach. Umhüllt von der Wärme seines Lieblingsplatzes, hatte er gedacht, daß die Veränderung nicht wirklich passieren konnte. Alles war so wie zuvor. Sie waren zu viert, und sie waren hier, und er konnte so tun, als würde Tyl später kommen oder heute nicht von zu Hause weg dürfen.

Aber nur heute.

Wo war sie jetzt?

Man sagt, der König hat sich den Kopf eingeschlagen
Man sagt, der König ist tot –
Lang lebe der König!

murmelte der alte Mann in einem merkwürdigen Singsang.

»Grüne Greta!« sagte Polty erneut. Diesmal klang seine Stimme nachdenklich. Er lächelte, es war fast ein Grinsen, und es arbeitete hinter dieser Grimasse. Er reichte Leny die Pfeife, die sie sofort an Vel weitergab. Das Mädchen kuschelte sich schläfrig an den Sohn des Hufschmieds.

Bohne betrachtete sie. Leny, so hatte Polty ihm anvertraut, war eine Schlampe. *Eine Schlampe*. Das war der passende Name für ein Mädchen wie sie; und Bohne war tieftraurig, als er darüber nachdachte. Nicht, daß er diese Anschuldigung für falsch oder für richtig hielt. Es war nur, daß er versuchte, das große, schlampige Mädchen, das Leny geworden war, mit der Gefährtin aus früheren Tagen in Einklang zu bringen. Das ging nicht. Es war, als wäre Leny einfach davongelaufen, als gerade niemand achtgegeben hatte, und statt dessen von dieser Kreatur ersetzt worden, mit ihren zu dicken Schenkeln und den peinlichen, größer werdenden Brüsten.

Ihre Mutter, die Frau eines Soldaten, war im ganzen Dorf als Schlampe bekannt. Und Leny wurde wie ihre Mutter, bloß daß sie jünger war.

Sie wurde häßlich.

Sie und Vel saßen aneinandergeschmiegt unter der Schräge des Stalldachs. Polty sah sie an, und seine grünen Augen funkelten. »Ich hatte eine von diesen Frauen, wußtest du das, Vel?«

Bohne setzte sich auf, sein Magen brannte. Das war absurd. Was sollte das? Er streckte sich und nahm Vel die Pfeife aus der Hand. Vor dieser Veränderung, das wußte Bohne genau, hätte Polty nie solche dummen Dinge gesagt. Und vor dieser Veränderung hätte Leny auch nicht damit angefangen, indem sie sich als Opfer geradezu anbot, wie heute nachmittag, mit ihrem neckenden, schamlosen Verhalten.

»Frauen?« fragte Vel träge. Seine Stimme klang belegt. »Was meinst du damit, du hattest eine?«

Bohne zog kräftig an der Jarvel-Pfeife und gab sie weiter, obwohl er eigentlich noch gar nicht wollte. Polty nahm sie, fast ohne hinzusehen.

»Ich meine, was ich gesagt habe«, erklärte der dicke Junge. »Ich bin nach Agondon gefahren. Ihr dachtet alle, ich hätte Stubenarrest, wißt ihr noch? Als ich dieses schlimme Fieber hatte. Erinnert ihr euch? Aber ich bekomme kein Fieber, stimmt's nicht, Bohne? Häh? Bohnenstange?«

Bohne antwortete nicht. Ihm drehte sich alles vom Rauch der Jarvel-Pfeife.

Polty war ebenfalls übel, das merkte Bohne.

»Ich war in Agondon«, wiederholte Polty. »Da gab es vieles, was ich lernen mußte. Ich wollte nicht nur immer die Tiere dabei beobachten. Sie hat mir ein Strumpfband gegeben. Ein grünes Strumpfband.«

Bohne fragte sich wie durch Watte, warum Polty das erzählte. Als

Polty Fieber hatte und nicht raus zum Spielen kommen konnte, war Bohne über die Mauer und zum Zimmer seines kranken Freundes geklettert. Er war schon oft dort gewesen, und diesmal hatte er Polty rücklings auf dem Bett liegen sehen. Er hatte daneben gestanden und zugehört, wie der schwitzende Junge unzusammenhängend von der Illusionswelt seiner Fieberträume geredet hatte. Von Hitze und glühenden Kohlen. Von merkwürdiger Musik, die ihm nicht aus dem Kopf gehen wollte. Und anschließend hatte sich Polty an nichts erinnern können. Er wußte nicht einmal, daß Bohne dagewesen war. »Du warst so krank, Polty!« hatte Bohne fast bewundernd gesagt. Doch Polty hatte den Kopf geschüttelt. »Mit mir war alles in Ordnung! Ich hatte gar nichts!« fuhr er Bohne an. Aber das stimmte nicht, genauso, wie es gelogen war, daß er in Agondon gewesen war. Er war noch nie dort gewesen. Keiner von ihnen war das.

Außer Tyl, die jetzt dort wohnte.

Es plätscherte unten, als der Trunkenbold lange und vernehmlich gegen eine Stallwand pinkelte. Seine Arbeit hatte er längst vergessen. Er sang:

Prr, prr, Miezekatze, sitzt du da im Baum,
Was siehst du denn? Was siehst du denn?
Siehst du mich kommen? Kannst du mich sehn?
Was siehst du denn? Was siehst du denn?

Die undeutliche Stimme verklang, als der alte Mann davonschlurfte, und dann herrschte Ruhe. Eine angespannte Ruhe.

»Du lügst, Polty«, sagte Leny.

Polty spielte mit der langstieligen Pfeife. Einen Moment lang dachte Bohne, sein Freund würde sie mit aller Kraft dem Mädchen an den Kopf schlagen. Statt dessen reichte er ihr unbeteiligt die Pfeife und ließ sich rücklings ins Stroh sinken.

»Natürlich lüge ich«, sagte Polty. »Aber was wäre, wenn ich nicht lügen würde? Hast du dir darüber schon mal Gedanken gemacht, Vel?«

Leny hatte noch nicht an der Pfeife gezogen. Sie hielt sie locker in der Hand, ohne darauf zu achten. Sie war rot angelaufen. »Hör nicht auf ihn, Vel.«

Aber jetzt hatte sich auch der Sohn des Hufschmieds aufgesetzt. Seine Augen glühten. Vel war ein muskulöser Bursche mit dichten, öligen Locken. Auf seiner Oberlippe sproß schon ein dunkler Schnurrbart. Hinter der Hand hatte Polty Bohne schon des längeren gesteckt, daß Vel, ihr alter Kumpel Vel, eigentlich nicht wirklich einer von ihnen war.

Sieh dir nur diese dunkle Haut an! sagte Polty. *Hast du jemals darüber nachgedacht, Bohne? Er ist ein Halbblut. Es muß so sein!*

Sofort hatte Bohne ihren alten Freund mit anderen Augen gesehen, weil er jetzt mit einem anderen Blick die Haut ihres alten Freundes betrachtete. »Die Hautfarbe verrät einem eine Menge«, hatte Polty geflüstert. »Sie verrät einem alles.« Bohne dachte über diese Enthüllung nach.

Es war verblüffend.

Polty sagte:

»Wir haben doch schon alle von der Grünen Greta gehört, stimmt's?«

Die Kinder nickten. Alle Kinder in Ejland kannten den Namen der Grünen Greta schon von ihrer frühesten Jugend an. Er schien in der Luft zu liegen. Es war nur ein Name, eine klingende Alliteration aus alten Reimen und Geschichten, die sich mit der Zeit zum Bild einer Frau verfestigte, einer unförmigen Frau, die ihren Rock hob und ihre bunten Strapse zeigte. Ihr Gesicht war angemalt, und sie trug eine krause Perücke. Wenn der Haushalt einer Nachbarin unordentlich war, flüsterten die Frauen: »*Die Grüne Greta kommt zum Tee.*« Und: »*Du bist die Tochter der Grünen Greta, nicht meine!*« schalten sie ärgerlich widerspenstige Töchter.

Es war eine schlimme Beleidigung. War die Göttin der Zenzaner die Hure der ganzen Welt, so war die Grüne Greta die Hure von Ejland. Alle kannten ihre Geschichte. Eine Frau aus guter Familie, die in Ungnade gefallen war. Die Metze wohnte in einer schmutzigen Nebenstraße, die vom Marktplatz in Agondon abging. Sie sammelte sich ihr Abendessen aus den Abfällen des Markts zusammen, Salatblätter und zerdrückte Tomaten von den vollgepißten Pflastersteinen, Fleischfetzen, die man Hunden oder Katzen vorwarf. Gold und Silber glitzerte zwar häufig in ihrer Handfläche, aber die Hure verbrauchte ihr ganzes Geld für Puder und Schminke und starken Fusel. Sie stank entsetzlich. Ein Edelmann würde vor ihrer Berührung angewidert zurückschrecken, aber trotzdem hatte diese Hure etwas, das die Leidenschaft gebildeter Männer erregte. Sie wollten sie, und sie kamen immer wieder zu ihr zurück. Und jedesmal, wenn ein Junge über die Stränge schlug, sagten die Frauen zu ihm: *»Er will zur Grünen Greta!«* Boshaft zischten sie den Namen der Metze, wenn die Hochzeitsnacht langweilig verlief und die jungen Frauen am Morgen weinend dasaßen. Es war grausam, aber später, wenn sie selbst fette Hausfrauen waren, waren diese jungen Frauen jenseits jeder Heimlichkeit, ohne jede Illusion, schrien lauthals Verwünschungen, während sie ihren Ehemännern den Besenstiel auf den Kopf schlugen und mit ihnen absurde Tänze um den Dorfanger aufführten. *Grüne Greta! Grüne Greta!* hatten die Kinder früher einmal mit schriller Stimme geschrien und waren ihrem Opfer hinterhergelaufen, bis sie müde wurden oder ein neues Opfer auftauchte.

Jetzt sah die Bande Polty erwartungsvoll an.

»Ich habe beschlossen«, sagte er, »daß ich zu ihr gehen werde.«

»Was?« fragte Bohne benommen. »Wie denn?«

Polty lachte. »Komm schon, Bohnenstange, du solltest es eigentlich wissen! Wir sind hier über dem Trägen Tiger. Jeden Monat fährt hier eine Kutsche nach Agondon ab, stimmt's? Hab ich recht?«

Bohne ließ den Kopf hängen. »Ja«, murmelte er. Natürlich gab es diese Kutsche. Sie nannten sie den »Knochenschüttler«. Tyl und ihre Mutter hatten an einem windigen Morgen am Ende der Jahreszeit der Javander darin gesessen. Und jetzt dachte Bohne jedesmal, wenn die Kutsche zurückkam, daß Tyl vielleicht drinnen säße. Aber sie war es nicht, und wenn die Kutsche wieder abfuhr, dann stellte er sich ihr verwahrlostes Gesicht am Fenster vor, an diesem letzten windigen Tag.

Wie sein Kopf sich drehte! Er haßte sich selbst!

»Der Kutscher ist doch hier, stimmt's? Er zecht im Tiger. Er fährt morgen früh ab. Und wer wird eurer Meinung nach in der Kutsche sein, häh? Na, Bohnenstange?« Polty legte sich gemütlich ins Stroh zurück. »Wer, was glaubt ihr wohl? Und wer wird drin sein, wenn sie zurückkommt? Mit einem grünen Strumpfband an seinem Handgelenk?«

»Nein«, murmelte Bohne. »Nein, nein.«

Er hätte hinzufügen können: *Dein Vater wird dich nicht lassen.* Es wäre zwar wahr gewesen, aber Bohne sagte es nicht. Er sagte gar nichts. Er saß nur da und schüttelte den Kopf. Alles um sich herum nahm er wie durch einen Nebel wahr, weit entfernt.

Jetzt gab es Schläge und Hiebe.

Jetzt flog das Stroh in alle Richtungen.

»Du wirst es nicht wagen!« war Vel herausgeplatzt.

»Ach nein?« schrie Polty. Und dann drückte Polty Vel ins Stroh und hämmerte mit seinen Fäusten gegen den Kopf des anderen Jungen.

»Hör auf!« schrie Leny und sprang Polty an. Sie spuckte und riß an seinem Haar.

»Schlampe!« schrie Polty. »Zenzau-Blut!«

Er sagte all das laut, was er bisher nur Bohne anvertraut hatte.

»Fettes Schwein!« Leny spuckte Polty ins Gesicht.

Vel trat ihm mit seinen schweren Stiefeln in die Brust.

»Du bist erledigt!« schrie der Junge des Hufschmieds.

Und das stimmte. Es endete damit, daß der fette Junge überwältigt und atemlos, fluchend und halb schluchzend dalag, während Vel und Leny verächtlich lachend die Heubodenleiter hinunterstiegen.

Es war damit zu Ende.

Polty rappelte sich auf und schrie hinter ihnen her: »Das wird euch noch leid tun!« Er hätte am liebsten die Leiter weggetreten und das Mädchen und den Jungen damit zu Boden stürzen lassen, aber sie war mit dicken Seilen festgezurrt.

20. Der Amethystring

Es sollte spät werden, bevor Polty zum Haus seiner Eltern zurückkehrte. Sie hatten noch mehr Jarvel-Pfeifen geraucht, solange der Knaster reichte, und Bier getrunken, das Bohne aus den Hähnen des Tigers in einen angestoßenen Krug füllte. Polty mußte sich von den Demütigungen erholen, die er eben erlebt hatte. Jetzt hatte er nur noch Bohne.

»Aron! Aron!«

Manchmal rief Bohnes Mutter nach ihm und wollte, daß ihr Sohn dies oder das erledigte. Aber der Junge schrie nur wortlos zurück und ignorierte sie dann. Der Lärm der Zecher aus der Taverne war zu laut. Sie konnten sie eben einfach nicht hören, stimmt's?

»Wo steckt der Junge bloß? Mist!« fluchte Goody Throsh ab und zu. Er war ein nutzloser Junge. Aber trotzdem, sie war an ihn gewöhnt. Sie war an alles gewöhnt.

Später, als die letzten Feiernden in die Nacht hinausgetreten waren, rufend und singend, blickte die Wirtin einen Moment aus dem Fenster, bevor sie neben ihrem betrunkenen Ehemann ins Bett fiel. Mitten auf dem verschneiten Anger erblickte sie ihren Sohn und seinen fetten Freund, die betrunken in ihren dicken Mänteln stolperten, sich gegenseitig stützten, hinfielen und sich gegenseitig wieder aufhalfen.

Lachten sie?

Vielleicht.

»Ach, Aron!« seufzte die Frau.

Aber die Jungen lachten nicht.

»Polty, dassoch nich dein Ernst nicht!« meinte Bohne undeutlich.

»Wohl!«

»Wie willsu das'n mach'n?«

»Ich brauch nur Silber.«

»Ich hab kein Silber nich.«

»Aha!« Polty hätte seinen Finger in Bohnes Rippen gebohrt, aber Bohne schwankte zur Seite, und Polty fiel um. Er fiel vornüber in eine hohe Schneewehe.

Die Zeit verstrich.

Polty rollte sich auf den Rücken.

Bohne saß auf ihm.

»Bin ich nicht.«

Polty hielt seine Hand hoch. Er trug keine Handschuhe, und seine Finger waren blau angelaufen.

»Nicht was?«

Bohne schnitt eine Grimasse. Es mußte das Bier sein. War er verrückt geworden? Zu jeder anderen Zeit hätte er Angst gehabt. Er war spindeldürr, selbst in seinem Mantel, und beugte sich dicht zu Poltys fettem roten Gesicht hinab.

Im Mondlicht wirkte es purpurn.

»Ich weiß genau, was du gemeint hast«, flüsterte Bohne heiser. Es war so, als hätte er gleich seinen Fuß gehoben und Polty in den Bauch getreten.

Aber diese Chance bekam er nicht.

»Aber Bohne«, flüsterte Polty vertraulich. »Du weißt doch, daß ich an deine alte Mutter gedacht habe. Du kennst deine alte Mutter?«

Bohne sagte, er kenne sie.

»Die gute Goody Throsh! Deine Mutter, Bohne, na ja, weißt du, sie ist eine nette Dame. Wirklich entzückend. Aber du weißt genausogut wie ich, Bohne ... sehen wir der Wahrheit ins Gesicht, also sie ist auch eine alte Säuferin, und ich dachte ...«

Bohne holte aus.

»Sie zählt, weißt du, sie kann verdammt noch mal zählen!«

Er hätte Polty geschlagen, auch wenn das fast unglaublich schien, aber Polty hatte mit seinen pummeligen Händen den Mantelkragen des dünnen Jungen gepackt. Jetzt lag Bohne auf dem Rücken, während Polty ihm mehrmals in die Rippen trat und ihm sagte, wie nutzlos er auf dem Heuboden gewesen sei, ihn anspuckte, sagte, daß er ihn haßte, und in die Nacht hinausmarschierte.

Bohne lag im Schnee, und es wurde immer kälter, bis er sich schließlich aufsetzte. Er betrachtete den Mond. Er war schon fast dreiviertel voll. Es war die Phase des Mondlebens, die man Ostmond nannte. Hornmond war schon vorbei, und der Schwarzmond kam wieder.

Der Mond nahm ab!

Polty stolperte nach Hause.

Er merkte nicht, daß seine Schritte unregelmäßig waren.

Ihm war es, als glitte er über den Boden. Der Weg entrollte sich unaufgefordert vor seinen Füßen, und das fahle Mondlicht, das durch die Zweige schien, beleuchtete seinen Heimweg. Er konnte nur an eines denken, und das war nicht das Schicksal seines Freundes Bohne. Polty hatte ihn heftig getreten, aber das geschah ihm nur recht. Und er dachte auch nicht an das, was passieren würde, wenn er nach Hause kam.

Was würde Waxwell sagen?

Würde Waxwell überhaupt etwas sagen?

Das Bier, die Jarvel-Pfeife und Poltys Ärger schoben diese Fragen in den Hintergrund. Im Morgengrauen würde die Kutsche vor dem Trägen Tiger abfahren. »Ich werde in dieser Kutsche sitzen«, sagte Polty laut. »Ich werde in dieser Kutsche sitzen!« Er schrie es dem Mond zu, mehrmals, und hielt erst inne, als er sah, daß er sich bereits dem Haus seines Vaters genähert hatte.

Polty hatte seinen Vater niemals ganz verstanden. Was seine Mutter anging, gab es nichts zu verstehen. Sie war eine kranke, farblose Person, deren vordringlichstes Interesse im Leben darin bestand, ihre Krankheit vorzuführen. Sie langweilte ihn. Sie war dünn und blaß und brachte ihm keinerlei Gefühle entgegen. Sie hatte kein Interesse an ihm, nur eine Art Abscheu, die sie selten verschleierte. Manchmal dachte Polty, daß sein Vater dasselbe empfand. Immer und immer wieder lief der Junge von zu Hause fort. Manchmal war er sogar tagelang weg, und die Waxwells, so glaubte er, schienen weder Notiz davon zu nehmen, noch sich Sorgen zu machen. Doch dann geriet Waxwell plötzlich in den Griff einer Art Manie, als wäre ein Hebel in seinem Inneren umgelegt worden, und er hatte das an Besessenheit grenzende Bedürfnis, daß alle, selbst sein lumpiger Junge, durch die Liebe des Herrn Agonis gerettet werden sollten.

Das machte Polty wahnsinnig. Er wußte, daß es Unsinn war, aber die Besessenheit von Waxwell hatte etwas an sich, dem sich auch Polty nicht entziehen konnte.

Die Prügel waren das Schlimmste. Erst kamen die Gebete, nachdem Polty gezwungen worden war, auf dem Boden neben Waxwell zu knien. Dann mußte sich der Junge über die Bank auf dem eiskalten Dachboden legen, wo der Arzt seine Geschäfte führte und seine schrecklichen Treffen abhielt. *Zieh sie runter!* bellte der Arzt dann, und wenn Polty seine Hose nicht herunterzog, machte es Waxwell selbst. *Klatsch! Klatsch!* kamen dann die Schläge mit dem Peitschenriemen. Poltys fettes Gesicht war schmerzverzerrt, während er das eiserne Bildnis des Kreises des Agonis ansah, das hinter der Bank an der Wand befestigt war. Es war wie ein Fluch. Es war ein Versprechen des Bösen. *Fühl es in deinem Herzen! Junge. Fühlst du es? Kannst du die Liebe des Herrn Agonis fühlen?*

Das konnte Polty nicht. Jetzt sah der Junge durch die Zweige zum Mond und dachte: *Ich werde nicht zurückkommen!* Warum war ihm dieser Gedanke nicht schon früher gekommen? Plötzlich, ganz plötzlich kam es ihm so natürlich vor wie das Atmen. In einem einzigen Aufblitzen sah Polty den Wahnsinn des Grüne-Greta-Plans. Konnte denn die Grüne Greta eine wirkliche Person sein? Dem Jungen war schon früher verschwommen die Idee gekommen, daß sie vielleicht kein echter Mensch war. Aber was ihn jetzt überwältigte, war nicht die Verrücktheit, diese Metze zu suchen, sondern sein Verlangen, mit einem Abzeichen seines Erfolgs zurückzukehren.

Was interessierten ihn Vel oder Leny?

Oder Bohne?

Nichts!

Er würde in dieser Kutsche nach Agondon sitzen. Im frühen Morgenlicht würden die Silbermünzen glitzern, wenn er sie dem Kutscher in die Hand zählte. *Wann willst du zurückkommen?* würde der Kutscher vielleicht fragen. Und Polty würde nur lächeln. Er würde nicht zurückkommen.

Der Mond schimmerte in den Augen des Jungen. Seine neue Idee traf ihn wie ein Schlag, aber es war ein Schlag, den er gern willkommen hieß. Er stolperte gegen eine stämmige Ulme und stützte sich an dem Stamm ab.

»Ja«, flüsterte er aufgeregt. »Ja.«

Etwas geschah.

Langsam kam das wirbelnde Rad in seinem Kopf zum Stehen. Er schloß die Augen, und als er sie nach einem Moment wieder öffnete, hob er den Blick langsam zum Himmel. Der Ostmond schien klar und unerschütterlich in der wolkenlosen, kalten Nacht. Nun war auch Polty klar und unerschütterlich.

Polty näherte sich dem Haus der Waxwells von hinten. Er konnte es jetzt am anderen Ende eines verschneiten Feldes sehen, das silbrigrot im unheimlichen Mondlicht schimmerte. Das Giebeldach war deutlich über der kleinen Scheune, den kahlen Apfelbäumen und den Hecken zu sehen, die Hügel im Schnee bildeten. Schnurgerade stiegen die weißen Rauchfahnen aus dem Schornstein nach oben, aber die Fenster waren dunkel.

Das Haus schlief.

Polty zischte leise.

Er wußte, was er zu tun hatte. In Waxwells Arbeitszimmer stand ein schwerer Schreibtisch. In der obersten Schublade war ein Metallkasten, und in diesem Kasten, das wußte Polty, versteckte Waxwell seine Silbermünzen, glänzende und helle Münzen. Bald würden sie die Grundlagen für das neue Leben seines Sohnes sein.

Sein Sohn?

Polty spuckte aus.

»Er ist nicht mein Vater«, sagte er laut.

Leise und vorsichtig ging der Junge über das weiße Feld. Waxwells Arbeitszimmer lag im Erdgeschoß. Polty schlich sich zur Vorderseite des Hauses.

Es war überall dunkel.

Und es war überall ruhig.

Sein Herz hämmerte heftig, während er seine Nase gegen eine Fensterscheibe preßte und in das Innere des Zimmers blickte.

Ja, es würde geschehen!

Es war ein Schiebefenster, das man nach oben und unten schieben konnte. Polty wußte, daß der Haken am unteren Ende schon lange gebrochen war. Er stemmte seine Handflächen gegen die kleinen Balken, die die Scheiben trennten. Das Fenster glitt leise hoch.

Sekunden später stand Polty in dem dunklen Arbeitszimmer. Es war fast warm. Das Feuer auf dem Rost war niedergebrannt, und sein rötlicher Schimmer leuchtete hinter einem großen Sofa, das vom Raum abgewandt davorstand. Polty zog seinen schweren Mantel aus und warf ihn über die Lehne des Sofas. Er mußte schnell handeln.

Und lautlos.

Die Strahlen des Ostmondes schienen auf den Schreibtisch. Das Licht reichte gerade aus. Er tastete auf dem Kaminsims nach dem vertrauten Schlüssel. Er zitterte, aber vor Aufregung, nicht vor Angst. Immer wieder hatte er mit der Metalldose gespielt, sie aufgemacht, ihren glänzenden Inhalt betrachtet, die Münzen in die Hand genommen und sie liebevoll betastet. Aber immer nur eine oder zwei. Niemals hatte er seine Hände in die Dose vergraben. Jetzt war das Spiel zu Ende. In diesem Augenblick schlug Poltys Herz so laut, daß er sich wunderte, warum Waxwell nicht hereinstürzte und ihn stellte.

Mit einer quälenden Langsamkeit zog er die Schublade auf. In dem Glanz des Mondlichts konnte er nur den verzierten Deckel der Dose erkennen. Den Schlüssel hatte er griffbereit in der Hand. Er steckte ihn ins Schloß, und der Deckel öffnete sich mit Leichtigkeit. *Ja*. Das Silber funkelte. Polty war plötzlich erregt und vergrub seine Hände in den Münzen. *Ja.*

»Ja!« rief er laut.

»Das glaube ich kaum«, sagte jemand trocken.

Polty krampfte die Hände zusammen, die immer noch tief in der Dose waren, und riß sie heraus. Sie waren zu starren Fäusten geballt. Münzen flogen in der Dunkelheit in alle Richtungen zu Boden. Polty war vor Angst wie erstarrt und bemerkte gar nicht. daß er in seiner Gier ein viereckiges Stück Papier zusammen mit den Münzen herausgeholt hatte.

Aber er hörte überdeutlich das Ticken der Uhr.

»Ich schlafe nicht bei Goody Waxwell. Ich habe nicht mehr bei ihr geschlafen, seit du geboren worden bist«, sagte der Arzt und stand vom Sofa auf, auf dem er unter einer Decke vor dem Kamin gelegen hatte. In seiner Hand hielt er einen breiten Lederriemen.

Der Angriff kam urplötzlich.

»Du verdorbenes Kind!« brüllte Waxwell. »Ich werde dich die Liebe Unseres Herrn Agonis lehren.«

Der wütende Arzt packte Poltys Haare und riß den Jungen über den Eichenschreibtisch.

»Runter damit!«

Eine Hand riß an dem Verschluß von Poltys Hose, und dann sauste der Lederriemen durch die Luft. Polty hatte die Hände immer noch zu Fäusten geballt. *Die Münzen!* dachte er. *Halt die Münzen fest!* Der Hieb des Lederriemens glühte auf der Haut.

Er schrie auf, schwang sich herum und schlug mit beiden Fäusten zu.

Waxwell taumelte zurück.

Verzweifelt krabbelte Polty aus dem Fenster. Seine Hände waren fest geschlossen, und die Hose hing ihm in den Kniekehlen. Dann lag er im Schnee vor dem Fenster, auf dem Rücken, auf dem Bauch, und dann war der Arzt schon wieder über ihm.

Klatsch! Klatsch! peitschte der Lederriemen.

Polty rollte sich herum.

Er trat.

Er bockte.

Vorbei.

Irgendwie war der Junge wieder allein, in dem Feld hinter dem Haus, wo der Schnee silbrigrot im unheimlichen Mondlicht schimmerte. Seine Fingernägel gruben sich tief in seine Handfläche.

Die Münzen.

Polty zitterte. Er hatte seine Stiefel und seine Hose verloren, und sein Hemd war zerrissen.

Ich gehe nicht zurück. Er ist nicht mein Vater.

Das sagte Polty zu sich selbst, als er nackt und blutend im Schnee lag. Und das sagte er auch noch ein wenig später; er sang es wie ein Mantra mit klappernden Zähnen, als er Bohne mit einem Steinwurf an dessen Fenster geweckt hatte. Dieser half seinem zitternden Freund die Treppe des Trägen Tigers hinauf.

»Der arme Junge!« rief Goody Throsh, als sie seiner ansichtig wurde. »Wer hat dir das denn angetan? Du hättest sofort nach Hause gehen sollen!«

Erst als Polty schlief, gelang es Bohne, die Finger seines Freundes zu öffnen. Der Schatz, den er darin hielt, den er so fest umklammert hatte, war nicht gerade der Reichtum, den Polty gesucht hatte. Ein paar Silbermünzen, das war alles, und das gefaltete Papier, das Polty gar nicht hatte nehmen wollen. Es war zu einem kleinen Ball zusammengeknüllt. Bohne dachte: *Dieses Papier muß wichtig sein*, und faltete es vorsichtig auseinander. Nur wenn man sehr behutsam damit umging, konnte man vermeiden, daß es in tausend winzige Fetzen zerkrümelte.

Bohne arbeitete langsam, saß im Mondlicht an dem hohen Fenster und sah von Zeit zu Zeit auf den kleinen Hügel, den sein schlafender Freund bildete. Es dauerte eine Weile, bis er die schwungvolle Schrift auf dem Papier entziffern konnte, und es dauerte ebenfalls eine Weile, bis er aufhörte, auf den silbernen Ring zu starren, der in dem Papier eingewickelt gewesen war. In dem Ring war ein Amethyst eingefaßt.

Polty atmete regelmäßig unter der warmen Decke. Es wurde langsam hell. Im Hof zäumte der Kutscher sein Pferd auf und bereitete sich auf die erste Etappe der langen Fahrt nach Agondon vor.

21. *Die prachtvollen Stäbe*

»Ich wünschte, ich könnte fliegen«, sagte Jem eines Tages, als der Stuhl am Ende der Langen Galerie rutschend zum Halten kam. Er riß die Augen auf und blickte, wie in das Unbekannte, auf die Treppe, die sich in geheimnisvolle Tiefen und Höhen der Burg schwang.

Es waren einige Jahre vergangen. Die Arme des Jungen waren stark und drahtig geworden, und seine Handballen waren kräftig. Aber er war sich seiner Schwäche immer noch bewußt. Jetzt, selbst in seiner besonderen Welt, wurde Jem von der Traurigkeit überwältigt. Er fühlte sich gefangen. Eingesperrt. Er konnte zwar den Korridor der Galerie hoch und runter fahren, aber immer nur auf dieser schmalen Spur. Selbst vor der Treppe am Ende mußte er sich geschlagen geben. Und überall sonst kam er nur mühsam vorwärts. Ohne Barnabas konnte er den Stuhl kaum wenden.

Er schloß die Augen und seufzte. »Barnabas?«

Nur Schweigen antwortete ihm. Jem war verwirrt, weil der Zwerg sonst normalerweise hinter ihm herwatschelte.

Die Stille hielt an. Jem hörte die Vögel draußen vor dem Fenster zwitschern. Er hörte, wie der Wind blies. Es war warm, und das Leben erblühte. Weiße Wolken glitten wie Segel über den Himmel.

Es klapperte laut auf der Treppe.

»Barnabas!« Jems Trauer wurde von Überraschung hinweggefegt. Keuchend stieg der Zwerg zu ihm herab. Vorsichtig setzte er einen Fuß vor den anderen und tastete sich über die ausgetretenen, steilen Stufen hinunter. Er zog etwas Schweres hinter sich her.

Es war ein langes Stück Holz.

Zwei Stücke, um genau zu sein.

»Was willst du denn damit?« fragte Jem.

Doch dann hielt Barnabas die Krücken hoch. Sie waren geschnitzt, poliert und verziert. Auf eine merkwürdige Weise waren sie faszinierend. Obwohl sie für den kleinen Mann viel zu groß waren, demonstrierte er seinem verblüfften Freund, wie man sie benutzte. Der Blick des Zwerges war ernst, vielleicht sogar ein bißchen traurig. Mein verkrüppelter Freund ist jetzt größer, schien der Blick zu besagen. Und stärker. Die Zeit ist reif.

Jem verstand ihn. Als er noch kleiner gewesen war, hatte er immer wieder versucht aufzustehen. Er wußte nicht, warum seine verdrehten Beine unter ihm nachgaben. *Es geschieht alles nach dem Willen des Herrn Agonis*, pflegte Tantchen zu sagen. Aber der Junge war sich nie ganz sicher, was das bedeuten sollte. Er ähnelte einem verwundeten Vogel, der vergeblich versucht, mit einem gebrochenen Flügel zu fliegen. Später verfluchte er seine Behinderung, obwohl er wußte, daß seine Bemühungen sinnlos waren, und er sehnte sich nach der Freiheit.

Er legte die Arme in die gepolsterten Stützen der Krücken. »Ich weiß nicht recht, Barnabas«, sagte er, ohne genau zu wissen, was er eigentlich nicht wußte. Jem holte tief Luft und hielt dann den Atem an. Er umklammerte die Handgriffe. *Ja!*

»Nein!« Er stieß die Luft aus.

Als der Junge mühsam versuchte, sich aus dem Rollstuhl hochzustemmen, schien es ihm, als ränne ihm heiße Lava durch die Arme, über die Schultern und das Rückgrat hinunter. Er sackte erschöpft zurück und rang nach Luft. Er war einfach unfähig, daran kam er nicht vorbei. Für seine Mutter bedeuteten seine verkrüppelten Beine einfach nur das Unglück, das sie in ihrer Jugend erlitten hatte. Sie zuckte bei dem Anblick zurück, als bereite er ihr Schmerzen. Für seine Tante waren seine Beine nicht heilbar, und damit hatte es sich. So war das eben im Königreich Ejland. Krüppel waren Krüppel, wie Blinde Blinde waren. Wäre Jem ein Bauernjunge gewesen, hätte man ihn wahrscheinlich ersäuft.

Aber es war erst der Anfang.

Von nun an würde Jem es jeden Tag probieren.

Es war sinnlos.

Jem versuchte es immer wieder, und jedesmal kam er nur ein paar Schritte weiter, bevor die Krücken wegrutschten oder er das Gleichgewicht verlor oder seine Kraft nachließ und er hinfiel.

Erschöpft ließ sich Jem auf den Stuhl zurücksinken. Er konnte nicht gehen. Das würde er niemals schaffen. Die Krücken lagen neben ihm, übereinander, wo sie hingefallen waren. *Klapper, Klapper.* Das war alles, was sie konnten. Er drehte sich mit dem Stuhl von ihnen weg, riß heftig an den Rädern. Die Muskeln seiner Arme traten hervor, und der Stuhl schwankte gefährlich. Schmerz schoß sein Rückgrat empor.

»Barnabas?«

Aber der Junge hatte den Zwerg gebeten, ihn allein zu lassen.

»Barnabas?«

Wie konnte der kleine Mann ihm dabei helfen, stehen zu lernen?

Jem atmete tief ein und betrachtete die Galerie. Sie war leer. Fenster und Kamine säumten die Wand. Die Kamine waren schwarze Löcher und die Fenster hohe, helle Rechtecke, die auf einen Innenhof hinausführten. Das helle Licht ließ die Kamine noch dunkler erscheinen, ebenso wie das Paneel und den verkratzten, aber dennoch spiegelglatten Boden. Es war eine merkwürdige Mischung aus Strahlen und Finsternis. Die Porträts waren kaum zu erkennen.

»Barnabas!« rief Jem.

Das Echo des Namens rollte durch die Galerie.

Stille.

Wo war Barnabas?

Plötzlich wallte heißer Zorn in Jem auf, und er sehnte sich danach, wie wild zu rennen, schreiend durch die Burg zu stürmen. Er schluchzte erstickt und packte die Räder seines Rollstuhls. Diesmal würde er die Augen nicht schließen. Er würde durch den Schleier fahren. Mit einem Schrei stürzte er vor.

Jems Aufschrei verwandelte sich in einen Angstschrei.

»Junger Herr!« rief jemand.

Jem konnte nicht ausweichen. Aus dem Nebel war ihm eine finstere Gestalt in den Weg getreten. Eine große Hand packte die Armlehne des Rollstuhls. Der drehte sich und schleuderte Jem zu Boden.

»Stephel!«

Der Mann lachte kehlig auf. Es gluckerte, als er trank. Mit einer Hand hielt der alte Verwalter eine Flasche, in der eine Flüssigkeit schwappte. Schwankend streckte er eine Hand nach Jem aus. Der Junge nahm sie angewidert und hielt den Atem an, als der Verwalter ihm aufhalf.

Stephel stank. Er hatte vermutlich auf einem Misthaufen geschlafen. Sein zerrissenes Wams war mit verkrustetem Erbrochenem beschmiert, und in seinem schmutzig-weißen Haar steckten Kletten und Strohhalme. Er hielt Jem an den Schultern fest, so daß der Junge zu stehen schien, und starrte ihm in das verzerrte Gesicht. Der Blick seiner rotgeränderten Augen wirkte irgendwie unscharf.

»Ihr wolltet mich doch nicht umbringen, junger Herr?«

Jem konnte die Luft nicht länger anhalten.

»Stephel, setz mich wieder in meinen Stuhl!«

Der Diener ignorierte den Befehl. Er nahm noch einen Schluck aus der Flasche und stakste an den Porträts entlang, wobei er den Jungen eng an sich preßte.

Jems Beine schleiften über den Boden.

»Stephel, hör auf!«

Doch Stephel dachte gar nicht daran. »Ich habe dich beobachtet, Junge. Dich und deinen Freund. Ein Zwerg hat es gut, weißt du das? Sie hatten früher Zwerge am Hof des Königs. Der Zwerg durfte alles sagen, alles! Ich wäre auch lieber ein Zwerg, du nicht? Aber du bist ja wohl einer, hm? Du hast schließlich keine Beine, häh?«

Der Säufer lachte, und der Junge rutschte allmählich aus seinen Armen. Seine Beine glitten auseinander. Stephel riß ihn wieder hoch.

Jem schluchzte trocken. Er hatte einen Schuh verloren, und sein Hemd rutschte immer höher, spannte unter seinen Achselhöhlen.

Stephel war zwar schon immer schlimm gewesen, aber so böse noch nie.

»Sieh her!« Er drehte den Jungen in Richtung der Porträts. »Der Erzherzog von Irion vor tausend Zyklen. Waren es tausend? Oder zehntausend? Seit zehntausend Zyklen oder seit hunderttausend Zyklen haben sie über den Felsen von Ixiter geherrscht. Und wer den Felsen beherrscht, der beherrscht die Tarn! Das weißt du doch, stimmt's? Du mußt es wissen!«

Jetzt zerrte Stephel Jem an den Porträts entlang. Er ging immer schneller, und er redete immer lauter und erregter. Der alte Mann plapperte sinnloses Zeug. Irgendwas über den Erzherzog. Über den König. Über eine Nachricht, die der alte Mann überbringen mußte.

Die Porträts brannten sich in Jems Blick ein.

Immer weiter ging die Reihe, Sohn folgte auf Vater. Jem war ab und zu an den Porträts vorbeigefahren. Wenn er langsam fuhr, schwebten sie dunkel scheinbar in der Luft. Fuhr er jedoch schnell, dann flackerten und blitzten sie auf; aber sie hatten sich ihm nie so aufgedrängt wie jetzt. Einige zeigten junge Männer, andere alte. Einige Männer trugen Bärte, andere waren glatt rasiert. Manche hatten wehende Perücken, wippende Federn. Man sah weiche Hüte und spitze Helme, es gab Rüschenhemden und Puffärmel mit bestickten Manschetten. Hermelin war ebenso zu sehen wie Panzerhemden. Einige hielten Pergamente in der Hand, andere Schwerter. Doch auf jedem der dunklen Ölbilder prangte deutlich sichtbar an der rechten Hand ein funkelnder Ring, der vom Rang des Abgebildeten zeugte. Und die Hände der Männer waren lang und feingliedrig, und in jedermanns Gesicht erkannte man die Züge des Erzherzogs von Irion. Es waren die Züge, die auch Tor aufwies.

Stephel drückte Jem eng an sich.

»Eine edle Linie. Ein tapferes Geschlecht! Sie waren eine Million Zyklen der Krone treu ergeben! Wußtest du das, Junge? Sieh sie dir an! Und ich habe ihnen gedient! Und mein Vater hat ihnen gedient! Und der Vater meines Vaters! Und der Vater des Vaters meines Vaters …« Einen Moment lang schien es, als würde der alte Verwalter zusammenbrechen; er schwankte. Wäre er zu Boden gestürzt, hätte er den Jungen unweigerlich unter sich begraben.

Doch er erholte sich und warf den Kopf in den Nacken. Dann senkte er ihn dicht an Jems Gesicht. Seine laute Stimme schien plötzlich wie eine verstohlene Liebkosung, als er durch seine braunen Zahnstummel zischend fragte: »Weißt du, wer dein Vater ist, Junge?«

Jem schrie. Vergeblich schwang er die Arme zurück. Stephel hielt ihn fest wie eine Marionette. »Laß mich los! Laß mich los!« Er hätte den Säufer am liebsten geschlagen, aber der hielt seine Arme umklammert.

Der alte Mann trank die Flasche leer. Er war gierig. Der Wein lief ihm über sein Kinn und die Hände und tropfte von seinen Lippen. Er schrie plötzlich auf und holte aus, als wollte er die Flasche wegschleudern.

Jem schloß die Augen und wandte sein Gesicht ab. In seiner Vorstellung hörte er, wie die Flasche zerbarst, in einem Regen von Tausenden winziger Scherben an der Täfelung zerplatzte.

Doch statt dessen hörte er ein anderes Geräusch.

»Vater!«

Der alte Mann zuckte zusammen. Er ließ die Hand sinken. Die Flasche fiel auf den Boden und rollte davon. Dann lockerte sich auch der Griff um Jem.

Der Junge brach zusammen und fiel schwer zu Boden. Einige Augenblicke blieb er liegen, ein merkwürdiger Haufen aus verdrehten Gliedern. Eine Wange und ein Ohr preßten sich auf den schmutzstarrenden Boden. Dann robbte er mühsam in Richtung seines Rollstuhls.

Doch es war zu weit. Jem schluchzte und verwünschte seine Schwäche.

»Ach Vater!« wiederholte Nirry kummervoll. Der alte Mann ging sinnlos im Kreis herum und wehrte sich gegen die zupfende Hand seiner Tochter. Erst als er stehenblieb und vor sich hinstarrte, sinnloses Zeug plappernd, fragte die Magd: »Junger Herr, seid Ihr verletzt?«

Jem schwieg. Ihm war heiß, und er ließ zu, daß Nirry ihn wie einen Sack in den Rollstuhl schleppte. Tränen verschleierten seinen Blick, und eine kaum zügelbare Wut brannte in ihm. Wenn er Stephel hätte totschlagen können, hätte Jem es in diesem Moment sicher getan.

Jetzt zupfte Nirry auch an ihm herum. Sie richtete seine Beine, zog an seinem Hemd und strich ihm den Staub von Gesicht und Haaren.

Wütend schlug er ihre Hand weg.

»Verzeiht ihm, junger Herr Jem!« Ihre Hand legte sich wieder auf sein Haar. »Heute ist der Tag. Er gedenkt seiner immer. Der Erzherzog hatte ihm befohlen, die Nachricht zu überbringen, wißt Ihr. An die Blauröcke. Genau heute, vor zwei Zyklen. Ach, ich muß dafür sorgen, daß die Herrin ihn nicht sieht! Ihr werdet doch nichts verraten, junger Herr Jem? Das tut Ihr doch nicht?« Ihre Stimme war leise und freundlich. »Komm, Vater.«

Duckmäuserisch und unterwürfig schlurfte der alte Mann hinter seiner Tochter aus der Galerie.

Jem war allein.

Wo war Barnabas?

Traurig suchte Jem in der Sonne und in den Schatten. Er blickte den dunklen Korridor entlang, der von seinen Rädern verkratzt war. Mit den Handballen drehte er die Räder und blickte auf die niedrige

Gipsdecke. Ein ganzes Spinnennetz aus Rissen zeichnete sich darauf ab. Ein Spalt nach dem anderen durchzog den Gips, und Jem kam der Gedanke, daß eines Tages diese schwere Decke herabstürzen könnte. Dann würde sich eine endlose Staubwolke in dem blassen Sonnenlicht ausbreiten.

Jem griff nach seinen Krücken.

Er würde gehen.

»Eins.« Er zählte die Schritte. »Zwei ...«

Der Junge war neun Schritte weit gekommen und hätte beinah zehn geschafft, als er keuchend vornübersank. Es war so langsam gegangen! Und es war so anstrengend! Er schloß die Augen und stellte sich vor, wie er sich wie ein Vogel in die Lüfte erhob und zu dem Horizont flog, in dem die fahle Landstraße verschwand.

Hinter ihm applaudierte jemand.

Barnabas.

22. *Der Schlüssel zu Umbecca*

Wenn es einen Schlüssel zum Wesen von Umbecca Rench gab, so lag er in ihrer Beziehung zu ihrer Schwester Ruanna. Ruanna war natürlich schon tot, sie war vor vielen Zyklen gestorben, aber sie beherrschte noch immer die Gedanken ihrer Schwester. Umbecca war die ältere der beiden. Sie war ein oder zwei Jahre früher geboren worden. Sobald sie auch nur einen Hauch von Reife zeigten, hatte man gewöhnlich geglaubt, daß der Altersunterschied zwischen ihnen weit größer war. Umbecca kam es so vor, als hätte man sie von frühester Jugend an als alte Jungfer gesehen. Ruanna dagegen wurde, obwohl sie schon in ihrem sechsten Zyklus stand und immer noch unverheiratet war, für eine begehrenswerte Partie gehalten. Bei den Rench-Schwestern hatte die Natur, so schien es, eine dieser grausamen, aber nicht selten vorkommenden Dichotomien von Schönheit und Häßlichkeit geschaffen, um herauszufinden, wie sie beide in der Welt zurechtkamen. Als sie noch Kinder waren, hatte die pummelige Umbecca ihre hübsche Schwester geliebt. Doch mit fortschreitendem Alter hatte sich schleichend Widerwille in ihrem Herzen festgesetzt. Dort war er immer weiter gewachsen, bis er alle anderen Gefühle erstickt hatte.

Aber das war nicht alles, was ihre Beziehung ausmachte. Die Mädchen waren entfernte Kusinen von Lady Lolenda, Ehefrau des verstorbenen und Mutter des jetzigen Erzherzogs von Irion. Dennoch war ihre Lage alles andere als beneidenswert. Die Rench-Familie gehörte zum Mittelstand, oder besser, hätte zum Mittelstand gehört, wenn nicht der Vater der beiden Mädchen, ein Gewürzhändler, einen ganzen Zyklus lang erhebliche Rückschläge im Handel mit der Kolonie von Tiralos erlitten hätte. Als die Mädchen noch jung waren, führte die Familie ein vornehmes Haus in Ollon-Quintal, der begehrtesten Vorstadt von Agondons neuen »Händlervierteln«. Als die Mädchen jedoch verständiger wurden, sahen sie von ihrem Fenster auf die anrüchige Bolbarr-Straße hinaus. Sie waren jetzt in dieser wenig beneidenswerten Lage, in der man zwar nicht ausgesprochen arm ist, sich aber auch nicht in der relativen Sicherheit eines gemäßigten Wohlstandes wiegen kann. Für die Rench-Mädchen bestand das Leben aus einem endlosen Kampf, eine gewisse äußere Form aufrechtzuerhalten, obwohl aller Welt klar war, daß diese Äußerlichkeiten nicht stimmten. Und sie lernten, äußerst geschickt mit Faden und Nadel umzugehen.

An der Reaktion der beiden Mädchen auf ihre Lage hätte man einiges ablesen können. Ruanna war ausgesprochen klug für ihr Alter und begegnete dem Schicksal ihrer Familie mit einer gewissen Ironie. Wäre es nach ihr gegangen, hätte sich Ruanna wohl mit der gesellschaftlichen Position ihrer Familie abgefunden, auch wenn sie weit niedriger war, als sie es sich eigentlich erhofft hatten. Sie hätte vielleicht einen kleinen Kurzwarenladen an der Bolbarr-Straße eröffnet und wäre gut zurechtgekommen. Sie war ein liebenswürdiges Mädchen. Umbecca dagegen brannte vor Ehrgeiz. Sie sah in den Schicksalsschlägen, die ihre Familie getroffen hatten, eine persönliche Beleidigung, eine Kränkung, für die man leidenschaftliche Sühne leisten mußte. Darin war sie die Verbündete ihrer Mutter.

Umbecca trat gerade in ihren fünften Zyklus ein, als ihr Vater starb. Torby Rench hatte sich nie ganz von seinem wirtschaftlichen Zusammenbruch erholt. Zwei Zyklen lang hatte er versucht, die Firma wieder aufzubauen, aber es hatte nicht funktioniert. Dies, zusammen mit der Verachtung seiner Frau und seiner älteren Tochter, hatte ihn früh ins Grab gebracht, das war sicher. Er hinterließ seiner Familie beträchtliche Schulden.

An diesem Punkt trat die bisher so fügsame und stille Ruanna mit einem ernsten Vorschlag an ihre Mutter heran. Daß die Familie so tat, als wäre sie vornehm, meinte Ruanna nachdrücklich, habe mit zum Ruin geführt. Auf der Bolbarr-Straße wäre ein kleiner Laden zu mieten. Das sei ihre Bestimmung. Die Familie sollte all ihre verbliebenen feinen Dinge verkaufen, und sie sollten ihre wahre gesellschaftliche Stellung akzeptieren.

Nichts könnte das Entsetzen beschreiben, mit dem die Familie auf diesen Plan reagierte. Goody Rench war bestürzt und tadelte ihre Tochter heftig. Umbecca unterstützte ihre Mutter. »Wenn du auch nur ein bißchen Grips hättest, Mädchen, würdest du unser Vermögen sichern!« rief Goody Rench wütend. Ruanna wußte nicht, wie sie das meinte, aber sie sollte es bald herausfinden.

Goody Rench hatte nämlich ihre eigenen, heikleren Pläne geschmiedet.

In ihrer vornehmen Armut hatten Goody und ihre ältere Tochter viele Romane gelesen, die Ruanna ihnen stapelweise aus der Leihbücherei am anderen Ende der Bolbarr-Straße holen mußte. Zu Ruannas Verwunderung verbrachten Umbecca und ihre Mutter oft ganze Tage auf dem Sofa und lasen Geschichten wie: *Liebe in verschiedenen Verkleidungen* oder *Marellas wunderbare Hochzeit* und andere, ähnlich frivole Bücher. Die beiden Frauen lagen träge in ihrem schäbigen kleinen Wohnzimmer, stopften sich Kekse in die Münder und romantische Träume von Bällen und Parties in die Köpfe und schwelgten in Momenten, in denen die Heldin schließlich den Hochzeitsantrag des vermögenden Lords, Marquis oder Herzogs akzeptierte.

Und es passierte in diesen Machwerken sehr oft, daß die Heldin aus bescheidenen Verhältnissen zu ihren Abenteuern aufbrach. Diese Verhältnisse waren oft noch bescheidener als die, in denen sich die Rench-Familie zur Zeit wiederfand. Für Goody Rench war die Angelegenheit klar. Schließlich war ihre jüngere Tochter eine Schönheit. Ruanna mußte sich eine vermögende Partie ergattern.

Also wurden die bescheidenen Mittel der Familie von dem Augenblick an darauf verwandt, Ruanna so herauszuputzen, daß sie in der Gesellschaft ordentlich auftreten konnte.

Umbecca war von dem Plan ihrer Mutter gleichzeitig begeistert und angewidert. Begeistert, weil sie hoffte, daß das Familienvermögen wieder aufgestockt werden könnte, und angewidert, weil diese Aufstockung durch die Verkupplung von Ruanna geschehen sollte. Ruanna ihrerseits war einfach nur angeekelt. Aber ihre Mutter hatte eine Kraft, der man nur schwer widerstehen konnte. Während ihre Schwester neiderfüllt zusah, begann bald die neue Ballsaison, und Ruanna war Teil ihres funkelnden Kreises.

Ruanna war bis zu diesem Zeitpunkt von ihrer Familie fast wie eine Dienerin behandelt worden. Jetzt jedoch behandelte man sie wie eine Königin. Aber das hatte keineswegs die Wirkung auf sie, die es vielleicht auf ihre ältere Schwester gehabt hätte. Ruanna hatte einen stark entwickelten Sinn für Ironie. Sie sah in aller Klarheit die Absurdität ihres neuen Lebens. Sie hegte keinerlei Hoffnungen auf eine gute Partie, denn ihrer Auffassung nach war sie nur eines von vielen Mädchen, die sich, wie auch ihre Familie das tat, an die Rockschöße der vornehmen Gesellschaften klammerten. Ihre Mutter war mittlerweile so vom Ehrgeiz zerfressen, daß sie sogar ihrer eigenen Absicht widersprach, falls es denn je ihre Absicht gewesen war, die Familie nur aus ihrer gegenwärtigen verzweifelten finanziellen Lage zu befreien. Denn als ein gutaussehender und gutbetuchter Gewürzhändler um Ruannas Hand anhielt, reagierte Goody Rench empört. Sein feiner Anzug und seine Kutsche nutzten ihm nichts. Ein Gewürzhändler! Sie erwartete einen Baronet, mindestens!

Und auch als kein Baronet aus der Versenkung auftauchte, ließ sich Goody Rench nicht entmutigen. Ruanna hatte gehofft, daß ihre Mutter ihren Plan mit der Zeit aufgeben und einsehen würde, wie klug die Idee mit dem kleinen Laden gewesen war. Statt dessen jedoch entschied Goody Rench, wenn Agondon keinen Baronet für ihre Tochter bereitstellte, war das die Schuld von Agondon. Also sollte die Familie zwischen den Jahreszeiten der Viana und der Javander in die Bäderstadt Varby übersiedeln. Wenn es stimmte, was die Leute redeten, konnten sie hier weit einfacher die Illusion der Vornehmheit aufrechterhalten.

Mittlerweile war Ruanna mehr als gelangweilt; nur die Liebe zu ihrer Mutter hielt sie davon ab, diesen ganzen albernen Plan zu verwerfen. Aber da war noch etwas: Während sie die Verrücktheiten des mondänen Lebens beobachtete, hatte Ruanna angefangen, sich kleine Notizen zu machen, Szenen, Versatzstücke, kleine Verse. All das zunächst nur zu ihrer eigenen Belustigung – nicht mehr.

Doch dann wurde es allmählich mehr. In der Nacht, wenn ihre Mutter und ihre Schwester schliefen, begann Ruanna insgeheim an einer Geschichte zu schreiben.

Sie schrieb einen Roman.

Als der Roman abgeschlossen war, suchte Ruanna den Rat des jungen Mannes hinter dem Tresen der Leihbücherei. Wie der Zufall so spielt, hatte Ruanna ihn nämlich liebgewonnen. Er wußte, was zu tun war, und einen Monat später standen drei Bände von Ruannas Roman in seinem Regal. Ruanna bedankte sich bei dem jungen Mann mit einem strahlenden Lächeln und konnte nicht widerstehen, sie den beiden eifrigen Kitschleserinnen in dem schäbigen Wohnzimmer am anderen Ende der Bolbarr-Straße unterzuschieben. Wie würden die beiden darauf reagieren?

Ruanna hatte, selbstverständlich, nicht ihren Namen benutzt. Der Roman erschien unter dem Namen einer »Miss R ...«. Mutter und Becca würden es nicht merken. Sie würden nicht die geringste Ahnung haben!

An diesem Nachmittag mußte »Miss R ...« an sich halten und konnte nur insgeheim lachen, während ihre Schwester völlig versunken in die Seiten von *Beccas Erster Ball* auf dem Sofa lag. Ruanna war etwas leichtsinnig gewesen, was den Namen ihrer Heldin anging. Umbecca aber war so fasziniert, daß sie sogar vergaß, sich mit Sahnekeksen vollzustopfen, die ihre Schwester gehorsam vor ihr aufgehäuft hatte.

Für Ruanna war das alles nur ein ungeheurer Witz. Sie hätte niemals erwartet, daß die Gesellschaft von Ejland genauso auf *Beccas Erster Ball* reagieren würde wie ihre Schwester. Das Buch, als Briefroman angelegt, war ein Sensationserfolg. Ein junges Mädchen, das ihr Debüt in der vornehmen Gesellschaft von Agondon gab, hatte die Geschichten angeblich geschrieben. Der Roman war sowohl ironisch als auch bewegend, satirisch und sentimental, komisch und traurig. Ohne es eigentlich zu wollen, hatte »Miss R ...«, und zwar auf äußerst brillante Weise, die romantischen Absurditäten der Romane aus der Leihbücherei mit einer scharfen und präzisen Beobachtungsgabe des wirklichen Lebens kombiniert. Das Ergebnis war faszinierend. Schon bald lasen alle vornehmen Damen von Ejland, und auch viele Herren, ihre Bücher und wurden abwechselnd ohnmächtig oder lachten über die Erfahrungen von Becca. Und natürlich machten jede Menge Spekulationen über die Identität von »Miss R …« die Runde.

Aber sie sollten es niemals herausfinden.

Hätte Ruanna sich der Welt in diesen ersten überschwenglichen Tagen ihres Erfolges offenbart, hätte sie ohne jeden Zweifel die lukrative Partie machen können, von der ihre Mutter träumte. Doch Ruanna hatte andere Pläne. Sie wollte das Familienvermögen durch würdigere Methoden retten.

Sie arbeitete während des nächsten Zyklus immer noch unter dem Pseudonym »Miss R …« und produzierte in rascher Folge drei weitere Romane. *Die Magd einer Lady? Eine Lady!* war das zweite Werk aus ihrer Feder, dann folgten *Ehe und Krieg* und *Der dornige Pfad zur Ehe*. Wenn auch keiner dieser drei Folgebände die Frische des Erstlingswerkes *Beccas Erster Ball* besaß, was daran lag, daß Ruanna jetzt viel aus den Romanen der Leihbibliothek schöpfte, so war ihnen dennoch beträchtlicher Erfolg beschieden. Ruanna konnte kaum den Tag erwarten, an dem sie die Schulden der Familie abbezahlt und ihnen mäßigen Luxus und Unabhängigkeit erschrieben hatte. An den kleinen Laden dachte sie jetzt nicht mehr. Sie konnte sich nun endlich eingestehen, daß ihre Mutter und ihre Schwester dafür einfach zu faul waren.

Mittlerweile stand Ruanna nicht mehr in der Blüte ihrer Jugend, aber sie erhielt trotzdem Avancen von einer gänzlich unerwarteten Seite. Ihr Cousin Jorvel Ixiter, der Erbe von Irion, war zu dieser Zeit mit seinem vornehmen und protzigen Regiment in Agondon stationiert.

Er kam, um ihr seine Aufwartung zu machen.

Jorvel war etwa einen Zyklus jünger als seine Cousine, aber er war dennoch sofort von ihrem Charme fasziniert. Das überraschte ihn, denn Jorvel war bereits ein übersättigter Lüstling, obwohl er gerade erst die Schwelle zum Mann überschritten hatte. Er dachte, er wäre aller Frauen überdrüssig. Sich eine Frau zu suchen, eine *Ehefrau*, kam ihm wie eine unmögliche Aufgabe vor, eine Angelegenheit, die nur verzweifelten Wirrköpfen anstand. Doch seine Cousine Ruanna hatte Esprit, Feuer und einen Charme, der ganz und gar einmalig war.

Er gestand ihr seine Leidenschaft.

Es war eine großartige Liebeserklärung, eine, die Ruanna tatsächlich wortwörtlich in *Der dornige Pfad zur Ehe* übernehmen sollte. Die Familie Rench hatte keinerlei Hoffnungen auf diese verwandtschaftliche Beziehung gesetzt, und dann bot sich ganz unerwarteterweise die Verbindung, von der Goody Rench immer geträumt hatte.

Es gab nur ein einziges Hindernis zu dem Erfolg dieser Kuppelei: Ruanna verachtete ihren Cousin. Für sie war er ein unreifer Egoist und ein Langweiler, und sie ließ ihn abblitzen.

Jorvel war am Boden zerstört, aber er versuchte es jeden Morgen aufs neue bei Ruanna, weil er hoffte, daß ein neuer Tag vielleicht ihre Meinung geändert haben mochte. Er konnte einfach nicht glauben, daß sie meinte, was sie sagte. Ruanna empfing ihn stets höflich, aber nach einer gewissen Zeit verabschiedete sie ihn. Verrückterweise schien sie der ganze Aufruhr, den sie verursachte, nicht zu stören. Es interessierte sie einfach nicht, so schien es jedenfalls, daß sie die Verantwortliche dafür war, die einzige, ganz und gar verantwortliche Person, daß gleich drei Menschen unglücklich waren.

Goody Rench war natürlich ebenfalls bestürzt und Umbecca nicht weniger. Goody Rench verkroch sich in ihr Bett und verkündete, sie werde sterben. Umbecca dagegen konnte nur selten in ihrem Bett bleiben. Sie schlief schlecht. Ihre Nerven waren zerrüttet. Sie zügelte sogar ihre ständige Fresserei.

Die Quelle für Umbeccas Gefühle war allerdings nicht dieselbe wie bei ihrer Mutter. Es dauerte lange, bis sie es sich selbst eingestehen konnte: Sie liebte Jorvel. Er war der bestaussehende Mann, den sie jemals gesehen hatte. Eine Verkörperung von Perfektion in seiner prächtigen roten Uniform. Sie verehrte ihn, aber er hatte nur Augen für die hartherzige Ruanna.

Ein anderes Mädchen hätte vielleicht einen derart blinden Freier verachtet. Nicht so Umbecca. Ihre Verachtung für Ruanna dagegen erklomm jetzt ein fast untolerierbares Maß. Sie glaubte absurderweise, daß Jorvel sie lieben würde, wenn Ruanna nicht wäre, und sie glaubte, vielleicht noch absurder, daß sie Ruanna nur bestrafen müßte, dann würde Jorvel seine Gunst schon ihr, Umbecca, zuwenden.

Zu dieser Zeit fand Umbecca das Manuskript im Schreibtisch in Ruannas Zimmer. Ruanna war leichtsinnig geworden, und als ihre Schwester in ihrem Fund blätterte, beschlich sie ein furchtbarer Verdacht.

War das möglich?

Sie durchwühlte den ganzen Schreibtisch und stellte die Regale auf den Kopf.

Was sie in einer Schachtel in der dunkelsten Ecke in Ruannas Schrank fand, ließ Umbecca erbleichen.

Es stimmte!

Ruanna war »Miss R …«!

Diese Entdeckung war ganz besonders schrecklich für Umbecca Rench. Sie würde diesen Moment später als den schlimmsten in ihrem ganzen Leben bezeichnen. Und das Schreckliche war folgendes: daß die Enthüllung Ruannas Reiz nicht nur nicht zerstörte, sondern sogar noch massiv untermauerte! Zu welcher Intensität mochte sich Jorvels Liebe bloß aufschwingen, wenn er erfuhr, daß seine Geliebte auch noch Ejlands gefeierte Romanautorin war? Das durfte er nie erfahren!

Aber Umbecca fühlte sich zerrissen. Im Besitz einer solchen Information zu sein und sie dann niemandem verraten zu dürfen, war eine wahre Verschwendung. Sie nahm sich zwar vor, es niemandem zu sagen, und ganz sicher nicht Jorvel, aber sie konnte doch nicht widerstehen, ihrer Mutter gegenüber einige bittere Andeutungen fallenzulassen. Ihre Mutter würde gewiß wütend darüber sein, daß ihre Tochter, für die sie so viel geopfert hatte, die ganze Zeit ein solches Geheimnis vor ihr verborgen hatte.

Die bitteren Andeutungen häuften sich.

»Sie ist ›Miss R …‹!« schrie Umbecca am Ende eines Wortwechsels schließlich. »Begreifst du das denn nicht, Mutter? Ruanna ist ›Miss R …‹!«

Und in dem Augenblick ereignete sich der grausamste Teil der Geschichte. Zwar hatte Umbeccas Mutter oft genug angekündigt, daß sie sterben würde, aber keiner hatte erwartet, daß es tatsächlich eintreffen würde.

Jetzt passierte es.

Goody Rench war nie eine sehr kräftige Frau gewesen. Unvermittelt rebellierte ihr Wesen gegen diese endlosen, grämenden Qualen absurder Emotionen, denen sie sich so viele Zyklen lang ausgesetzt hatte. Diese letzte Enthüllung war zuviel, aber ob sie von Ärger oder Freude überwältigt wurde, würde Umbecca niemals erfahren. Ein gewaltiger Blutschwall schoß aus dem Mund ihrer Mutter, und dann fiel die alte Frau tot auf ihre blutigen Kissen zurück.

Es Ruanna erzählen zu müssen war das Schlimmste.

Ruanna war entsetzt, und als sie herausfand, welche Enthüllung ihre Mutter getötet hatte, steigerte sich ihr Entsetzen noch.

Umbecca war verlegen. Sie machte ihrer Schwester bittere Vorwürfe, daß diese heuchlerisch gewesen wäre. Was sie nicht begriff, war, daß Ruanna ihre Mutter geliebt hatte, und zwar mehr, als Umbecca es jemals getan hatte. Manchen mochten die Gewissensbisse, die Ruanna verzehrten, absurd vorkommen, so absurd wie der Ehrgeiz, der ihre Mutter gepackt hatte, und der Neid und die Bosheit, die ihre Schwester angetrieben hatten. Am Tag nach der Beerdigung ihrer Mutter nahm Ruanna Jorvels Antrag an.

Es war eine brillante Verbindung, jedenfalls schien es allen Leuten so. Kurz danach starb Jorvels Vater, und er kehrte nach Irion zurück, um seinen Titel anzunehmen. Umbecca begleitete das Paar, um die Rolle als Gesellschafterin ihrer Schwester zu erfüllen und dann, wenn Kinder kamen, als Kindermädchen zu dienen.

Ruanna mochte vielleicht ihren Ehemann nicht lieben, aber sie liebte ihre beiden Kinder und war stets freundlich zu ihrer Schwester. »Miss R …«, die geheimnisvolle Autorin, sollte nur noch einen einzigen Roman schreiben, etwa einen Zyklus später. Er hieß *Die Schönheit der Täler*, aber das Werk wurde allgemein als schwächer eingestuft, und »Miss R …« veröffentlichte keine weiteren Romane mehr.

Das wenigstens hätte Umbecca befriedigen sollen. Aber das tat es nicht, genausowenig wie das Wissen, daß Ruannas Ehe offensichtlich unglücklich war. Denn letztendlich hatte Ruanna, als sie dieses Opfer brachte, das einzige genommen, was ihre Schwester wirklich wollte. Das würde sie ihr nicht verzeihen. Vier Zyklen waren seit Ruannas Tod verstrichen, und dennoch dachte Umbecca jeden Tag an sie.

Sie las von dem Tag an keine Romane mehr.

23. *Die Vision*

Es war der Anfang einer verzauberten Zeit.

Zunächst jedoch schien es nur eine unangenehme zu werden. Jems neun Schritte hätten vielleicht auch das Werk eines spottenden Zufalls sein können. Es vergingen Tage, bis der erschöpfte Junge sich wieder aufraffen konnte. Und noch länger dauerte es, bis er zuversichtlich seine Krücken nehmen und sich durch den glatten Flur der Galerie bewegen konnte. Aber schon bald wurde ihm klar, daß er es schaffen konnte. Sein gebogenes Bein war kräftiger, als er gedacht hatte, und es konnte für einen Augenblick sein Gewicht tragen, während er die Krücken vorschwang. Das war der schwierigste Teil, wenn er seinen Oberkörper vorbeugen mußte, um den nächsten Schritt zu tun. Während er sich wappnete, kehrte das Brennen in seinen Armen und seinem Rücken zurück, aber diesmal war es weniger scharf.

Langsam, während der kalten Jahreszeit des nächsten Jahres, bewältigte Jem die langen, fließenden Schritte, die er brauchte. Wie er das leichte Rollen seines Stuhls vermißte! Aber dann begriff er, mit einem Anflug von Trauer, daß der Rollstuhl nicht mehr der Freund vom Anfang war. Er stand wartend am Ende der Galerie, damit sich Jem wieder hineinsetzen konnte, und war jetzt nicht mehr ein Symbol des Sieges, sondern der Niederlage. Am Ende jeden Versuches mit den Krücken ließ sich Jem erschöpft in das knarrende Weidengeflecht fallen und sehnte sich danach, wieder aufzustehen. Er war mißgestaltet, das wußte er, aber wenn er stehen und gehen wollte und nicht nur auf Rädern rollen, dann mußte er stehen und gehen.

Aber das geknickte Bein bereitete ihm Kummer. Es wollte einfach nicht mit dem Schwung seines Körper vorkommen, und immer und immer wieder verhakte sich sein Fuß an dem gebogenen Bein. Es glitt zur Seite, behinderte die Krücken. Barnabas entwickelte ein beträchtliches Geschick darin, hinter seinem Freund herzulaufen und den widerspenstigen Fuß zu packen! Es war gefährlich. Sie waren beide mit Beulen übersät. Und Jem fiel immer wieder hin. Gewöhnlich auf Barnabas.

Oft lachten sie.

Und manchmal weinten sie auch.

Ab und zu, wenn Jem zu oft hingefallen war, wenn er sich nicht einmal mehr allein in den Stuhl ziehen konnte, wollte er aufgeben. Mehr als einmal jammerte er: »Es wird nichts! Es wird nicht klappen!« Wieder klapperten die Krücken auf dem Boden, und wieder hallten Jems Qualen in dem kalten, abweisenden Korridor. Dann sah Barnabas ihn mit eindringlichen, feuchten Augen an, und Jems Verzweiflung verschwand so rasch wie Schnee unter den warmen Strahlen der Jahreszeit der Viana. Dann lachte Jem und rief: »O Barnabas, ich bin ein Narr!«

Und das stimmte. Vom ersten zögernden Schritt an hatte Jem gewußt, daß dies sein Leben ändern würde. In dem Jahr, als die Jahreszeit der Viana in die Täler zurückkehrte, begannen Jem und sein kleiner Freund mit einem großen, geheimen Vorhaben.

Bis jetzt war nur die Galerie Ort ihrer nachmittäglichen Expeditionen gewesen. Jetzt, als Jem mit größerer Sicherheit ging, beschloß er, daß es Zeit wurde, ausgedehntere Ausflüge zu unternehmen. Barnabas stimmte mit glänzenden Augen zu. Zwei Zyklen lang hatte der Junge in dem Labyrinth der Burg gelebt, aber er kannte bis auf ein paar Zimmer so gut wie nichts von ihr. Jetzt würde ihn der Zwerg in die Schatzkammern führen, die Horte, aus denen die Kerzenständer, die Trinkbecher und die Schilde stammten.

In den folgenden warmen Tagen, in denen das Sonnenlicht golden über die efeuberankten Wände glitt, machten sich die beiden Freunde daran, die Burg zu entdecken. Es war eine Reise, die in kleinen Schritten vonstatten ging. Sie kehrten immer wieder zu dem Ort zurück, von dem aus sie aufgebrochen waren. Die Mission wurde unternommen, wenn Jems Mutter schlief und seine Tante, die das nicht gebilligt hätte, nicht zu sehen war. Wenn es eine Schatzsuche war, dann war der Schatz das Staunen, und es war ein Abenteuer, in dem der Held immer pünktlich zum Tee zu Hause war.

Und sie war von Peinlichkeiten gesäumt. Der Zwerg mit seinen kurzen Beinen keuchte und schnaufte, der Krüppel stolperte mit seinen Krücken über die Treppen. Jeden Tag erlebten sie eine Krise. Aber Jem vergaß sie, wie er auch die verschiedenen Anläufe vergaß. Das Abenteuer war eine Spur, die man nicht verlassen konnte, eine unwiderstehliche Fährte, der man einfach folgen mußte, unausweichlich, bis man ihr Ende erreichte. In seiner Erinnerung sah sich Jem wie ein Gespenst nacheinander durch die Zimmer dieses uralten Gebäudes schleichen.

Und was er alles sah!

Die Große Halle, einstmals das Zentrum des Burglebens. Sie lag offen da, und der Himmel schaute durch die zerstörte Decke herein. Farne und Blumen überwucherten die umgekippten Bänke und verfallenen Balken, und der Efeu schwang pendelnd von der Galerie herab, während seine Wurzeln in der Luft hingen.

Er sah die finstere Bibliothek, die unter einer dicken Schicht von Spinnweben verborgen war. Der stechende Geruch der verrottenden Bücher drang ihm in die Nase; er sah die Kapelle, schwarz von Flammen, wo immer noch Asche hochflog, wenn Füße oder Krücken den Boden berührten.

Die Waffenkammer war geplündert, bis auf einige wenige verstreute Reste. Es gab Äxte mit zerborstenen Stielen, zerfetzte Standarten, und in einer Ecke wachte eine rostige Rüstung.

Jem sah die Räume des Erzherzogs und auch die Gemächer, in denen der König residiert hatte. Die einstmals prächtigen Räume waren jetzt bloße Ruinen. Die Decken waren heruntergesunken, und die Böden bogen sich nach oben. Die Täfelung war zerborsten. Wandteppiche waren zerrissen, Sofas und Betten waren eingesackt. Ihre Bezüge bestanden fast nur noch aus schwarzem Schimmel.

Überall wimmelte es von Ungeziefer. Ratten, Spinnen, Käfer und Würmer tummelten sich hier. Die Wände waren feucht, und überall sah man schleimige Pfützen. Unter schmutzigen Schränken gähnten stinkende Löcher.

Trotzdem war Jem von dieser Reise wie verzaubert.

Er stieg zu einem Dachboden hoch, in dem sich allerlei Krimskrams befand. Es gab vollgestopfte Kommoden und Stapel von Pergamenten, Bilder, zusammengerollte Landkarten und mottenzerfressene Kleider.

»O Barnabas!« meinte Jem atemlos und ließ sich langsam auf den staubigen Boden sinken. Ein langer, leiser Akkord ertönte, als der Junge umständlich, aber eifrig seine steifen Beine auf einen Teppich legte, der nach Schimmel stank. Sonnenstrahlen schienen durch Löcher des Dachs und durch das von Spinnweben überzogene Gebälk und bildeten kleine Wärmekegel. Es erwärmte die Stoffe und ließ die verstaubten Metalle matt funkeln, die sich in dem ganzen Durcheinander verbargen.

Jem seufzte. Wie viele Jahreszeiten hatte er davon geträumt, daß er auch so gehen konnte, wie Barnabas es tat. Er hatte sich ausgemalt, daß auch er Dinge zurückbringen konnte. Beute! Immerhin, dort, wo sie schon gewesen waren, hatte Jem bereits einen kleinen Holzsoldaten gefunden, dessen angeschlagene Uniform noch rote Farbflecken aufwies. Er hatte einen Anhänger mit dem Siegel des Herzogs gefunden und zahllose rote und blaue Pfeilspitzen aufgesammelt. Eines Tages hatte er sogar eine ganze Tasche mit Musketenkugeln gefunden. Jeder neue Besitz war im Triumph zum Alkoven gebracht worden. Es gab ein Buch mit Scherenschnitten, ein Kartenspiel, sogar eine wunderbare ausgestopfte Krähe, die auf dem Kaminsims thronte und mit ihren starren Augen glotzte, bis Nirry sie mit einem erschreckten Aufschrei ins Feuer warf.

Aber hier oben gab es ungeahnte Schätze. Jem wußte gar nicht, wo er anfangen sollte. Er saß auf dem weichen Teppich und griff als erstes zu einer bemalten hölzernen Krone. Ein kleines Stück Goldfarbe blätterte ab, als er sich die Krone auf den Kopf setzte und sich lächelnd zu Barnabas umdrehte. Der betätigte seine Drehorgel und spielte ein Lied, das Jem schon einmal gehört hatte, aber er wußte nicht genau, wann. Wie immer schien die merkwürdige Musik sich in der Luft aufzulösen und in dem Moment aus der Erinnerung zu verschwinden, in dem sie gespielt wurde.

Als nächstes entrollte Jem ein Pergament. Es war eine uralte Landkarte, die die Konturen eines Königreichs von Inseln zeigte. Das Pergament war brüchig und die Tinte verblaßt, und obwohl Jem das Alphabet beherrschte, konnte er die Worte nicht entziffern, die auf die zackigen Landmassen gemalt waren. Ein Schiff und ein Wal, der eine hohe Fontäne ausstieß, waren ins Meer gemalt, und in der Ecke der Landkarte gab es einen spitzen Kompaß, der in Richtung Norden geneigt war.

Die Landkarte verwirrte Jem, aber nach einem Augenblick legte er sie beiseite. Dann zog er an einer Leine mit einer Quaste, die einen winzigen, staubigen Erdrutsch auf dem Deckel einer schweren Kiste auslöste. Ein Schal mit eingewirkten Goldfäden fiel ihm über die Beine. Er fühlte sich merkwürdig schwer an, als Jem ihn zu sich heranzog. Es war ein prächtiger Schal, aber er verbarg noch etwas Merkwürdigeres, Wunderbareres. Es war etwas darin eingewickelt.

Eine kleine Silberdose, die hell glänzte, als Jem sie hochhielt. Die Füße unter jeder Ecke waren wie Klauen geformt, und der Deckel sowie die Seiten waren verschwenderisch mit gewundenen Mustern verziert. Es hätten auch Hieroglyphen in einer längst untergegangenen Sprache sein können. Der Deckel war fest verschlossen. Was verbarg sich wohl darin? An der Vorderseite der Dose befand sich ein Schlüsselloch, aber obwohl Jem den Schal noch einmal untersuchte und auch in dem Krimskrams wühlte, konnte er keinen passenden Schlüssel finden.

Er stellte die Dose vor sich auf den Teppich. Dann drehte er sich bittend zu Barnabas um. Der Zwerg spielte einfach weiter, ohne eine Miene zu verziehen, aber später kam es Jem so vor, als hätte sich die Melodie geändert, zwar nur wenig, aber doch entscheidend, als führe sie ihn durch dämmrige Korridore des Geistes an einen Ort, wo er noch nie gewesen war. Die Musik ließ seine Haut prickeln, und Jem überkam das Verlangen, die Dose noch einmal zu berühren. Diesmal versuchte er es nicht mit Gewalt, sondern strich mit den Fingern vorsichtig tastend über das ziselierte Silber. Als er unter dem Rand der Verzierung entlangglitt, wußte Jem instinktiv, wonach er suchte. Die Dose hatte gar keinen Schlüssel, sondern einen Haken. Einen geheimen Haken. Der Deckel sprang auf, aber nur ein bißchen; beinah ehrfürchtig öffnete Jem ihn weiter. Und noch weiter.

Die Dose war leer. Darin war nur Dunkelheit: ein Futter aus weichem, schwarzem Filz.

Jem war enttäuscht und blickte hoch. Jetzt schien das Sonnenlicht beinah schmerzhaft hell in diese staubige, verlassene Welt, und der Junge schirmte seine Augen ab. Als er dann noch einmal in die Dose sah, bemerkte er, daß sie vielleicht doch nicht leer war. War es eine Illusion? Denn es kam Jem so vor, als würde der schwarze Filz anfangen zu vibrieren und dann rötlich, unirdisch schimmern. Während er zusah, schienen die hellen Lichtstrahlen und die bunten Farben des Bodens um ihn herum zu verblassen. Dann verblaßten selbst Barnabas und seine Musik, und der Junge war plötzlich allein.

Jetzt gewann das Glühen Gestalt, eine Form. Erstaunt sah Jem, daß auf dem schwarzen Filz der Dose ein rötlicher, glühender Schlüssel lag.

Er hielt den Atem an und zögerte, den Schlüssel zu berühren.

»Jem.«

Der Junge blickte hoch. Von derselben rötlichen Aura umgeben, wie sie in der Dose leuchtete, beugte sich eine Gestalt über ihn. Eine große, schlanke Gestalt, die das Narrenkostüm eines Harlekin trug. Eine silberne Maske verbarg das Gesicht des Harlekin.

»Tor!«

Aber war es wirklich Tor? Jem würde es nie erfahren, denn während er Tors Namen aussprach, griff er, weil er nicht mehr widerstehen konnte, in die Dose. Er wollte den Schlüssel nehmen und ihn triumphierend, warum, konnte er nicht erklären, dem Harlekin reichen.

Aber er konnte es nicht. Denn der Schlüssel verschwand in dem Moment, in dem er ihn berührte.

Ebenso wie der Harlekin.

Es war, als wäre für einen Augenblick ein Fensterladen geöffnet gewesen und dann wieder geschlossen worden. Anschließend war alles wie zuvor.

Nur eines war anders, obwohl Jem einen Moment brauchte, bis er es merkte. Barnabas. Der Zwerg hatte aufgehört zu spielen, und als Jem sich umsah, lächelte er. Sein Freund schlief, und sein Kopf war auf die Drehorgel gesunken. Der zahnlose Mund des Zwerges stand schlaff offen.

Jem rieb sich die Augen. Hatte er ebenfalls geschlafen? Er mußte geträumt haben. Aber was für ein merkwürdiger Traum das gewesen war! Er war beunruhigt und seltsam rastlos.

Neugierig betrachtete Jem die leere Dose. Als sie den Dachboden verließen, ließ er alle Dinge zurück, die sie gefunden hatten. Nur die Dose nahm er mit und suchte im Alkoven einen besonderen Platz für sie, in einem Spalt oder einer Nische über dem Kamin, wo sich ein Ziegel gelockert hatte.

»Was für eine hübsche Jarvel-Dose«, sagte Nirry am Abend.

»Jarvel-Dose?«

»Vornehme Leute verwahren ihre Jarvel-Blätter darin. Zum Rauchen, würde ich sagen.« Die Magd kicherte. »Ich nehme an, daß jetzt keine Blätter darin sind.«

Sie wollte nach der Dose greifen, doch aus irgendeinem Grund überlegte sie es sich anders und ließ die Hand wieder sinken. Jem sollte diese Dose oft herausholen und versonnen hineinblicken. Manchmal, wenn er mitten in der Nacht aufwachte, lag er da und sah zu, wie die silbernen Mondstrahlen auf dem alten, schweren Silber glänzten. Eine merkwürdige Ahnung erfüllte den Jungen, und er dachte wieder an seinen Traum von dem glänzenden roten Schlüssel.

Es mußte eine Botschaft gewesen sein. Ein Zeichen.

Aber was sollte es bedeuten?

Die Suche war beinahe vorüber.

Am nächsten Tag führte Barnabas Jem immer weiter hinunter. Am Boden der rutschigen Treppe sah er die feuchten Kellergewölbe. Im Licht einer knisternden Fackel sah er Reihen von Fässern mit Metallreifen und dunkle Flaschen unter einer dicken Staubschicht. Am weitesten unten, nur durch eine Falltür zu erreichen, die zu durchqueren für die beiden Freunde zu gefährlich war, sah er enge Zellen mit schweren, eisenbeschlagenen Türen. Er sah eine niedrige Kammer mit spitzen Gestellen und geheimnisvollen Stöcken, Hebeln und Rädern.

»Barnabas, was ist das hier?«

Der Zwerg, der nicht antworten konnte, spielte eine melancholische Melodie. Da fühlte sich Jem merkwürdig niedergeschlagen. Es war das Gefühl von etwas Bösem, und er fragte sich traurig, ob ihre Expedition so enden sollte.

Das tat sie jedoch nicht. Der Kerker war nur eine Station ihres Weges. Am nächsten Nachmittag bedeutete Barnabas Jem, daß sie nun den mühsamsten Teil ihrer Suche in Angriff nehmen mußten. Sie waren im Inneren der Burg gewesen, jetzt folgte ein Aufstieg, höher, als sie ihn bisher je unternommen hatten.

Selbst in seiner Erinnerung kam es ihm nicht leicht vor. Die Reise führte eine unaufhörliche Spirale empor. Treppe folgte auf Treppe, die Stufen wurden immer schmaler, und es wurde immer finsterer. Sie gingen ständig an den zylindrischen Wänden im Kreis herum.

Jems Muskeln taten weh. »Barnabas, wie lange noch?«

Sie verschnauften, und Barnabas spielte die Drehorgel.

Sie stiegen weiter.

Sie legten eine Pause ein.

»Barnabas, ich kann nicht mehr!«

Jem kämpfte gegen den Schmerz. Er biß sich auf die Lippen und kaute auf den weichen Innenseiten seiner Wangen.

»Licht? Endlich!«

Er stelzte mit den Krücken voraus. Gequält kroch er aus dem tiefen Schacht des Treppengewölbes. Der Schmerz in seinem Rücken war noch nie so stark gewesen. Er atmete keuchend und stoßweise.

Aber Jems Qualen sollten sich in reine Freude verwandeln.

»O Barnabas!«

Die Sonne glitt wie Balsam über seinen erschöpften Körper. Warme Winde wehten, und als Jem sich endlich aufrichtete, hielt er die Luft an. Diesmal jedoch nicht vor Schmerz, sondern vor Erstaunen.

In den ruhmreichen Zeiten der Burg hatten sich vier Türme gebieterisch über dem Burgfried erhoben. Einer für jede Himmelsrichtung auf dem Kompaß. Jetzt lagen drei in Trümmern, der nördliche, der östliche und der westliche Turm. Der Zwerg hatte ihn auf den südlichen Turm geführt.

Ob das der Turm ist, auf den Nova-Riel gestiegen ist? dachte Jem.

Ihm wurde klar, daß er jetzt, auf dem höchsten Punkt der Burg, höher stand als alle anderen Menschen in den Tälern der Tarn.

Vielleicht sogar in ganz Ejland.

Fasziniert sah der Junge von den bröckelnden Zinnen hinunter. Hinter der Burg erhob sich wie ein blendendes Laken aus Kristall die eisige Ungeheuerlichkeit des Kolkos Aros. Ein Gefühl der Ehrfurcht erfaßte den Jungen. Er sah auf die weißen Berge und hätte am liebsten die Krücken weggeworfen, um hilflos auf die Knie zu sinken und sich bereitwillig zu unterwerfen. Weiße Wolken zogen hoch über ihm vorbei.

Schließlich drehte sich Jem um. Vor der Burg, hingestreckt vor ihrer erhabenen, felsigen Plattform, lagen die fruchtbaren Weiden und Wälder der Täler. Sie waren so weit unten. Vom Turm aus gesehen wirkten selbst die Gebäude der Burg klein. Fasziniert blickte er hinunter auf die zerstörten Wirtschaftsgebäude, den zerschmetterten äußeren Wall, die Zugbrücke, die den Morast des Burggrabens überspannte. Das Dorf sah aus wie auf einer Landkarte aufgemalt. In der Mitte der Dorfanger, der Tempel und der Friedhof, dahinter die gedrungenen Häuser, die Felder der Bauernhöfe, die wie ein Flickenteppich aussahen.

Er betrachtete die Szene lange und genüßlich.

Jem vergaß seine Krücken und lehnte sich an eine der steinernen Zinnen. Barnabas kletterte ebenfalls hinauf und setzte sich mit gekreuzten Beinen in die nächste Nische. Er entlockte der schweren Drehorgel vor seiner Brust eine geheimnisvoll mystische Musik. Dort blieben sie sitzen, verloren in ihre Träumerei, bis der warme Wind von der Abendkühle vertrieben wurde.

Eins jedoch hob sich von allem anderen ab.

Als Jem das Flickwerk der Felder des Tals betrachtete, bemerkte er eine Landstraße, die in der Jahreszeit der Hitze staubig-weiß wirkte. Sie führte vom Dorf nach Süden. Er folgte ihr mit seinem Blick. Sie lief über Hügel und durch dichte Wälder, drehte und wand sich mit den Konturen der Erde. Er folgte ihr bis zum fernen Horizont, und da dämmerte Jem, daß es sich um die Landstraße auf dem Bild handelte. Es war die Straße, der er in seinen Träumen folgte, über deren fahle Oberfläche er glitt, während Barnabas spielte wie in diesem Augenblick. Wohin sie führte, wußte Jem nicht, er wußte nur, daß Tor, der Abenteurer, dort irgendwo auf ihn wartete.

Komm, Jem, komm schon!

Nach diesem Tag war Jem nicht mehr derselbe. Etwas in ihm hatte sich verändert. Ihm war etwas klargeworden, aber was genau es war, konnte er nicht sagen.

Es war Jems glorreichster Tag.

Allerdings sollte er nicht glorreich enden.

24. Eine Entdeckung

Klick-Klick. Klick-Klick.

Es waren sehr schwache Klicks. Umbecca war in eine leichte Trance gefallen. Ihre Hände bewegten sich wie ein Uhrwerk, und das Klicken der Nadeln und die Trägheit des warmen Tages ließen sie beinah einschlafen. Wie ihre Nichte, die in ihrem Himmelbett schlief und in einem langsamen Rhythmus atmete. Die fette Frau saß auf dem Sofa vor dem Kamin, der von allen Ascheresten befreit war. Ab und zu fielen ihr in der stickigen Wärme die Augen zu. Die Jahreszeit der Viana ging wieder in die glühende Zeit des Theron über. Wie warm es war! Aber es würde nicht anhalten. Das Klick-Klick von Umbeccas Nadeln verriet ihre Vorbereitungen für die kalten Monate, die bald genug wiederkehren würden. Sie strickte einen Schal.

Klick-Klick. Klick-Klick.

Umbecca lächelte und begann eine neue Reihe. Aber ihr Lächeln wirkte unecht. Später, noch vor dem Abendessen, würde sie in ihre Zelle zurückkehren und erst wiederkommen, wenn sie die Litanei heruntergebetet hatte, die sie jetzt fünfmal täglich wiederholte. Es war ein Versprechen, und es war eine Buße. Wenn Umbecca die langen, rhythmischen Verse murmelte, erneuerte sie immer wieder ihren Schwur, noch glühender in ihrem Glauben zu werden.

Herr Agonis, morgen werde ich dir treuer dienen:
Ich werde nach dir mit Augen suchen, die so eifrig
sind, daß meine Augäpfel platzen und bluten sollen.
Ich werde für dich mit meinen Händen so eifrig arbeiten,
daß meine Hände schwellen und bluten sollen.
Ich werde dich so fest in mein Herz schließen, daß mein
Herz aufplatzen und bluten soll.
Herr Agonis, morgen werde ich dir noch treuer dienen …

Unaufhörlich wiederholte Umbecca diese Litanei und folgte ihr durch ihre verschlungenen Verse. Aber immer wieder lief es auf morgen hinaus. Morgen. Spielte denn die Vergangenheit keine Rolle? Sie konnte befleckt und für immer verdorben sein, aber Tugend konnte nicht, wie Laster, entfernt werden. In den Augen ihres Gottes, das glaubte Umbecca, würde die Vergangenheit ihrer Nichte immer gegenwärtig sein, aber ihre eigene würde verweht sein wie Spreu, davon war sie überzeugt. In ihrem Herzen kam sie jeden Tag zu ihrem Gott, als wäre sie nie zuvor zu ihm gekommen. Sie versprach ihm, in ihrem Glauben immer glühender zu werden, und sie bot ihm Buße an, nicht für ihre Verfehlungen in der Vergangenheit, sondern im voraus für ihre Verfehlungen in der Zukunft. Wie groß würden sie sein? Umbecca hatte Angst. Ihre Knie brannten vor Schmerz, wenn sie vom Boden aufstand, und ihre kleinen Augen waren von Tränen gerötet. Ihre Frömmigkeit war schon immer ihr ganzer Stolz gewesen, ihre Freude. Jetzt war sie ihr Antrieb und ihr Halt. Sie war unglücklich, unglücklich auf eine Weise, die sie kaum verstehen konnte.

Umbecca spürte oft den Schmerz, der stark in ihrem großen Busen pochte. *Poch-Poch,* wie ein Gefährte des Herzschlags. Er war immer da und ging nicht weg. Er dröhnte in den stillen Nächten, wenn sie schlaflos auf ihrer harten Pritsche lag, er pulsierte wie eine Person in ihrer Zelle hinter ihr, wenn die geflüsterte Litanei sich ihrem Höhepunkt näherte. Manchmal vergaß sie ihn. Dann vermischte sich das Pochen mit dem Geräusch des Regens, dem Klirren der Teetassen, den flatternden Vögeln und Hunderten von unbeachteten Klängen des Verfalls, der sich einen Weg durch die Ruinen der Burg fraß. Dann jedoch wurde sie des Pochens wieder gewahr und wußte mit einer merkwürdigen Furcht, daß es niemals weg gewesen war. Auch jetzt spürte sie es: *Klick-Klick, Klick-Klick.* Es pochte im Rhythmus des Klickens der Nadeln.

Sie warf einen Blick auf ihre schlafende Nichte. Wie leicht Ela atmete! Eingelullt von dem Elixier aus der schwarzen Flasche würde die Kranke schlafen, wie sie als Kind geschlummert hatte, tief und friedlich und viele Stunden des langen Tages. Umbecca erinnerte sich unbehaglich an die Zeit, als Ela ein Kind gewesen war, während es in ihrem Herzen und in ihren Schläfen pochte. Ein rotwangiges Kind, nicht so bleich wie jetzt, das einfach friedvoll geschlafen hatte. Wie wunderschön sie gewesen war! Damals war Umbecca so alt gewesen wie Ela jetzt, und damals hatte es dieses Pochen nicht gegeben.

»Meine arme Nichte«, sagte sie laut. Ela würde natürlich niemals verstehen, daß ihre Tante immer nur ihr Bestes gewollt hatte. Aber was sollte sie tun, wenn Ela sich außerhalb der Erlösung gestellt hatte?

Ela regte sich im Schlaf und atmete tief aus. Später würde die Schläferin erwachen, das wußte ihre Tante, während der Nachmittag verstrich. Und sie würde am Fenster sitzen, murmeln, mit geröteten Augen blicklos um sich sehen und sich nur an trübe Gedankenfetzen erinnern. Sie würde ihr gekochtes Lammfleisch und die Kartoffeln auf ihrem Teller herumschieben, bis das Essen zu einem geschmacklosen Haufen zermanscht war und Nirry es abräumte.

»Du mußt essen, Nichte«, sollte die Tante sagen. Aber wie eine Wolke schwebte unausgesprochen, aber vielsagend die Frage über ihnen: *Warum?*

An jedem zweiten Tag würde der Junge mit ihnen essen und in seinem Rollstuhl am Tisch hin und her rollen. Aber jetzt achtete die Mutter kaum noch auf ihren Sohn, den sie einmal so sehr geliebt hatte. *Jem, erzähl mir ...,* würde sie anfangen, oder: *Jem, wo ...?* Aber die Fragen verklangen, oder Umbecca sagte, wenn Jem zu hastig nach Messer und Gabel griff: *Jem, vergiß unser Gebet nicht!* oder: *Komm, Nichte, Zeit für deine Medizin.* Der Blick der Kranken würde dann langsam umherwandern und sich von den forschenden Augen ihres Sohnes losreißen.

Es war das beste so, hatte Umbecca einmal gedacht, wenn sie in Rechnung stellte, daß der Junge kaum besonders lange leben würde. Das schien sicher: Ihr Gott hatte gegen ihn gestimmt. Aber es war auch unbestreitbar, daß der Junge mit jedem Monat, der verstrich, größer und stärker wurde. Umbecca fürchtete, daß eines Tages der Moment kommen würde, an dem ihr Mitleid mit ihm wie ein Kartenhaus zusammenfiel. Der Rollstuhl machte ihr Sorgen, und einoder zweimal, das wußte sie, hatte das Kind sogar mitleiderregende Versuche unternommen, auf Krücken zu laufen. Krücken, die für eine vorübergehende Verletzung gemacht worden waren! Es beunruhigte sie. Sie sah den Jungen oft an und spürte, wie es hinter seiner Stirn arbeitete. Sie fühlte jedoch nur merkwürdige Abscheu und Furcht. War es ein Fehler gewesen, ihn dem Zwerg zu überlassen? Sie war sich dieser Frage bewußt, aber noch stärker als das war dieses eine Wort in Umbeccas Verstand: irreparabel. War irgend etwas heilbar? Umbecca wurde in einem Anflug von Qual klar, daß sie nur darauf wartete zu entkommen, in einer Kutsche zu den Waxwells zu fliehen, und doch erkannte sie, während sich die dunkle Flamme ihrer Qual ausbreitete, daß all ihre Besuche, trotz der Häufigkeit, ihr nicht die Zufriedenheit gebracht hatten, nach der sie sich sehnte. Manchmal wünschte sie, daß sie ihren Schmerz herausschreien könnte.

Poch.

Poch.

Es wurde lauter.

Sie legte ihre Handarbeit beiseite.

Der Strang Wolle schien plötzlich verachtenswert. Bunt hob er sich von dem langweiligen Bezug des Sofas wie eine Anklage ab. Er war dunkelrot. Wie die Lippen einer Hure. Was hatte sie sich bloß dabei gedacht? Sie hatte die Wolle mit ihren eigenen dicken Händen gefärbt. Rot! Es war obszön!

Ein Dröhnen störte sie. In dem Lichtstrahl, der durch das offene Fenster fiel, summte eine Fliege, machte einen Looping und stürzte sich auf den Rest Tee mit den Krümeln der süßen Kekse, mit der Sahne und der klebrigen Marmelade. Mit einer Schnelligkeit, die man bei ihrer plumpen Figur nicht erwartet hätte, sprang Umbecca auf. Sie schnappte sich ihr Strickzeug, als wäre es eine Waffe, und wedelte damit in der Luft herum, bis die Fliege, verwirrt und aufgebracht, durch das Fenster hinausflog. Umbecca seufzte und ließ ihr Strickzeug fallen. Sie rieb sich die Augen mit den Händen und lehnte sich aus dem Fenster. Ihr war nach Weinen zumute.

Die helle Welt vor dem Fenster sah sie wie durch einen Schleier. Das Gitterwerk einer offenen Täfelung preßte sich durch den Stoff ihres Ärmels gegen ihren Arm, und die Sonne glitzerte auf dem goldenen Kreis, der auf ihrer Brust ruhte.

»Oh …« Umbecca stöhnte leise auf. Einem Impuls gehorchend, zog sie den Anhänger über den Kopf und legte ihn neben sich in den Schatten. Sie war schläfrig, so schläfrig, aber dennoch spürte sie das Pochen. Es war zwar jetzt leiser, aber immer noch beharrlich. Wie sie sich danach sehnte, ihr armes Herz zu beruhigen! Die Sonne brannte heiß auf ihre schwarzgewandeten, schweren Brüste. Auf einmal zog Umbecca an ihrem engen Kragen und begann ihr Mieder aufzuknöpfen. Der raschelnde Stoff wirkte wie das Gefieder eines großen Vogels, der nicht fliegen konnte. Aber jetzt teilte es sich, schälte sich, und die Schwärze wich einem glänzenden Weiß. Es war ein heißer Tag, und Umbecca trug nichts unter ihrem schwarzen Gewand.

»Oh …«, stöhnte sie wieder und hob die fleischige Fülle lustvoll mit beiden Händen an. Ihre Haut glänzte beinahe schmerzhaft in der Helligkeit, cremig bis auf die roten Knospen mit ihren großen, runzligen Spitzen. In Umbeccas Träumerei wirkte es absurd, so als hätte sie noch nie so etwas gesehen. Sie hatte ein neues Land entdeckt. Unvermittelt, mit einem plötzlichen, heißen Erschauern wurde sich Umbecca der riesigen Flächen ihrer Haut bewußt, der sanften Hügel und Täler, die sich unter ihrem Gewand gespannt hatten. Die großen hängenden Oberarme und der gewaltige Bauch, die kissenartigen, faltigen Unermeßlichkeiten von Pobacken, Schenkeln und Waden.

Es war alles so weich.

Es war alles so weich …

Umbecca lehnte ihre Wange gegen den heißen Mittelpfosten des Fensters. Heiße, salzig schmeckende Tränen rannen ihr über die Wangen, und in ihrer Träumerei versunken hörte sie weder das Klicken der Tür, die sich hinter ihr öffnete, noch das Hufgeklapper und das Poltern der Kutschräder auf dem Pflaster unten im Hof. Die summende Fliege war wieder durch das Fenster hereingeflogen und hatte sich ungehindert auf den cremigen, von Schweiß klebrigen Brüsten niedergelassen.

»Madam?«

Umbecca erstarrte. »Nirry?«

25. Umbeccas Knöpfe

»Madam, Goodman Waxwell.«

Hastig raffte Umbecca ihr Mieder zusammen. »Was, Mädchen?« Die fette Frau drehte sich nicht um. Ihre Stimme klang unnatürlich laut. »Ja, Nirry. Räum den Teetisch ab. Wie oft muß ich dir ...«

Hatte das Mädchen es gesehen? Wußte sie es? *Ich muß einfach nur dastehen, mit dem Rücken zum Raum, bis sie geht,* dachte Umbecca. *Bis sie die Teesachen abräumt.*

Aber es klapperte kein Teegeschirr. Statt dessen kamen Nirrys Schritte näher. »Madam«, meinte das Mädchen schnüffelnd. »Goodman Waxwell ist da ...«

»Was? Hier, Mädchen?«

Es war beinah ein Schrei. Umbecca hätte sich fast herumgedreht. Fieberhaft blickte sie in den Hof hinunter.

Die Kutsche!

Entsetzen überfiel sie.

»Herrin Rench? Herrin Rench?« Der Arzt war dem Mädchen die Treppe hinauf gefolgt. »Verzeiht mein Eindringen, gute Frau, aber ich bin im Dorf gewesen ...« Hatte er es gesehen? Hatte er zum Fenster hinaufgeschaut? Umbecca knöpfte wie verrückt, knöpfte und knöpfte. Wußte er es? Merkte er es?

Er stand fast neben ihr. Und hatte noch nichts weiter gesagt.

Das Strickzeug!

Sie preßte es an ihre Brust, wirbelte herum und kreischte: »Mein lieber Goodman Waxwell. Ja, bitte kommt doch herein! Was für ein erfreulicher Tag. Ich habe gerade ...«

Umbecca hielt den Atem an. Wenn ihr rundes Gesicht, das schon so rot war wie die Wolle, sich noch einmal vor Scham hätte röten können, dann hätte es das unweigerlich getan. Der Arzt konnte nur bestürzt zusehen, wie sie an der roten Wolle nestelte und sie mit schrillem Gelächter von den Nadeln zerrte. »Nein, nein, Goodman Waxwell! Könnt Ihr es Euch nicht denken? Also wirklich! Es ist der Müll, um den ich mich für Nirry gekümmert habe. Für das Mädchen. Also wirklich, so geht das nicht, Nirry. So nicht!« rief sie und fegte das entweihte Strickzeug und die Nadeln vom Fensterbrett.

»Madam?« Nirry blieb ratlos stehen. Sie war verwirrt und wollte gehen, als sich die fette Frau plötzlich auf sie stürzte, sie am Arm packte und zum Teetisch zerrte.

»Sieh dir diese Schlamperei an, Mädchen! Also wirklich! Hier steht Goodman Waxwell, der zum Tee gekommen ist, und der Müll von gestern ...«

»Madam. Das war das Essen von heute ...«

Das war es auch. Die fette Frau hatte vier Stachelbeertörtchen gegessen, drei Stück Getreidekuchen und sechs Milchbrötchen, alle mit Sahne. Und alle nur ein paar Fünfer früher.

Wenn überhaupt.

Umbecca überschrie das Schnüffeln des Mädchens. »Und der Müll von gestern ist nicht weggeräumt! Ach, Goodman Waxwell, was müßt Ihr denken?«

Die letzte Bemerkung sagte sie über ihre fleischige Schulter hinweg. Sie stand vor der Magd, fuchtelte und gestikulierte, ein rotgesichtiger, aufgeregter Ball.

War es die Hitze?

Vielleicht, dachte Nirry, ist es ja die Fliege. Als sie das Teetablett ablud, sah sie hoch und bemerkte erstaunt die große schillernde Fliege, die aus einer Lücke im Mieder der fetten Frau schlüpfte. Sie flog kreuz und quer durch die Luft, schwebte einen Augenblick über den leeren Teetisch, bevor sie sich auf die klebrigen Teller stürzte. Unklugerweise versuchte Nirry, das Tablett zu schütteln. Dabei wäre beinahe der oberste Teller heruntergefallen.

»Dummes Ding!« Umbecca verdrehte die Augen. »Die Fliege wird dir nach draußen folgen. Bring uns den Tee. Hm? Mädchen?« Die fette Frau wandte sich erwartungsvoll wieder an den Arzt und lachte. »Goodman Waxwell. Meine Güte. Dienstboten!«

Er gab keine Antwort.

Nirry stand in der Tür und sah sich unsicher um. Sollte sie ihrer Herrin von den offenen Knöpfen berichten? Nein. Das ging nicht.

Es war die Hitze. Es mußte an der Hitze liegen.

Aber da war noch etwas anderes.

Nirry hatte einen schlechten Tag gehabt. Er hatte eigentlich mitten in der Nacht begonnen, als sie durch erstickte Geräusche im Hof aufgewacht war. Verängstigt war das Mädchen aus dem Kabuff gekrabbelt, in dem sie schlief, und ans Küchenfenster gelaufen. Von dort hatte sie auf dem kleinen Platz einen Karren gesehen und darauf zwei untersetzte Männer. Sie fluchten laut, während sie einen dritten Mann herunterschoben, der besinnungslos auf den Pflastersteinen liegenblieb. Nirry lief heraus, als der Wagen wegfuhr. Die Männer lachten und machten obszöne Gesten. Sie kannte sie nur zu gut. Es waren Säufer aus dem Trägen Tiger. Sie hoffte, daß sie die Herrin nicht geweckt hatten.

Dann erwartete sie eine unruhige Nacht, in der sie sich um ihren Vater kümmerte. »O Vater, Vater!« Nirry seufzte. Es war das dritte Mal in ebenso vielen Mondphasen, und diesmal war sein schmutzigweißes Haar blutverschmiert.

Ein elender, anstrengender Tag folgte dieser unseligen Nacht, und jetzt war noch etwas passiert, etwas viel Beunruhigenderes. Sollte sie es sagen?

Nirry biß sich auf die Lippen.

»Also erzählt doch, Goodman Waxwell«, fuhr die Herrin fort, deren schrille Stimme sich etwas gesenkt hatte, »welcher angenehme Anlaß Euch heute zu uns geführt hat.«

Sie lächelte und klopfte neben sich auf das Sofa.

Aber Goodman Waxwell setzte sich nicht zu ihr.

»Madam ...« Nirry faßte sich ein Herz. »Da gibt es noch etwas ...«

Das Lächeln auf dem Gesicht der fetten Frau erlosch, aber Nirry schlurfte trotzdem zurück. Das Teetablett klapperte, und das Porzellan neigte sich gefährlich, als sie sich vertraulich über die Lehne des Sofas neigte. »Es ist der junge Herr Jem. Er ist nicht zurückgekommen.«

»Was, Mädchen?« zischte Umbecca.

Nirry war besorgt. Der junge Herr Jem war seit dem schlimmen Tag mit ihrem Vater kühler zu ihr, aber sie leistete dem Jungen und dem Zwerg immer noch jeden Tag zur Teezeit Gesellschaft. Was konnte sie sonst tun? Sie liebte ihren Vater. Und sie liebte den Jungen. Und sie liebte auch den Zwerg. Das Leben war so verwirrend!

»Er verschwindet mit Barnabas. An den Nachmittagen.« Das Mädchen flüsterte, ohne zu wissen, warum. »Sie sind noch nicht zurückgekommen ...«

»Unsinn, Mädchen.«

Unsinn? Die fette Frau sah sie an, als wäre sie verrückt geworden. *Geh jetzt*, sagte ihr Blick.

Nirry wurde rot. Mit einem Schnauben schwang sie das Tablett in Richtung Tür. Ein Teller fiel herunter und rollte über den Teppich.

»Knöpfe!« sagte Nirry vernehmlich, als sie die Tür mit dem Fuß hinter sich zutrat.

Aber Umbecca war nicht in der Stimmung, auf Knöpfe zu achten.

Genausowenig wie der Arzt.

Umbecca wurde ruhiger und bemerkte zum ersten Mal den unordentlichen Aufzug ihres Besuchers. Goodman Waxwell trug keine Perücke. Die spärlichen Haare, die seinen kahlen, schuppigen Kopf bedeckten, standen wirr ab. Er trug auch kein Jackett. Sein Hemd war zerknittert und schmutzig und hing ihm über die Hose. Er lächelte nicht.

War es die Hitze?

Auch seine glatte Selbstsicherheit war verschwunden. Er ging unruhig auf dem Teppich hin und her, in einer merkwürdigen, seitlichen Bewegung mit seinem krabbenartigen Gang. Umbeccas Ängste von vorhin lösten sich in Luft auf. Eine merkwürdige, schwindelerregende Beschwingtheit ergriff sie.

Konnte es sein?

»Goodman, was bringt Euch an einem so schönen Tag zu uns?« fragte sie erneut, ruhiger diesmal.

Er blieb stehen und sah sie an.

»Manchmal ist es der einzige Weg.«

Umbecca erbleichte. Was meinte er damit? Die Brust seines zerknitterten Hemdes wurde von dunklen Flecken verunstaltet. Und plötzlich erkannte sie, daß es sich um Blut handelte.

»Das Geschwür muß aufgeschnitten werden.«

»Goodman?«

26. *Waxwell sieht die Finsternis*

»Heute morgen kam ein Junge zu meinem Haus geritten.« Goodmans Stimme klang tonlos. »Dieser schlaksige, begriffsstutzige Kerl aus dem Trägen Tiger. Er hat mich gefragt, ob ich kommen könnte. Es hätte einen Unfall im Tiger gegeben. Ihr könnt Euch vorstellen, gute Frau, daß ich kaum begierig darauf war, meine Kunst in den Hallen dieses Schweinestalls auszuüben.«

»Aber natürlich, Goodman!« Umbecca hatte vor kurzem erraten, daß Goodman Waxwells Junge auf die schiefe Bahn geraten war. Er verbrachte seine Tage in der Taverne und weigerte sich, nach Hause zu gehen. Wie tragisch für den armen Gentleman! Und wie ungerecht! Kinder waren eindeutig eine Plage.

Er ging wieder hin und her. »Es schien, daß einer der Säufer dieser Kaschemme eine Treppe heruntergefallen war und sich den Fuß gebrochen hatte. Der alte Mann würde sterben, meinte der Junge. Ob ich wohl käme. ›Junge‹, erwiderte ich trocken, ›bittest du mich in meiner Eigenschaft als Arzt? Oder suchst du mich als geistlichen Beistand auf?‹ Darauf wußte der Bursche nichts zu antworten. Er stand nur da und glotzte. Ich war angewidert. ›Junge‹, sagte ich, ›soll ich diese Fahrt in das Dorf mit der Aussicht auf eine höchst unsichere Bezahlung unternehmen, um am Fuß eines Betrunkenen herumzudoktern? Dein Verlangen ist hiermit abgelehnt! Außerdem ist es absurd! Ich kann mir vorstellen, daß es dem Patienten ziemlich gutgeht, wenn die Wirkung des Rausches der letzten Nacht abklingt.‹

Aber der Narr bettelte, und zwar nicht, wie ich vermute, aus Sorge um den Patienten, sondern weil ihn die Besitzerin des Trägen Tigers geschlagen hätte, wenn er ohne mich zurückgekehrt wäre. Ich habe erst später erfahren, daß der Säufer der Vater des Jungen war. Ich hätte den Jungen hinausgeworfen, aber meine gutherzige Frau hat mich umgestimmt. ›Geh mit ihm, Nathanian‹, sagte sie ruhig. Die gute Goody Waxwell. Sie ist eine so brave Frau.«

»Die gute Goody Waxwell«, wiederholte Umbecca mechanisch. Die Erregung von vorhin war vollkommen verschwunden. Sie sah traurig nach unten.

Knöpfe.

Langsam und geschickt knöpfte sie ihr Mieder zu. Sie brauchte keine Angst zu haben. Ihr Besucher sah nicht hin.

»Der Anblick in der Taverne war vollkommen chaotisch. Tische waren umgestürzt und Stühle zerschmettert. Auf dem Boden glitzerte zerbrochenes Glas, und überall zeigten sich Beweise der Ausschweifungen. Aber es war leer und ruhig. Ich stählte meine Nüstern gegen das schale Bier und den Gestank von, äh, Urin und den stechenden Geruch von Rauch. Der Junge führte mich rasch durch den niedrigen Raum zu einem Zimmer im hinteren Teil der Taverne.

›Ist er da? Ist er da?‹ Die Tavernenbesitzerin stürzte vor und trat mir in den Weg. Sie schrie und keifte. Ihre Kleidung war durcheinander und starrte vor Dreck, und die Tränen hatten ihr die Schminke von den Wangen gespült. Sie trug eine rote Perücke. ›Goodman Waxwell, Sie können ihn retten, hab ich recht? Meinen armen Ebby. Der arme, arme Ebby. Er ist ein guter Mann! Er hat ein gutes Leben gelebt. Sein einziger Fehler ist, daß er gern mal einen kleinen Schluck …‹

›Um Unseres Herrn willen, Frau!‹ Ich schob mich an der Hure vorbei.

Der Boden des schäbigen Raumes starrte vor Schmutz, und in einem schmalen Gang zwischen einigen Fässern, Flaschen und anderem Zubehör, das man in einer Taverne braucht, lag der Patient auf einer provisorischen Liege. Der Junge hatte, wie es schien, versucht ihn hinaufzutragen, aber der alte Mann hatte sich geweigert und wollte sich nicht bewegen.

Ich näherte mich ihm.

Ebenezer Throsh stank wie Müll und lag, nur mit einem Hemd bekleidet, da. Sein Kopf rollte hin und her, und den zahnlosen Mund hatte er weit aufgerissen. Sie hatten ihm Hose und Strümpfe ausgezogen, und ich konnte sehen, daß sein rechter Knöchel gerötet und massiv angeschwollen war. Der alte Mann war gestürzt, als er sich vor der Schlägerei in Sicherheit bringen wollte. Ich betastete die Schwellung. Der Säufer regte sich und stöhnte. Ich lauschte seinem Atem und seinem langsamen Herzschlag. Die Hure stand händeringend daneben und wimmerte. Ich drehte mich zu ihr um und teilte ihr streng mit, daß ihr Gatte demnächst vor seinen Herrn berufen würde. Er habe sich zwar nur den Knöchel verstaucht, aber der

Schock über den Unfall hatte anscheinend seine mißhandelte Konstitution besiegt. Der ausgebrannte Säufer erwartete tatsächlich den Tod.

Die wimmernde Frau schrie verzweifelt auf. ›Oh, Goodman Waxwell, rettet meinen Ehemann!‹ Sie sank zu Boden, umklammerte meine Knie und plapperte absurdes Zeug, daß ihr Ehemann der treueste, beste und tugendhafteste aller Männer gewesen sei. ›Dummes Weib, sprecht nicht zu mir von Tugend!‹ fuhr ich sie an. ›Seht auf dieses Häuflein Mensch und bedenkt die Lektion, die Ihr hier erhaltet! Dies ist ein Sinnbild dieses verwünschten Dorfes und seines Schicksals.‹ Ich unterstrich meine Worte mit einer ausladenden Handbewegung.

Aber die kläglichen Schreie wurden immer lauter, und da stieg in mir die Erkenntnis auf, daß die Frau, auch wenn es ihr kaum bewußt war, nicht etwa darum bat, daß ich diese wertlose Kreatur rettete, sondern statt dessen seine degenerierte Essenz wiederherstellte, die schon bald in das Reich des Nicht-Seins abberufen würde. Selbst in einer so widerwärtigen Kreatur wie dieser bemalten Hure glomm, wie ich sah, doch noch etwas vom Glauben ihrer Jugend. Trotz all der Ausschweifungen blieb sie sich des unausweichlichen, quälenden Endes bewußt.

Ich kümmerte mich wieder um den Patienten und dachte nur daran, ihm einen Trank zu verabreichen, der seinen Übergang in sein verdientes Jüngstes Gericht beschleunigen könnte.

Da erkannte ich eine Möglichkeit. Denn der Raum war so schmutzig, so dunkel und kahl, und der Fuß so dick angeschwollen, so monströs und rot, daß ich das Schockierendste daran gar nicht bemerkt hatte. Der Mann hatte keine fünf, sondern sieben Zehen! Ein eisiges Entsetzen überkam mich. Aber die Frau jammerte immer noch.

Ich schüttelte sie und schlug ihr ins Gesicht. ›Weib, soll ich jetzt den Furunkel seiner Verderbtheit ausdrücken, während er immer noch an einem seidenen Faden seines Lebens hängt?‹ Sie sah mich verständnislos an. Ich wirbelte herum und packte den Fuß mit den sieben Zehen. Der alte Mann stöhnte schmerzerfüllt auf, aber ich übertönte seine Schreie. ›Weib, es gibt einen Weg.‹«

»Ich schickte den Jungen los, mir zu holen, was ich brauchte. ›Ruhe, Weib!‹ Die Hure jammerte leise in einer Ecke, und ihr Gesicht, von dem die Schminke abblätterte, war eine einzige Maske der Angst. ›Wenn du reden mußt, dann erinnere dich an deine Gebete! Oder hat dein Leben voller Ausschweifungen selbst dieses früheste Wissen in deinem Herzen ausgelöscht?‹

Endlich kam der Junge bleich und stolpernd mit dem kochenden Wasser, den Handtüchern und der Lampe zurück. Ich wühlte in meiner Tasche herum. Zunächst kommt das Ausdrücken, dann das Ausfließen; ich holte meinen langen, runden Dorn heraus. Danach die radikalere Behandlung. Ah, ja, meine kleine scharfe Säge würde für dieses weiche Fleisch genügen, für diese weichen, brüchigen Knochen. Ich streifte meine Jacke ab und rollte die Ärmel hoch.

Der kleine Raum wurde von der Lampe grell erleuchtet, und der Schmutz wurde zu einem Hintergrund aus bösem Glitzern, das in den Bäuchen der dicken Flaschen reflektierte und auf dem Glas des winzigen Fensters funkelte. ›Häng die Lampe an die Decke, Junge!‹ befahl ich. In dem hellen Licht fiel die pervertierte Natur noch deutlicher ins Auge. Es war ein ungeheurer Blutpudding aus Haut und Fleisch, das so mannigfach schillerte, so aufgebläht und vergrößert war, daß ich mir kaum etwas Ekelhafteres vorstellen konnte. Ich traf meine Vorbereitungen und suchte die richtige Stelle, um die Eiterbeule auszupressen. Ich fuhr mit der Spitze meines Stachels über die Haut. Dabei mischte sich in das Wimmern der Frau das Klagen des Betrunkenen. Zuerst schien es nur das Jammern eines Mannes zu sein, der Schmerzen litt. Hätte ein tugendhafter Mann so gelitten, dann hätte ich ihm vielleicht ein Glas

Schnaps an die Lippen gehalten, um den Schmerz zu lindern. Aber Ebenezer Throsh war nicht tugendhaft, und das Gejammer war, wie ich bald erkannte, eine Woge von übelsten Blasphemien und schlimmsten Obszönitäten.

›Haltet ihn fest. Ganz fest!‹ befahl ich und stach mit dem Stachel in das angeschwollene Fleisch. Ein lauter Schrei ertönte, und eine Eiterfontäne spritzte in die Luft wie ein aufgestauter Geysir, der endlich freigelassen wird. Das Übel spritzte in alle Ecken des Raums.

›Nein! Nein! Ebby! Ebby!‹ Die Hure war sofort auf den Beinen und klammerte sich an meine Schulter. Ich schüttelte sie ab. Der Trunkenbold wand sich in Todesangst. ›Halt ihn fest, Junge! Halt ihn fest. Wir müssen rasch arbeiten, wenn seine Essenz noch gerettet werden soll!‹ Ich ließ den Stachel fallen und ergriff die Säge. Schwarzes Blut und gelber Eiter tropfen von der Decke und der schwankenden Lampe. Leicht und schnell zog ich die Säge über den Knöchel. Blutstropfen dienten mir als Markierung. Ich hatte keine Zeit zu verlieren. Dann packte ich den Handgriff fester und drückte zu. Die Säge fraß sich durch die Haut.

›Nein!‹ Das war die Metze. Sie hatte sich den Dorn geschnappt und stürzte sich wie von Sinnen vor Leid auf mich. Der Junge stürmte vor. ›Laß sie, Junge! Halt den alten Mann fest!‹ Ich schlug der Hure den Stachel aus der Hand, und dann schlug ich ihr ins Gesicht, immer und immer wieder. ›Närrin! Glaubst du, ich handelte auf eines anderen Befehl als den Des Herrn Agonis? Unterwirf dich ihm, Weib, und bete!‹ Ich umklammerte wieder den Handgriff der Säge und trennte mit drei schnellen Schnitten den Fuß des alten Mannes ab.

Ströme von Blut schossen aus dem Stumpf. ›Hast du den Schürhaken, Junge? Schnell, schnell!‹ Der Junge rannte in die Küche, doch bevor ich den blutenden Stumpf kauterisieren konnte, war der arme Mann aufgestanden, rief den Namen des abgesetzten Königs und stürzte schlaff zu Boden. Ich ergriff sein Handgelenk und fühlte gerade noch die letzten Schläge seines Lebens.

Dann drehte ich mich bedächtig zu der weinenden Hure um. ›Er ist tot, Goody Throsh, und ich muß Euch sagen, daß er in seinem letzten Moment einen Namen ausgerufen hat, der bei allen Anhängern des wahren Gottes Schande und Abscheu auslöst. Aber die Wahrheit, so habe ich immer empfunden, muß mit Mitgefühl einhergehen, und vielleicht war noch nicht alles verloren, arme Frau. Ich habe diese Amputation unmittelbar vor seinem Tod vorgenommen. Der Schrei Eures Ehemannes kann der Abschiedsschrei des Bösen gewesen sein, das gerade noch rechtzeitig aus Eurem Mann wich, nachdem es sein Wesen so lange Zeit korrumpiert hatte. Lernt aus seinem Schicksal, und widmet Euch der Anbetung Des Herrn Agonis.‹

Die Frau hörte auf zu weinen, nickte und schluchzte leise. Als der Junge hereinkam, senkte er den glühenden Schürhaken, der langsam abkühlte, während er mit Tränen in den Augen sah, daß alles vorbei war. Meine Hände und meine Kleidung waren mit Blut verschmiert, das mich, wie Ihr seht, immer noch befleckt.«

27. *Waxwell sieht das Licht*

Umbecca zitterte.

Während seiner Geschichte war Goodman Waxwell die ganze Zeit über vor ihr hin und her gegangen, in seinem typischen Krebsgang. Vor dem Fenster, der verblichenen Tapete und dem Bett, in dem Ela schlief, war er stehengeblieben. Aber seine Geschichte galt weder dem Fenster noch der Tapete noch der schlafenden Gestalt in dem Bett. Sie schien nicht einmal an Umbecca adressiert gewesen zu sein. Während er redete, hatte der verwirrte Arzt nur vor sich hin gestarrt, ohne etwas wahrzunehmen. Als er jetzt auf dem Sofa neben Umbecca Platz nahm, drehte er sich zu ihr um und war plötzlich ganz bei der Sache. Die fette Frau wollte gerade sagen: *Goodman, wie schockierend! Was für eine schreckliche Erfahrung für Euch,* oder: *Goodman, was für Sünden es gibt auf der Welt!* Doch statt dessen rang sie nach Luft und lief rot an, als der Arzt ihre Hand packte.

»Teuerste Lady, nun ist mir alles offenbart worden! Ich komme mir vor wie jemand, der sein Leben lang durch ein finsteres Labyrinth gegangen ist und der jetzt, plötzlich und letztendlich, ein Kind des Lichts gefunden hat.«

Umbeccas Herz hämmerte heftig, und das *Poch-Poch* seines Gefährten wurde ebenfalls lauter.

»Es mußte getan werden, versteht Ihr das nicht? Und es muß wieder getan werden. Ich war ein Narr! Die ganze Zeit war ich ein Esel der Eitelkeit, weil ich mir vorstellte, daß meine Essenz ungestört in Das Unergründliche fließen sollte. Jetzt begreife ich, daß sie es verdient hat, in den tiefsten Abgrund geworfen zu werden!«

Was sollte das heißen? Der Griff seiner Hand wurde fester, und Goodmans Augen schienen zu glühen, während er Umbecca ansah.

»Ach, meine gute Frau, das Heiligtum, auf das wir hoffen, ist wie eine glänzende Zitadelle, die man erst am Ende einer langen, gewundenen Straße erreicht. Von dieser Straße führen viele Wege ab, falsche Abzweigungen und Sackgassen und verräterische Umwege. Viele andere Wege sind geheimnisvoll, staubig und dunkel. Die Reise, die wir unternehmen müssen, ist sehr tückisch. Dennoch, wenn wir zu guter Letzt ankommen, an Körper und Seele ausgelaugt, zerrissen, sind wir nur von einer Sehnsucht erfüllt: die Lumpen dieser Welt abzustreifen. Und ist es nicht so, daß derjenige, der stolz dahergegangen ist, sich seines Weges sicher war, weder nach rechts noch nach links geschaut hat, wo seine Brüder und Schwestern ins Straucheln gerieten oder zweifelten oder auf gefährliche

Abwege gelockt wurden, ist es nicht selbstverständlich, daß der, der seinen Blick fest nach vorn gerichtet hat und nicht anhielt, um denen zu helfen, die blindlings daherstolperten, ist es nicht selbstverständlich, daß sich die Tore dieser Zitadelle für diesen Mann freudig öffnen? Oder sollte er nicht eher mit Schimpf und Schande davongejagt werden? Hat denn dieser Mann, in seinem Stolz und seiner Anmaßung, nicht das heilige Vertrauen mißbraucht, das man ihm gewährt hatte? Ich sage ja! Ich sage, das hat er. Und ich sage, gute Frau, daß ich dieser Mann bin!«

»Goodman, ich verstehe Euch nicht.«

Jetzt bekam Umbecca Angst. Der Arzt sprang auf und fing wieder an herumzulaufen. Diesmal war er aufgeregt, und sein sengender Blick blieb die ganze Zeit über auf ihr Gesicht gerichtet.

»Ihr versteht das nicht? Meine gute Frau, was mir heute widerfahren ist, war eine Prüfung. Diese letzten Jahre waren die Hölle für die Anhänger unseres Glaubens. Muß nicht Der Herr Agonis um unser verwünschtes Land geweint und geschluchzt und geklagt haben? Aber es gibt Nachrichten aus dem dunklen Königreich Zenzau. Es heißt, unser Triumph sei so gut wie sicher, und das Schicksal unserer Rasse werde sich erfüllen. Wir werden in dem heiligen Krieg auf ganzer Linie siegen! Denn die Flut unseres Glaubens, die genauso lange andauern wird, wie die Ebbe gedauert hat, kommt jetzt wieder, in einer gewaltigen, einigenden Woge. Und diese Woge, gute Frau, wird uns reinigen, wenn sie über uns zusammenbricht. Und werden wir dann die geheiligtsten Worte unserer Litanei vergessen? *Ich werde dich so fest in mein Herz schließen ...«*

»Daß mein Herz aufplatzen und bluten soll.« Umbecca flüsterte die Worte mit rosa Lippen, und ihre kleinen Augen sahen Goodman beinahe unter Tränen an. Eine tiefe Trauer hatte sie gepackt. Das Pochen war jetzt in ihrem Kopf und hämmerte gegen ihre Schläfen wie ein Trommelwirbel.

Nirry kam herein und brachte den Tee.

Seit sie hinausgegangen war, hatte sich die Magd zögernd durch dunkle Korridore geschlichen. Furchtsam hatte sie quietschende Türen geöffnet. Zunächst noch leise, dann immer lauter hatte sie die beiden gerufen: »Junger Herr Jem? Barnabas? Herr Jem?«

Aber nur ihr eigenes Echo hatte ihr geantwortet.

Sie stellte das gefüllte Tablett ab. »Entschuldigen Sie, Madam ...«

Goodman Waxwell sah sie scharf an, aber die Herrin schien sie gar nicht wahrzunehmen. Sie war weder von dem zweiten Gang Tee aufzurütteln, noch protestierte sie gegen die unstreitbare Verspätung des Dienstmädchens. Das mit beiden Reaktionen gerechnet hatte. Nirry lud das Tablett ab und stellte bedauernd die Kuchen und die Kekse hin, die sie für den jungen Herrn und Barnabas gemacht hatte. Dann versuchte sie es erneut. »Madam, der junge Herr ...«

Die fette Frau blickte sie plötzlich an. »Geh, Mädchen!«

»Madam?«

»Hinaus!«

Nirry errötete und wollte hinausgehen, aber Goodman Waxwell packte ihr Handgelenk. »Gute Frau, laßt sie bleiben«, sagte er zu Umbecca. »Bleib, Kind, und lausche der Weisheit«, sagte er zu dem Dienstmädchen. »Keine Barrieren sollen uns trennen, wenn wir dem Gericht Des Herrn Agonis begegnen.«

Unsicher setzte sich Nirry, geführt von dem Arzt, auf die äußerste Kante des Sofas. Die Herrin beachtete sie nicht, und sie rührte auch weder Tee noch Kuchen an.

Die fette Frau und das dünne Dienstmädchen saßen irgendwie deplaziert nebeneinander, während Goodman Waxwell weiterredete.

»Denkt an den toten Mann, Ebenezer Throsh ...«

»T ... Tot?« stammelte Nirry.

»Shh, Mädchen.«

Der Arzt ließ sich nicht aufhalten. »Der tote Ebenezer Throsh war ein Reisender, der sich verlaufen hatte.« Er ging erneut auf und ab, und die Worte schwollen wie Musik an und wurden wieder leiser. »Aber warum, so frage ich, hat ihn dieses Schicksal getroffen?

Manche sind in einer Dunkelheit gefangen, die wie Speichel oder Schleim aus ihrem finsteren Herzen emporsteigt. Das sind die Schuldigsten auf ihren sündigen Wegen, denn in den Herzen von uns allen ist Dunkelheit, und es ist unsere heilige Pflicht, diesen heimtückischen Anstieg der Finsternis aufzuhalten.

Diejenigen, die scheitern, sind die Schwachen dieser Welt. Was sollen wir mit ihnen machen? Erst müssen wir sie verurteilen. Und dann hoffen, daß vielleicht ihre Herzen aufbrechen, indem wir sie verurteilen, und sie sich so der Liebe Des Herrn Agonis öffnen.

Wer finsteren Herzens ist, erscheint schön, aber in Wahrheit ist er von Korruption verdorben.

Aber dann gibt es noch diese, die äußerlich die Zeichen der mißgestalteten Kreaturen des Bösen zeigen. Von allen Reisenden auf der staubigen, gewundenen Straße werden diese am meisten gemieden. Und zwar zu Recht. Denn sie tragen das Abzeichen einer Verderbtheit, die sie bald verzehren wird. Dennoch, wenn man ihnen dieses Abzeichen entreißen kann, was dann? Kann es sein, so muß ich mich fragen, daß dieser alte Mann, Ebenezer Trosh, jetzt, nachdem die Deformation von ihm genommen wurde, durch die Portale Des Unergründlichen geht? Oh, meine guten Frauen, genau das muß ich glauben!«

Der Arzt sank zitternd auf die Knie. Er hob die Hände und spreizte die Finger. »Ich muß glauben, daß ich meinen Weggefährten erlöst und dadurch mein eigenes stolzes Herz gegeißelt habe.«

Er riß die ausgestreckten Hände zurück und faltete sie zu einem innigen Gebet.

»Gepriesen sei Der Herr Agonis!« rief Umbecca plötzlich.

Während des Monologs des Arztes war sie aus den Tiefen des Sofas immer weiter nach vorn gerutscht, wie von einer unsichtbaren Hand gezogen, bis sie zum Schluß nur noch auf dem Rand des schäbigen Kissens saß. Jetzt stürzte sie mit einem Schrei vor, warf den Teetisch um und und stürzte das vollbeladene Tablett zu Boden.

Nirry schrie und sprang auf.

Umbecca achtete jedoch nicht darauf und sank neben dem Arzt in die Knie. Er rezitierte jetzt die Litanei, und der kleine Mund der fetten Frau versuchte ihm gegen das Schluchzen, das sie schüttelte, zu folgen, während sie die heiligen Worte nachsprach.

Nirry sah sie hilflos an. Die Kuchen, die von dem umgekippten Tisch gefallen waren, lagen wie Ruinen einer kleinen Stadt vor ihr.

»O nein, o nein.« Sie krabbelte in der Verwüstung umher. Die kleinen Kuchen und Törtchen, die für den jungen Herrn Jem bestimmt waren, sanken in sich zusammen und schmolzen in einem See aus Tee. Schnell stellte die Magd die Teekanne wieder hin, aber das verminderte den Strom nur etwas, der aus einem Riß der Kanne lief.

»O nein!« Es war das beste Porzellan gewesen! Fluchend hob sie die umgestürzten Teller aus dem heißen See.

Einige waren angeschlagen.

»Komm zu uns, Mädchen.« Eine pummelige Faust packte Nirrys Rock. Die Magd wollte aufstehen und schnappte nach Luft, als sie statt dessen in die kleine, abgeschlossene Welt der Litanei hineingezogen wurde. Sie wollte ausbrechen, aus dem Raum flüchten.

Sie bewegte lautlos die Lippen. Die Litanei klang gedämpft und wurde schnell über fest gefalteten Händen gesprochen. Was bedeutete das? Für Nirry nichts. Vielmehr weckte es dunkle Erinnerungen an ihre Kindheit, vor der Belagerung. Es war eine Sache von kalten Knien auf den harten Fliesen des Küchenbodens. Halbverstandene Worte, die manchmal gemurmelt und manchmal deklamiert wurden. Eine Sache von feierlichen, schweren Gesängen, die sie niederdrückten. Es waren kalte Stunden, bevor die Sonne in der Kapelle aufging, in der sich die Diener zum Gebet versammelten. Und an jedem Neumond und am Kanonischen Tag und dem Fest des Agonis und am Sühneopfer-Tag und am Tag der Weissagung und an den anderen heiligen Tagen gingen die Diener, ohne zu sprechen oder zu lachen, in einer langen Prozession den Weg zum Tempel ins Dorf hinunter, wo das Gemurmel leiser und die Deklamierungen lauter waren und die Lieder gesungen wurden, als sollten sie niemals aufhören.

Sie hatte all das vergessen, seit ihre Mutter gestorben war.

Herr Agonis, morgen werde ich dich noch wahrhaftiger suchen,
ich werde dich mit Stimmbändern anrufen, die so gespannt sind,
daß meine Stimmbänder reißen und bluten.
Ich werde über Felder von Dornbüschen kriechen,
bis meine Knie und Hände aufgerissen sind und bluten …

Nirry kniete in der Sahne und den Kuchen, und ihr Rock wurde von Tee getränkt. Langsam sickerte die verschüttete, heiße Flüssigkeit durch den Stoff ihrer Kleidung.

Herr Agonis, morgen werde ich dir noch treuer dienen …

Nirry sprang mit einem Schrei auf. »Ich verbrenne!«

»Mädchen!« Umbecca packte sie.

Aber im gleichen Moment fuhr der Arzt plötzlich aus seinem Gebet hoch und öffnete die Augen. Er packte die fette Frau an den Schultern. »Herrin Rench! Wo ist der Krüppel?«

Umbecca schrie auf.

Die Magd hüpfte auf und ab und wedelte mit dem Rock.

»Ich habe versucht, es ihr zu sagen!« rief sie atemlos. »Ich habe versucht …«

Der Arzt hörte nicht auf sie. »Wo ist der Krüppel?«

Nirry hielt inne und starrte ihn an. Ein heißer, stechender

Schmerz verbrannte ihre Beine. In diesem Moment wurden ihr mehrere Dinge auf einmal klar. Erstens erkannte sie, daß es sinnlos war, mit dem Rock zu fächeln, weil ihre Knie mit kochendem Tee verbrüht waren. Zweitens sah sie, daß das Mieder der fetten Frau aufgegangen war und eine riesige, häßliche Brust entblößte. Und dann begriff sie zum ersten Mal wirklich, was in der Taverne eigentlich passiert war. Im selben Moment verlieh das der Frage, die der Arzt wiederholt geschrien hatte, einen entsetzlichen Beiklang.

»Wo ist der Krüppel?«

Umbecca stöhnte, als Waxwell sie schüttelte. Hatte sie seine Frage gehört? Verstand sie sie?

»Oh, Goodman, Goodman!«

Schluchzend fiel die fette Frau nach vorn in die unwilligen Arme des Arztes. Ihre massige Gestalt lehnte sich schief gegen seinen schlanken, verdrehten Körper. Scham und Freude durchströmten sie gleichzeitig, und ihr Blut rann wie Feuer durch ihre Adern. Wie nah das Böse ihr heute gekommen war, wie es ihr mit heißem Odem ins Ohr geflüstert, mit seinen glühenden Fingern über den Hals gestrichen hatte! Entsetzt erinnerte sie sich an den Vorfall am Fenster. Jetzt hatte Goodman Waxwell ihr den Weg gezeigt, und jetzt kam ihr Glaube zu ihr zurück und brach wie eine riesige Sturzflut über sie herein.

Umbecca achtete nicht auf ihre entblößte Brust, die sich an dem blutigen Hemd des Arztes rieb.

Mit einem kurzen Ruck befreite sich der Arzt von ihr, und wie ein großes, waidwundes Tier sank Umbecca, allein gelassen, langsam zu Boden.

Sie schluchzte lauter und schneller.

Ela rührte sich auf ihrem Bett.

Die mißhandelte junge Frau kämpfte darum, endlich wieder Herrin über sich selbst zu sein. So lang, viel zu lang, hatte sie in dieser zähen, sirupartigen Ohnmacht gefangen gelegen. Schwach dämmerte ihr, daß jemand ihr ein gewaltiges Unrecht antat. Und ganz langsam sickerte in ihr Bewußtsein, daß ein noch viel größeres Unrecht innerhalb dieser Burgmauern stattfinden sollte. Und daß man diesmal dieses Unrecht ihrem Sohn antun wollte.

Sie hätte beinahe aufgeschrien, aber das schaffte sie nicht. Noch nicht.

Goodman Waxwell stürmte aus dem Zimmer. »Krüppel! Krüppel!« kreischte er. »Wo steckst du, Krüppel?«

Wut lief heiß durch Elas Adern, und mit einer letzten verzweifelten Anstrengung kam sie an die Oberfläche ihres Bewußtseins.

Niemand sah sie an. Niemand sah es.

Sie ballte die Hände zu Fäusten.

28. *Der Greuel*

»Krüppel! Krüppel!«

Waxwells Schreie hallten durch die Burg.

Es wurde dunkel, und in den Korridoren war es finster. Die untergehende Sonne glühte rot in den Fenstern, aber hier, weitab vom Hof, gab es wenig Fenster. Nur durch einen schmalen Schlitz, hoch oben in der riesigen, massiven äußeren Wand, würde das glühende Licht auf die Szene fallen, die sich hier bald abspielen sollte. Der letzte Akt von Waxwells Besuch.

In seinem widerwärtigen Krebsgang hatte der Arzt bald die wenigen Gemächer durchsucht, die er kannte.

»Krüppel?« rief er wieder.

Krüppel.

Krüppel.

Seine Stimme kam als Echo zu ihm zurück.

Es sah sich um, dann blickte er nach oben. An der Decke hingen Spinnweben, und in einer entfernten Ecke enthüllte ein Bogen den Zugang zu einer dunklen, gewundenen Treppe.

»Krüppel?« Diesmal flüsterte Waxwell. Warum flüsterte er? Ratten huschten an ihm vorbei. Wo hielt sich der Krüppel auf? Er versuchte sich daran zu erinnern. Der Arzt stellte sich einen schmutzigen Schrank vor, in dem der Krüppel lag, gefangen durch seine Mißbildung. War es so gewesen? Oh, sicher, natürlich. Tragik, selbstverständlich. Aber die Tragödie des Krüppels sollte jetzt ein Ende haben.

Wieder flüsterte er:

»Krüppel?«

Der Arzt drehte sich um, und seine Blicke schossen mal hierhin, mal dorthin. Es waren Jahre vergangen, seit er den Krüppel behandelt hatte. Jahre, das wurde ihm jetzt klar, in denen er seine Aufgabe sträflich vernachlässigt hatte. Er hatte den Krüppel als einen hoffnungslosen Fall angesehen. *Unheilbar.* Das hatte er gedacht. Und das hatte er auch gesagt. Aber so war die menschliche Eitelkeit! Es gab so viel, das man tun konnte, das jemand tun mußte, wenn man sein Herz Dem Herrn Agonis öffnete! Das Wissen, das man von Ihm gewährt bekam, konnte alle zur Erlösung führen.

Selbst Krüppel.

Selbst einen Bankert.

»Krüppel?« Seine Stimme war jetzt strenger, lauter. Der Arzt kümmerte sich nicht um die Echos. Warum auch? Ah, aber Wut nagte an ihm. Hatte ihm nicht immer das Wohl des Krüppels am Herzen gelegen? *Und wie geht es dem Krüppel?* hatte er die fette Frau gefragt. Er hatte sie oft gefragt und damit eine bewundernswerte Anteilnahme gezeigt. *Wie geht es dem Krüppel?* War das nicht immer seine erste Frage gewesen? Seine letzte? Seine einzige ernstgemeinte Frage?

»Krüppel?«

Da hörte Waxwell ein merkwürdiges Geräusch. Ein hohes, schwingendes Klagen, das Musik aus einer anderen Welt sein mochte. Er verzog die feuchten Lippen und bemerkte plötzlich die Unermeßlichkeit der Burg, ihre finstere Unergründlichkeit, die sich geheimnisvoll um ihn legte. Das Geräusch kam aus dem steinernen Bogengang, der zum Treppenhaus führte.

Es hörte auf.

Dann kam eine schwankende Laterne in Sicht, die den Bogengang mit einem goldenen Schein erfüllte.

Und die Stimme:

»Barnabas! Ich kann nicht mehr weitergehen!«

Der Krüppel! Aber wer war Barnabas?

Goodman Waxwell versteckte sich hinter einem Pfeiler. Das Lampenlicht in dem Bogengang wurde heller, und eine Kreatur trat hervor. Sie war nicht der Krüppel, aber genauso mißgestaltet. Mühsam watschelte das Ding in den Korridor. Es schien eine groteske Kreuzung zwischen einem Kind und einem alten Mann zu sein, hatte einen großen Kopf mit runzligem Gesicht und winzige Arme und Beine.

Waxwell beobachtete zitternd vor Abscheu, wie der Greuel erst das Licht löschte und dann vorsichtig die Lampe auf den Boden stellte. Das Ding sah mit einem zahnlosen Lächeln anerkennend zu dem schmalen Schlitz in der Wand hinauf. Dann bog es seine kleinen Finger und ließ sie über die polierte Kiste gleiten, die vor seiner Brust befestigt war. Die üble Musik erklang wieder, wie der wortlose böse Zauber eines merkwürdigen Puppenspielers, während der Krüppel sich auf Krücken über die letzten verbleibenden Stufen zog.

Der Zwerg hörte auf zu spielen und applaudierte, als der Krüppel die Krücken klappernd zu Boden fallen ließ.

»Barnabas! Wir haben es geschafft!« Jem brach keuchend zusammen.

»Krüppel!« Goodman Waxwell stürmte vor.

Seine Stimme war ein wildes, gebieterisches Kreischen. Jem sah erst erstaunt hoch, doch dann verwandelte sich das Staunen in Entsetzen, als sich der aufgebrachte Arzt auf ihn stürzte. Waxwell packte ihn, schüttelte ihn und schrie mit Schaum vor dem Mund etwas von einem göttlichen Plan, den Verfluchten dieser Welt und der Ewigkeit des Entsetzens, das im Reich des Nicht-Seins wartete.

»Willst du deine Abnormität verspotten, Krüppel? Willst du dem Willen Des Herrn Agonis trotzen? Willst du das? Willst du etwa Nova-Riel sein?«

»Laßt mich los! Laßt mich los!«

Jem wand sich. Er konnte mit seinen verkrüppelten Beinen nicht treten, und Goodman Waxwell hielt seine Hände fest.

»Oh, aber die Infektion hat schon um sich gegriffen! Du bist vom Bösen besessen, Krüppel. Dein Herz ist verdorben!«

Der zahnlose Mund des Zwerges schrie tonlos, und ebenso tonlose Pfiffe drangen aus seiner Drehorgel, als der kleine Mann aufsprang und ungeschickt auf den Angreifer losging.

Er schoß heran und klammerte sich an Waxwells Wade. Einmal.

Dann sprang er zurück. Zweimal.

Waxwell holte aus und warf den Zwerg zu Boden. Die Drehorgel gab einen schrillen Mißklang von sich. Dreimal.

»Greuel, weiche von mir!«

Diesmal sprang der Arzt von dem Krüppel herunter, packte die gefallenen Krücken und ging auf den Zwerg zu.

»Junger Herr Jem!« schrie jemand.

Aber Waxwell hörte es nicht. Er ließ sich nicht aufhalten, und Jem konnte nur hilflos auf dem Boden liegen, zu erschöpft, um zu schreien, als der Arzt etwas vom Bösen und von den Verkleidungen, in denen es sich zeigte, und seinen heimtückischen Dienern brüllte und die Krücke immer wieder auf die huschende und schließlich reglos daliegende Gestalt des Zwerges niedersausen ließ.

»Aufhören!«

Nirry stürmte vor.

Der Arzt wirbelte herum.

Aber er ließ die Krücken nicht wegen des Dienstmädchens fallen, sondern wegen der Gestalt in Weiß, die ihm folgte. Und die die Magd vor der Wand hatte stehenlassen, an der sie beinahe herabsank. Erschöpft und bleich zwar, aber dennoch ehrfurchtgebietend, richtete sich Lady Ela auf. Sie trat vor, und die Worte, die aus ihren blutleeren Lippen drangen, waren ein Urteil und ein Fluch.

Sie hallten in dem Gewölbe wider.

»Ihr widerwärtiger Mensch! Geht hier weg, und kehrt niemals wieder. Geht. Geht!«

Doch während er in seinem merkwürdigen Gang zurückwich, spie der Arzt Gift und Galle, und seine Augen glühten. »Was hätte ich denn tun sollen? Will Eure Mißgeburt seinem Gott trotzen? Will er Nova-Riel sein, von dem die Heldenlegenden berichten?«

»Mutter!« rief Jem, als Ela neben ihm auf die Knie sank. Er vergrub sein Gesicht an ihrer Brust. Er hatte die Augen geschlossen. Es war vorbei. Doch alles, was Jem sah und was er immer wieder sehen würde, waren die schweren, massiven Krücken, wie sie hoch über dem Kopf des Arztes schwangen und dann herabsausten.

Einmal. Zweimal. Wie oft?

Der Schatten der Krücke huschte drohend über die Wand, getaucht in das grelle Rot der untergehenden Sonne. Erst hörte man ein Geräusch von berstendem Holz und dann das Splittern von Knochen.

Ende Teil Zwei